KNAUR
SCIENCE FICTION

Herausgeber
Werner Fuchs

Als das Sternenschiff *Schiaparelli* auf jenem rätselhaften Planeten landet, auf dem die Besatzung eines früheren Schiffes eine Siedlerkolonie gegründet hat, wird es von einer übermächtigen Kraft festgehalten. Die Besatzung unternimmt Erkundungsgänge und ist von der üppigen Landschaft mit den riesigen Vögeln, Früchten und nackten, ihrem Vergnügen nachgehenden Menschen irritiert. Sean Athlone, der Bordpsychologe, erkennt in ihr das genaue Abbild des Gemäldes *»Der Garten der Lüste«* von Hieronymus Bosch. Wie Athlone in Erfahrung bringen kann, ist die Gemäldelandschaft für die ursprünglichen Kolonisten von einem »Gott« erschaffen worden, der ihnen zugleich eine Form von Unsterblichkeit verliehen hat. Weitere Streifzüge machen klar, daß dieses Gemälde aus drei Teilen besteht. Um zu jenem »Gott« in Eden vorzustoßen, muß die Besatzung der *Schiaparelli* durch die Gärten des Meisters, und eine der faszinierendsten Odysseen der Fantasy-Literatur überhaupt nimmt ihren Lauf…

IAN WATSON, 1943 in North Shields geboren, gilt als einer der besten SF-Autoren Englands und der siebziger Jahre allgemein. Seit er 1973 mit *The Embedding* debütierte, verblüffte er in neun Romanen und einer Storysammlung seine Leser mit ausgefallenen Abenteuern. »Die Gärten des Meisters« ist Ian Watsons bislang fremdartigster Roman, dabei voller Komik, und darüber hinaus sein erster Ausflug in die Gefilde der Fantasy.

Von Ian Watson erschienen ebenfalls in der Knaur-Taschenbuchreihe *Science Fiction:*

»Das Mars-Koma« (Band 5721)
»Zur anderen Seite des Mondes« (Band 5739)
»Die Himmelspyramide« (Band 5756)

Deutsche Erstausgabe

Titel der Originalausgabe »The Gardens of Delight«

Aus dem Englischen von Bernd Holzrichter
Umschlagabbildung: Ausschnitt aus dem Gemälde
»Im Garten der Lüste« von Hieronymus Bosch
(Foto: Bildarchiv Preußischer Kulturbesitz)
Satz IBV Lichtsatz KG, Berlin
Druck und Bindung Hanseatische Druckanstalt GmbH, Hamburg
Printed in Germany · 1 · 9 · 683
ISBN 3-426-05763-8

1. Auflage

IAN WATSON

DIE GÄRTEN DES MEISTERS

Science-Fiction-Roman

Deutsche Erstausgabe

Knaur

Für Jack Cohen
und seinen Tinten-Torus

Inhalt

Erster Teil

GARTEN

1

Der Himmel strahlte in wolkenlosem Vergißmeinnichtblau. Hoch im Zenit erschien ein Fächer aus weißglänzendem Gas, der zu einer schmalen Feuerzunge wurde, als das Raumschiff durch dichtere Luftschichten sank. Donnergrollen rollte über Hügel und Wiesen. Eine Weile störte es das ausgelassene Treiben der Menschen und die Tiere. Als der schimmernde Torpedo langsamer herabfiel und die Landebeine mit den schlanken Antennen daran ausfuhr, fragten sie sich, ob da nicht eine neue Art metamorphischer Turmspitze aus dem Firmament niedersank, obwohl sich die Feuer der Hölle aus seiner Analöffnung ergossen. Die Flammen verbrannten einige Elfen, die zu nahe herankamen...

Von seinem Aussichtspunkt auf einem Erdhügel sah ein Nackter zu, wie das Sternenschiff in eine Wiese sank. Das Feuer wurde in Schwaden von Dampf erstickt, als hätte er das Gras selbst ausgelöscht. Der Dampf stieg als Nebel auf. Der Nebel klärte sich. Und alles war still.

Viele andere nackte Männer und Frauen sahen das Sternenschiff ebenfalls landen, aber nur dieser eine Nackte wußte, um was es sich handelte. Nur er erkannte die geschwungene Formgebung menschlicher Herstellung...

Sobald das Ding still war und sein Feuer erloschen, gingen Menschen und Tiere ihrem bisherigen Treiben nach. Einige von ihnen orientierten ihr Tun jedoch in Richtung des neuen Phänomens – was beileibe nicht heißen soll, daß sie hinrannten, um es zu untersuchen. Zweifellos würde seine Bedeutung offenbar werden, doch im Moment war es der Welt noch verschlossen, ein Geheimnis ohne erkennbaren Einstiegspunkt. Mit der Zeit würde eine weise Eule – oder ein Distelfink, bekannt für seine zähe Wißbegierde – vermutlich einen Hinweis auf seine Bedeutung geben.

Der nackte Mann *dachte*, er allein sähe die Landung des Sternenschiffs als das, was sie war.

Doch da war auch ein Bekleideter, der zusah und Bescheid wußte. Er

stand, die Augen mit der Hand beschattend, auf dem Balkon eines rosenroten, sich verzweigenden Turms im Süden: ein steinerner Baum, mit gespreizten Wurzeln über einem Fluß, der in einen See floß. Durchscheinende, marmorierte Kanäle zogen sich wie Tunnel durch den Baum.
Der bekleidete Mann schürzte die Lippen und grinste.
Eine Elster hockte auf einem der dornigen Steinblätter, die den Baumturm wie eine gigantische versteinerte Palmlilie krönten. Der Vogel sträubte erst seine weißen, dann die schwarzen Federn und erhob sich in die Luft.
Der bekleidete Mann rief ihm hinterher: »Zu groß für deinen Schnabel, Corvo!«
»*Korr*«, krähte der Vogel und kreiste.
»Nur zu!« lachte der Mann.
Der Vogel flog davon.
Lange bevor der nackte Mann eintraf, erreichte er die Wiese, auf der das Sternenschiff gelandet war. Allerdings rannte der nackte Mann nicht, sondern schlug jene Richtung nachdenklich und zugleich sehnsuchtsvoll ein.

Von Wassertropfen benetzt, stieg Loquela aus dem Teich. Klugerweise hatte sie sich vor dem Feuerdonner, den das Silberding bei seinem Fall erzeugte, geschützt, indem sie untertauchte und den Atem anhielt. Das Geschehen hatte sie verwirrt, aber nicht geängstigt. Sie schüttelte die Tropfen ab und watete an Land. Dabei trat sie über große Perlen, die Eiergelegen ähnelten – vielleicht verwandelte sich ihr Inneres jeden Moment vom Mineralischen in Eiweiß und Dotter.
Am Ufer tollte ein Affe herum und plapperte auf Loquela ein. Er legte pelzige schwarze Hände auf seine kleinen Ohren und schlug einen Purzelbaum, um anzuzeigen, daß die Welt sich für ihn gerade von oben nach unten gekehrt hatte.
Ein Kabeljau mit glasigen Augen und einem fleischigen Haken in Form eines Fragezeichens unter dem Kinn produzierte am Ufer keuchende Laute. Hatte er gerade die Perlen gelegt? Nein, der Fisch war noch schwanger, sein geschwollener Bauch voller Laich. Die beträchtliche Lautstärke der Ankunft schien ihn mitgenommen zu haben. Mühsam hob Loquela ihn hoch und schleppte ihn ins Wasser, dann wusch sie sich den Schleim von den Händen ab. Ein Stück vom Ufer entfernt peitschte der lange, gebogene Schwanz des Nix, mit dem sie sich vorher vergnügt hatte – sie hatte ihn wohl eher erregt, denn er

konnte seinen erigierten Penis nur mit Mühe mit beiden Händen verbergen –, das blaue Wasser; der Krach hatte ihm wohl einen gehörigen Schock versetzt. Der Kopf des schwarzen Nix war wie ein glatter Helm, ein hartes fleischiges Visier, dessen Kinnreff dicht geschlossen war. »Wohl gepanzert, will ich meinen!« Loquela winkte ihm zum Abschied und lief leichtfüßig über das Gras auf die hohen Hecken zu. Ihre kleinen weißen Brüste hüpften wie Zwetschgen auf und ab. Sie bahnte sich ihren Weg und schreckte ein Schuppentier auf, das sich zu einer Kugel aus scharfkantigen Scheibchen zusammengerollt hatte und gerade dabei war, wieder die Form eines riesigen Tannenzapfens anzunehmen. Vielleicht hatte es vor Schreck die Kugelgestalt angenommen – oder vielleicht hatte der Krach es aufgeweckt. Schuppentiere waren Nachtschläfer, obwohl es hier keine Nacht gab und sie sich mit dem Schatten der Hecken und Sträucher begnügen mußten.
Auf ihrem Weg durch die Hecken pflückte sie mit beiden Händen eine riesige Brombeere und biß in das saftige Fruchtfleisch, bis die süße Flüssigkeit ihr übers Kinn rann. Der Saft erregte sie. Er füllte ihre Venen mit Zucker, Energie und Erwartung.
Auf der großen Wiese jenseits der Hecke lagen einige Todesopfer. Vorwiegend waren es Riesenfische. Unbeholfene Geschöpfe! Ein Wunder, daß sie sich überhaupt an Land bewegen konnten. Aber so war der Gang ihrer Entwicklung: Ihre Mühen zielten nach oben, nach Beinen oder sogar Flügeln. Oft erregten sie Mitleid in den Menschen, die sie dann trugen. So wie jetzt, als einige von denen, die von der Wiese geflohen waren, eine große rote Seebarbe zwischen sich trugen. Sie legten sie aufs Gras nieder, so daß sie den erstaunlichen Silberturm sehen konnte. Glasig starrten die Augen der Seebarbe hinauf. Was dort vor ihr aufragte, sah sie so verschwommen und unscharf, wie es Menschen unter Wasser tun.
Eine weiße Giraffe war im Flug gestürzt und auseinandergerissen worden. Ein Würger – der Vogel des gewaltsamen Todes – kauerte bereits auf den Hörnern des sterbenden, ächzenden Tieres und ließ sein drängendes Krächzen vernehmen. Von irgendwoher lachte eine Spottdrossel. Die tropfende Brombeere fest in den Händen, lief Loquela auf das gestürzte Tier zu. Ein Distelfink, so groß wie Loquela, hüpfte unter den Büschen hervor – er konnte kaum fliegen! Er nahm die Brombeere mit dem Schnabel auf und stieß sie zwischen den elastischen Greiflippen der Giraffe. Saftzellen platzten auf, verschafften Stärkung und Frieden.
Über schwarzverbrannter Erde erhob sich der schlanke Metallturm.

Die Landestützen waren durch das Gras bis auf den felsigen Untergrund gestoßen, als wäre die Welt nur eine dünne Haut. Dem steil aufragenden Turme gleich – der gewiß den Neid der Barbe erregte –, machten ein Mann und eine Frau, die eben noch den Fisch getragen hatten, Aug in Aug einen perfekten Handstand. In dieser schwankenden Position, den Kopf nach unten, liebten sie sich. Die Stellung gefiel Loquela. Sie sah sich nach einem Partner um, obwohl ihr in den Sinn kam, daß der ideale Partner dieser Silberturm selbst sein könnte. Nicht die kleinste Flamme war mehr zu sehen, nur von den Öffnungen an seinem Fuß wurde noch ein wenig Hitze abgestrahlt. Sie knarrten und ächzten, während sie sich abkühlten. Nicht lange, und alle Wärme war verstrahlt. Die beiden Handstand-Liebhaber erreichten ihren Höhepunkt und lösten sich sanft voneinander – ein vierarmiger umgekehrter Vierfüßler, der sich plötzlich in zwei gleiche Lebewesen spaltete, die nun aufrecht gehen konnten.
Das Paar lockte sie mit träge zärtlichen Handbewegungen, ihre Zweisamkeit zu teilen, aber sie schüttelte den Kopf. Sie fühlte sich für ihr sanft choreographiertes Nachspiel zu angespannt, zu gedrängt. Mit verständnisvollem Lächeln ließen sich die beiden Liebenden auf dem Gras nieder. Ihre Köpfe berührten sich, ihre Hände waren ineinander verschränkt. Eine Kröte erschien und hüpfte mit lautem ›Brek-ek‹ um sie herum. Die Frau fütterte sie mit einer großen Gänseblume. Das Tier näherte sich Loquela, die Blume baumelte wie eine Liebesgabe aus seinem Maul. Lachend hob sich Loquela die Kröte auf den Kopf. Dann schritt sie aus, das Tier auf dem Kopf balancierend, bis es der Kröte schließlich gelang, ihr die Gänseblume hinters Ohr zu stecken. Mit einem triumphierenden ›Brek!‹ stieß sie sich ab und landete auf dem Boden. In immer kleiner werdenden Sprüngen hüpfte sie übers Gras – ein ledriger Beutel, der einen Stein imitierte, welcher über die Wasseroberfläche hüpft. Loquela drehte die Gänseblume zwischen den Fingern und wartete darauf, daß der Silberturm sein Geheimnis ausspie und sie verschlang.

2

Das Sternenschiff befand sich mehrere hundert Kilometer vom Zielgebiet entfernt, das Paavo Kekkonen – ihr Pilot und Systemingenieur – dem Computer eingegeben hatte. Im letzten Augenblick, zu spät, um ihren Eintritt in die Atmosphäre noch zu vermeiden, war die

Schiaparelli außer Kontrolle getrieben, als die seitlichen Düsen plötzlich zündeten. Offenbar handelte es sich um einen technischen Fehler. Es war ein bloßes *Gefühl*, als hätte eine äußere Kraft eine unsichtbare Hand um sie geschlossen, dort oben, wo All und Atmosphäre sich treffen, und sie mit einem Ruck zu einem anderen Eintrittspunkt geschoben. Die sechs Menschen in dem Sternenschiff waren ziemlich erleichtert. So weit zu gelangen, nach so vielen Jahren, und dann zerschmettert zu werden... Das war undenkbar! Jetzt vermied jeder auf seine Weise, an diese Möglichkeit zu denken. Statt dessen konzentrierten sie sich auf die Welt dort draußen.
»Gut gemacht, Paavo«, sagte Austin Faraday. »Die Störung untersuchen wir später. Aber sonst eine Bilderbuchlandung. Hier sind sie also runtergekommen: Zielpunkt drei.«
Der Geologe und Kapitän strich sein weißes Haar zurück. Er war gar nicht so alt, es sei denn, man addierte die siebenundachtzig Jahre Kälteschlaf zu seinen zweiundvierzig Lebensjahren. Er war blond, mit einer Wasserstoffmähne, die während des Flugs nur langsam weitergewachsen war. Das galt für alle Besatzungsmitglieder, deren Haare und Nägel wie bei Toten in Särgen noch eine Weile weitergewachsen waren. Die sechs hatten all die Jahre wie tot in Särgen gelegen: drei Männer und drei Frauen. Austin, Paavo und Sean Athlone; Tanya Rostov, Denise Laroche und Muthone Muthiga. Die ganze Zeit waren ihre Haare und ihre Nägel aus ihren quasitoten Körpern mit einer Geschwindigkeit weitergewachsen, deren eine Schnecke sich geschämt hätte, aber nach siebenundachtzig Jahren hatten sie Mähnen wie Eremiten und unglaubliche Krallen.
Als sie aus dem Kälteschlaf kamen, hatten sie die Krallen bereits mühselig gestutzt. Bemerkenswerte Auswüchse – scharfe dünne Krummsäbel aus Horn! Sie hatten sie nicht vernichtet, nein, sondern sie behutsam wie fromme chinesische Bauern verstaut. Raumfahrernägel: Die konnten sie dem Smithsonian-Institut zur Verfügung stellen, falls es bei ihrer Rückkehr noch existierte. Oder vielleicht würden sie sie versteigern, so wie die ersten Astronauten Ersttagsbriefe vom Mond versteigert hatten. Immerhin handelte es sich um die bisher längste Reise: fünfundvierzig Lichtjahre mit Feldantrieb, gemessen am Zollstock des menschlichen Fingernagels...
Nachdem sie erwacht waren und sich erholt hatten, hatte Paavo gescherzt, dieser Wachstumseffekt könnte dem Vordringen des Menschen ins All eine natürliche Grenze setzen. Würden die Kälteschläfer nicht für regelmäßigen Haarschnitt und Maniküre aufgetaut, würden

sie an ihrem eigenen Haar erstickt und vom Gewirr ihrer Zehen- und Fingernägel zur Reglosigkeit verurteilt sein, wenn der Computer sie am Ende der Reise weckte. Er zog in Erwägung, das als den »Poe-Effekt« zu bezeichnen.

Dies war bisher die längste Reise, aber wie sie jetzt wußten, kam eine andere ihr gleich: die der *Exodus V*, auch als *Kopernikus* bekannt, deren Flugroute sie gefolgt waren, vorbei an zwei Sonnensystemen, welche die in sie gesetzten Hoffnungen nicht erfüllen konnten. Die *Kopernikus* war eindeutig hier gelandet, unter der gelben Sonne, die nur eine Nummer trug: 4H (Vierter Harvard-Katalog) 97801...

Denise, die französische Ökologin, starrte durchs Fernglas aus einer der Kristalluken. Ihr Haar war ein Vlies aus Primaversgold. Sie hatte keinen Zentimeter abgeschnitten, als sie erwacht war und feststellte, daß sie – endlich – so schön war, wie sie es sich immer gewünscht hatte. Ihr Gesicht allein, lebhaft und von einem langen Kinn beherrscht, konnte dieses Gewicht an Schönheit kaum tragen...

»Jawohl, sie sind hier. Zielpunkt drei. Aber... alle nackt? Und was machen diese riesigen Fische an Land? Sie scheinen so was wie Schoßtiere zu sein. Und die Säugetiere! Wo haben sie die nur her? Mein Gott, ich sehe ein *Einhorn*. Ein richtiges Einhorn!« Sie eilte zur Computereingabe.

Grüne Worte liefen über einen Kathodenschirm.

EXODUS V »KOPERNIKUS« HATTE BEFRUCHTETE EIER VON ZAHMEN SÄUGETIEREN, FISCHEN & VÖGELN AN BORD. SÄUGETIERE: KUH, HUND, ZIEGE, PFERD...

Sie schaltete den Schirm ab.

»Sie müssen auch DNS-Grundsubstanzen mitgenommen haben«, vermutete Muthoni, ihre kenianische Ärztin. Ihr schmales schwarzes Gesicht war von einem dunklen Haarbusch gekrönt. Ihre Haut war weder schokoladenfarben noch kaffeebraun oder erdbraun, sondern tiefschwarz. Sie besaß die lange dünne Nase einer Steinstatue und volle Lippen, die sich fest und glatt wie poliertes Holz verwölbten. »Sie haben mit Bioformen gespielt, haben sie verändert und neue Nuancen hinzugegeben. Seht euch die weiße Giraffe dort drüben an! Die Hörner und der Kopf. Das ist keine irdische Giraffe. Sie haben mit den Grundsubstanzen Lebewesen mutiert. Sie haben den ganzen Planeten zu einem Park gemacht – zu einem Garten. Ein Wunderland.«

»Natürlich.« Tanya Rostov, die russische Agronomin, nickte sarkastisch. Sie war eine untersetzte Brünette. »Selbstverständlich ist das erste, was Kolonisten auf einer neuen Welt tun, die Landschaft mühelos umzugestalten. Dann werfen sie ihre Kleider weg und beginnen mit genetischer Manipulation als Kunstform. Vermutlich direkt hinter dem nächsten Strauch. Selbstverständlich legen sie keine landwirtschaftlichen Betriebe oder Fabriken oder solche Sachen an. Sie schnippen nur mit den Fingern. Allez hopp, Paradies!«

»Es muß schon ein Paradies gewesen sein«, sagte Denise, »und... nun, zu kämpfen war nicht erforderlich. Die Idee drängte sich von selbst auf: Utopia.« Sie lachte nervös.

»Und jetzt begrüßen sie uns im Handstand«, meinte Austin zweifelnd. »Ich fürchte, Tanya hat recht.«

»Vielleicht sind wir nur mitten in ihrem Naturreservat oder einem Freikörperkulturpark gelandet«, spekulierte die Französin. »Eine Freizeitregion vielleicht?«

»Nach dem, was wir während des Abstiegs erkennen konnten, sah alles genauso aus: Wiesen, Seen, Parks. Jedenfalls auf dieser Seite. Nichts, was so vulgär wie eine Stadt oder ein Dorf wäre! Warum brodelt es hier nicht vor Hitze, he? Dieser Planet dreht sich nicht um seine Achse – oder höchstens so langsam, daß wir es nicht bemerken. Mal ganz abgesehen von der Frage, wieso ein Planet so weit von der Sonne, ohne einen Mond am Himmel, nicht rotiert: Hier müßte es höllisch heiß sein, und die dunkle Seite müßte in Eis erstarren – was nicht der Fall ist.«

»Du hast doch gesagt, es gebe hier vulkanische Tätigkeiten«, erinnerte Paavo. Seine Haarfülle war von Muthoni zu einem Pagenschnitt gestutzt worden. Langes Haar hatte der Finne nie gemocht. Früher, vor siebenundachtzig Jahren, war er ein begeisterter Skiläufer gewesen und hatte es nicht ausstehen können, wenn ihm das Haar über die Schutzbrille flog. Allerdings erschien ihm der Haarschnitt, den die Kenianerin ihm verpaßt hatte, als übermäßig jungenhaft und affig. »Wir haben alle die Feuer gesehen.«

»Ein paar Vulkane wärmen die gefrorene Rückseite nicht auf«, sagte Tanya.

»Dort müßte es schlimmer als in der Arktis sein«, stimmte Austin ihr zu. »Sicher, es gibt einige kalte Stellen. Aber direkt daneben auch verdammt heiße Zonen. Wie ich schon sagte, ein Mosaik aus Hitze und Kälte. Absurd. Eis und Feuer.«

Sean Athlone hatte nur dagestanden und die Landschaft geradezu unersättlich in sich aufgenommen, unfähig, einen Ausschnitt längere Zeit prüfend ins Auge zu fassen. Zuviel ließ sie in ihm anklingen (obwohl er keine Neobehaviourist war). Der irische Psychologe war mit einem roten Rip-van-Winkle-Bart, der ihm bis zu den Knien reichte, aus dem Kälteschlaf erwacht; jetzt war die Haarpracht auf einen Spitzbart zurückgestutzt. Auf dem Kopf trug er jedoch keine flammendrote Krone, sein Schädel war kahl wie immer. Ein vorzeitiger Haarausfall, aber er hatte sich nie zu einer Haarverjüngung entschließen können. Er war nicht religiös erzogen worden, doch das hatte er gewiß später ausgeglichen, indem sein Kahlkopf für ihn ein heiliges Gefäß wurde: eine Monstranz, von seinen Handflächen wohlpoliert, die das spezielle Material enthielt, um mit der psychologischen Laienschar zu kommunizieren. Unter seinem Kinn brannte sein Bart wie eine Flamme und erhitzte und destillierte den Inhalt des alten Urhirns auf der Spitze der Wirbelsäule, der daraufhin ins Bewußtsein aufstieg.

»Was erhält dieses milde Klima aufrecht?« fragte Tanya. »Schließlich steht die Sonne immer in Mittagsposition.«

»In anderen Zonen ist es Morgen und Nachmittag«, bemerkte Denise ein wenig töricht.

»Ständig... Vielleicht haben sie extrem lange Nächte, die ein Jahr oder zehn Jahre dauern! Kommt es hier zu Massenwanderungen? Überwintern sie?«

Seans Augen wanderten. Er nahm den üppig-grünen Fries auf, hier und da von weißen und gelben Blumen wie von Billardkugeln gefleckt, die Haine voller riesiger Beeren, einen hirschgroßen Finken mit goldenen Streifen auf dem Gefieder und einer karminroten Harlekinmaske um den Schnabel, einen orangefarbenen Granatapfel, der, groß wie eine Tauchglocke, mit einer gezackten Öffnung in der Seite in der Nähe des Dickichts lag, und vor allem die beiden erotischen Turner – die selbst angesichts des Sternenschiffs und der Todesopfer der Landung ihre Nacktheit völlig unbefangen und freudig demonstrierten. Er wurde sich eines Anschwellens in seinem Fleisch bewußt, in seinem Fleisch, das schon aufgetaut, aber noch nicht wirklich erwacht war – bis jetzt. Aber es war eine seltsam unschuldige Erregung, die ihn erfüllte, als immer mehr Menschen auf die Wiese zuströmten, um mit dem fortzufahren, was sie getan hatten, bevor das Sternenschiff landete, und zwar in einer erhabenen – in der Tat, erhabenen – Mißachtung des Schiffs in ihrer Mitte. Nein, Mißachtung war es nicht. Sie schienen es einfach als etwas anderes zu betrachten als das, was es war; etwas, das den merkwürdig barocken Felsfestungen verwandt war, die er während der letzten Schritte ihres Abstiegs gesehen zu haben glaubte. Diese Gebilde hatten den Eindruck vermit-

telt, teils natürlich, teils gestaltet oder gebaut worden zu sein und waren ihm wie aus Mineralien bestehende organische Gewächse vorgekommen. Vielleicht waren das die Häuser, Burgen, Kastelle der Menschen? Aber wie waren sie entstanden?
Vom jetzigen Standort des Sternenschiffes war keiner der merkwürdigen Felstürme zu sehen, doch Sean hielt ein Foto in der Hand, das während des Abstiegs aufgenommen worden war. Die anderen hatten es noch nicht gesehen. Irgendwie war es ein Foto von etwas, das bereits in seinem Kopf gewesen war, das Foto eines Traums, als hätte jemand ein archetypisches Abbild geschaffen, das er schon von irgendwoher kannte.
»Wir könnten sie zu fragen versuchen«, schlug er vor.
Austin Faraday schüttelte den Kopf. »Wir sind doch nicht siebenundachtzig Jahre gereist, um rauszulaufen und unsere Kleider wegzuwerfen, nur weil das Wasser so herrlich aussieht.«
»Seht euch das an!« Sean zeigte ihnen das Foto. Er wurde sich bewußt, daß er es die ganze Zeit festgehalten hatte, als gehörte es ihm ganz speziell. »Während des Abstiegs habe ich einige Gebäude wie dieses flüchtig gesehen. Es ist ein Telefoto aus rund fünftausend Metern Höhe.«
Das Farbbild, durch die Schwingungen des landenden Sternenschiffs ein wenig verschwommen, zeigte einen blauen Felsen, der zwischen buschigen Bäumen emporragte. Nach offen öffnete er sich wie eine Tulpenblüte oder die blauen Blätter eines Salatkopfes. Aus dieser Steinrosette erhoben sich gezackte Turmspitzen und etwas, das aussah wie gekrümmte Grashalme – so groß wie Mammutbäume, wenn die Größenordnung stimmte. Diese Halme bogen sich nach innen und stützten einen Reifen, einen kreisrunden Bogen am Himmel. Ein gegabelter Baumstamm in Form einer Wünschelrute trennte die beiden Türme, als hätte ein schrecklicher Sturmwind ihn zwischen sie geschleudert. Doch die Folge dieses Sturms waren Heiterkeit und Ausgeglichenheit.
»Das ist kein natürliches Gebilde«, sagte Austin leise. »Nicht wahr?« Seine Stimme klang zweifelnd.
»Es ist ein Gebäude«, bestätigte Denise. »Wahrscheinlich ist es eine ihrer Fabriken und was noch unter der Erde liegen mag. Es wäre nur logisch, nicht wahr, wenn die Winternächte extrem lange anhalten. Es sieht beinahe wie gepanzert aus, obwohl es meines Erachtens Felsgestein ist. Außerordentlich widerstandsfähig. Geformt, um auch dem dicksten Eispanzer zu widerstehen. Vielleicht zieht es sich in den

Erdboden zurück? Schließt sich wie eine Blume? Der Ring der Spitze sieht aus wie eine Antenne, und die«, sie kicherte, »die Wünschelrute könnte auch eine Antenne sein.«

»Die *Kopernikus* wäre nicht gelandet, wenn diese Welt Tage und Nächte hat, die Jahre dauern«, sagte Tanya bissig.

»Vielleicht hatten sie keine Wahl? Verschleiß der Schiffssysteme?«

»Eine Antenne?« Paavo schüttelt den Kopf. »Auf welcher Frequenz sollten sie senden? Alle Wellenbereiche sind tot.«

»Vielleicht ist es eine Art psychotronischer Strahlungsgenerator«, platzte Denise heraus. »Vielleicht zapft es natürliche Energien an und sendet sie weiter. Biologische Energie, die sich in diesem Wirrwarr von Lebensformen ausdrückt! Lange bevor wir die Erde mit soviel *merde* verseuchten, gab es Experimente in diese Richtung. Genau, vielleicht erzeugen sie dadurch diese riesigen Beeren und Früchte dort draußen. Wenn sie herausgefunden haben, wie man das schafft, dann wäre es eine noch längere Reise wert. Ihr seht kein Anzeichen von Kultivierung oder Viehzucht, weil sich alles auf einer psychotronischen Ebene abspielt. In direktem Kontakt zur Natur.«

Tanya lachte verächtlich. »Ich habe keine Ahnung, wie man Energien auf Beeren ausstrahlt, aber auf die Vogelwelt hat es eine tolle Wirkung. Ist das Ding da unten ein Fink? Ist euch klar, daß er selbst unter dieser geringen Schwerkraft zu groß ist, um seine Flügel zu benutzen? O ja, es braucht Riesenbeeren als Fressen. Ein Wunder, daß es nicht auch Menschen wie Würmer verspeist.«

Denise wurde rot. »Vielleicht strahlen die Türme, hmmm, wohltuende Harmonien aus.«

»Wißt ihr, das Ganze erinnert mich an etwas«, sagte Sean. »Der Felsen. Die gesamte Landschaft.«

Die Landschaft war natürlich nicht das einzige Rätsel. Dieser Planet war ein bißchen kleiner als der Mars, besaß aber eine erdähnliche Atmosphäre. Er mußte weit dichter als Mars oder Erde sein – reich an schweren Elementen, beste Voraussetzungen für Industrie –, da die Oberflächenschwerkraft drei Viertel der irdischen betrug. Auf irgendeine Weise war das Klima gemäßigt, obwohl die Welt sich in bezug zu ihrer Sonne nicht drehte (bei dieser Entfernung eigentlich unerklärlich). Nicht nur, daß sie gemäßigt war und von den Polen zum Äquator auf der Tagesseite nur eine Differenz von dreiundzwanzig Grad aufwies, da waren auch die großräumigen heißen Flecken auf der Nachtseite. Selbst wenn es dort ständig vulkanische Tätigkeit gab, so waren doch keine Anzeichen von Vulkanen längs der drei gewaltigen Senkungsgräben festzustellen, die sich durchgehend von Pol zu Pol an den östlichen und westlichen Hell-Dunkel-Grenzen erstreckten und die Tagseite drittelten. Außer dieser scharfen Trennlinie war die Landschaft der Tagseite auffallend regelmäßig. Und sie bestand nur aus Land: sanfte Hügelstriche, durchsetzt von Seen, Flüssen und Bächen. Keine Meere. Die Trennlinie auf der Tagseite hätte ein schmales Meer von Pol zu Pol sein können, aber sie war es nicht. Wo befanden sich also die Wasserreservoirs? Und wo war die atmosphärische Umwälzpumpe?

Die Tagseite – durch die Trennlinie in eine Ein- und eine Zweidrittelfläche geteilt – wurde von den östlichen und westlichen Senken eingefaßt, als wäre sie von einem Rahmen umgeben.

Der Inhalt dieses Rahmens – die Landschaft – war der Schlüssel. Als Sean hinausstarrte, kam aus dem Aufbruch in dem Granatapfel ein schwarz-goldener Kopf heraus, noch benommen von der Landung des Sternenschiffs, vielleicht gerade aus der Bewußtlosigkeit erwacht, aber von der festen Schale der Frucht geschützt. Das Einhorn tänzelte in ihre Richtung und focht ein paar Scheingefechte in der Luft aus, indem es mit seinem langen weißen Horn fintierte. Die Brüste der Negerin hüpften, als sie eine Himbeere, so groß wie ihre beiden Fäuste zusammengenommen, dem Tier entgegenschleuderte. Die Beere wurde von der Hornspitze aufgespießt. Seine weiße Mähne schüttelnd, bäumte sich das Einhorn auf und stolzierte auf der Hinterhand um den Granatapfel herum. Die Vorderhufe spendeten klappernd Beifall. Dann schlug es mit dem langen Schwanz hin und her und verschwand, indem es immer noch auf zwei Beinen vorsichtig durch die Büsche schaukelte – ein großes, weißes Gespenst.

»Erinnert euch das nicht an etwas?«

»Erinnern?« rief Tanya. »Wie kann uns ein fremder Planet, fünfundvierzig Lichtjahre von der Erde entfernt, an etwas erinnern? Zugegeben, sie haben irdische Pflanzen und Tiere in bemerkenswertem Ausmaß und in superschneller Zeit verbreitet, auch wenn sie mutiert und wie Karikaturen wirken ... Oder meinst du den Stil, in dem sie den Turm gebaut haben?«

»Nein. Muthoni hatte eben beinahe recht. Es ist ein Garten. Der *Hortus deliciarum* – der Garten der Lüste.«

Muthoni mißverstand ihn. »Der Garten Eden? Glaubst du, wir haben den Garten Eden gefunden?« Sie lachte ausgelassen. »Oh, Mann! Also hat Gott Adam und Eva von seinem Montageband hier fünfundvierzig Lichtjahre transportiert? Er hätte Eden ein bißchen näher bei

der Erde parken können. Sei nicht kitschig, Sean! Da draußen, da sind irdische Kolonisten. Das ist Zielpunkt drei.«
»Verrückt«, fuhr Tanya auf. »Aber zugleich eine bemerkenswert banale Sicht des Universums.«
»Er meint es im übertragenen Sinn«, sagte Denise und entschuldigte sich damit gleichzeitig für ihre eigenen Psychotronik-Phantastereien.
»Nein, er hat nicht ›Eden‹ gesagt. Er sagte, dies wäre der Garten der Lüste. Wörtlich. Und der *Garten der Lüste* ist der Titel des Mittelstücks eines Gemäldes.«
»Oh, nein!« Zumindest Denise kannte es und erinnerte sich daran. »Das Gemälde von Hieronymus Bosch?«
»Genau das. Es paßt alles nahtlos zusammen, oder? Die nackten Liebenden, die riesigen Vögel und Früchte, der große Landfisch.« Sean wies auf das Foto. »Dieser Turm. Es wird noch andre geben. Viele. Bosch hat nur einige Kilometer Landschaft gezeigt, aber hier ist sie, soweit ich sehen konnte, über die ganze Hemisphäre ausgebreitet. Es sei denn, wir wären zufällig in dem Teil der Welt gelandet, den sie zu dieser Szene verwandelt haben.«
»Du meinst, wir sind in einem *Gemälde* gelandet?« spottete Paavo. »Wir sind doch nicht durch ein schwarzes Loch in eine andere Realität geflogen. Wir befinden uns immer noch im normalen Universum.«
»Ist das Universum normal, Paavo, alter Freund?«
Muthoni runzelte die Stirn. »Wenn unsere Haare und Nägel im Kälteschlaf weiterwachsen, vielleicht sterben dann unsere Hirnzellen langsam ab. Vielleicht sind wir, wie Greise, altersschwachsinnig aufgewacht.«
»In einem Gemälde gelandet«, murmelte Paavo. »Das ist zu absurd, um es überhaupt absurd zu nennen. Die Kolonisten von Tau Ceti sind doch nicht im Venedig Canalettos oder in einer Dali-Welt gelandet, oder? Mal abgesehen von der Tatsache, daß es schier unmöglich ist, auch nur einen Teil der Hemisphäre in der Zeit umzuformen, die ihnen zur Verfügung stand: Die Kolonisten, die hierherkamen, waren doch kein Haufen biomanipulierender Kunsthistoriker. Sie waren Landwirte und Techniker.«
»Trotzdem«, beharrte Sean, obschon Muthonis Bemerkung ihn besorgt machte. Vielleicht träumten sie jetzt alle in hellwachem Zustand? Traumentzug hatte stets Auswirkungen auf die Menschen. Waren sie alle wach und holten zugleich ein Traumbedürfnis von siebenundachtzig Jahren nach? Legten sie auf diese Welt – die in Wirk-

lichkeit völlig anders war – ein Traumbild? Er strengte sich an, draußen etwas anderes zu sehen: einen Fabrikschlot, zum Beispiel, Qualmwolken. Oder Äcker, mit Mais und Roggen bepflanzt. Aber nein. Der Garten blieb. Üppig, aber irgendwie gepflegt. Wuchernd, aber zugleich geordnet – gestaltet. Eine üppige Parklandschaft, bewohnt von einer irren Tiermenagerie. Und nackten Menschen.
»Nun gut, ich kenne euer Gemälde nicht«, sagte Tanya. Sie konnte es also nicht halluzinieren. »Es muß einen anderen Grund für die riesigen Vögel und Fische und das Verhalten der Menschen dort draußen geben. Vielleicht ist das die geistige Barriere des Planeten. Eine neue Form der Psychotherapie. Etwas für Menschen, die sich nicht an eine fremdartige Wirklichkeit gewöhnen können. Gebt ihnen etwas, das noch verzückter ist als Therapie – vertraute Bilder, aber wild übertrieben. Willkürlich verzerrte Dinge, um eben diese vergessen zu lassen, um die alte Welt zu entfremden. Sean, du bist der Psychologe. Für so etwas bist du zuständig. Wie sieht's aus? Diese Vögel und Tiere könnten doch Roboter oder Androiden sein.«
Genau deshalb war Sean auf dem Schiff: um den Widerstreit zu verstehen, der zwischen den alten ererbten Vorstellungen, den mythischen Pfaden der alten Welt und den neuen psychologischen Kanälen bestand, die wahrscheinlich gebildet werden mußten, wenn die Kolonisten Bewohner statt nur Besucher werden sollten – den Archetypen fremdartiger Erfahrung für eine fremdartige Welt. Aber konnten sich uralte archetypische Strukturen überhaupt auf diese Weise wandeln? Konnten sie sich anpassen? Konnte sich ein neuer und angepaßter mythischer Symbolismus tatsächlich entwickeln? Vielleicht war, wie Tanya andeutete, der leitende Psychologe der *Kopernikus* tatsächlich auf diese Lösung gestoßen: den Exorzismus der alten Traumpfade durch groteske und manifeste Übertreibung. Doch wieso war Bosches traumhaftes – und oft alptraumhaftes – Bild gewählt worden? Und wie war es physikalisch möglich?
»Paavo«, sagte Kapitän Faraday, »versuche, etwas auf dem Funk zu bekommen. Den Regierungsrat oder das Zentralkomitee oder was sie hier sonst haben. Sag ihnen, wir seien hier in diesem ... Park gelandet. Sie müssen uns von einem der Türme, oder um was es sich sonst handeln mag, gesehen haben.«
Eine Sekunde später war das leise Fluchen des Finnen zu hören. »Die Funkanlage ist jetzt völlig tot. Unsere Geräte geben ihren Geist auf. Keine Energie. Okay, ich lasse es vom Computer prüfen.«
Paavo drückte die Knöpfe. Doch der Kathodenschirm blieb leer.

»Das verstehe ich nicht. Nichts!« Er zitterte. »Der Computer tut's nicht mehr. Aber das ist unmöglich, Selbstdiagnose gehört zu seinem Programm. Und trotzdem tut er's nicht mehr.«
»Keine Panik.« Austin leckte sich die Lippen, die wie angeklebt schienen. »Teste die Umlauf-Hilfsmotoren.«
»Wie kann ich das, wenn der Computer keine Instruktionen entgegennimmt?«
»Überbrücke ihn! Schalte eine Zündfolge ein. Ohne programmierte Flugbahn werden wir uns schon nicht in den Himmel schießen. Schalte nur eine ein, Paavo. Bluff ihn aus.«
»Das Kontrollbord ist tot«, berichtete Paavo wenig später.
»Aha«, sagte Austin. »Entweder steckt im Computer ein Programm, das wir nicht kennen – womit man uns einen schlimmen Streich gespielt hätte...«
»Oder etwas von draußen hat uns stillgelegt«, ergänzte Denise und schüttelte ihr Primavera-Haar über ihren Raumanzug. »Dasselbe Etwas, das uns einen Schubs gegeben hat, damit wir hier landen? Überlegene Technologie? Aber *wessen*?«
»Ich glaube, es ist an der Zeit«, sagte Sean, »die Leute da draußen zu fragen. Wenn hier drinnen nichts funktioniert, haben wir keine andere Wahl.«
Muthoni hatte die verschiedenen Lebenssysteme durchgeprüft.
»Wir können atmen, wir können essen. Allerdings können wir nichts kochen. Lift und Klappen haben noch Energie. Jedenfalls können wir normal aussteigen, ohne uns durchschweißen und an Nylonseilen runterklettern zu müssen.«
»Nur einmal angenommen, wir sind tatsächlich in diesem Gemälde gelandet«, sagte Austin, »das jemand um diesen Planeten gewickelt hat: Ist es rundum so? Ein einziger großer Garten?«
Auch Denise stellte sich das Triptychon von Bosch vor: die drei Tafeln, von denen nur die mittlere den Garten der Lüste abbildete. Sie bekam Angst.
»Wären wir hier im Garten der Lüste«, überlegte Sean, »dann könnte jenseits der Senke sehr wohl – ich sage es jetzt nicht gern – Eden liegen, wo Gott lebt.«
»Der Morgen nach der Schöpfung«, stimmte Denise zu.
»Und was ist auf der Nachtseite?« Austins Stimme klang drohend, als klagte er Sean an; als würde das, was Sean aussprach, im nächsten Moment Wirklichkeit, ganz gleich, was er auch sagte.
»Das ist die Hölle, Austin. Die Hölle, mit Teufeln und Folterqua-

len ... und Eis und Feuer. Das ist auf der Nachtseite, wo wir glaubten, die Vulkane zu sehen. Die Hölle, Austin. Die Hölle.«
»Seht!« schrie Tanya.
Hundert Meter von dem Sternenschiff entfernt stand ein nackter Mann auf der Wiese. Er winkte zu ihnen hoch und schien etwas zu rufen.

3

Er war von mittlerer Größe und nicht sonderlich muskulös, ohne allerdings dürr zu sein. Wenn man berücksichtigte, daß er ständig dem Sonnenlicht ausgesetzt sein mußte, war seine Haut nur wenig gebräunt. Er hatte ein ovales, nachdenkliches Gesicht, gekrönt von einem lockigen braunen Haarschopf, obschon der Rest seines Körpers völlig glatt und haarlos war. Alle Menschen, die sie sahen, trugen auf dem Körper ebensowenig Haare wie Kleider. Rasierten sie sich mit Feuersteinen in den kalten Bächen?
Der Gesichtsausdruck des Mannes war freundlich, allerdings mit einer Spur von Melancholie, die in Kontrast zu den freudigen Belustigungen der Szenerie stand. Als er Sean, Paavo und Muthoni die Rampe herabsteigen sah, nahm er einen überraschten Ausdruck an. Sein Blick blieb auf Muthonis schwarzem Äußeren ruhen, dann nickte er, als erinnerte er sich an etwas. Doch gewiß nicht daran, was eine Schwarze war? Schließlich befand sich in der Schale des Granatapfels ebenfalls eine Negerin.
»Hallo, ich bin Jeremy.« Der Mann deutete mit einem Kopfsenken eine Verbeugung an. Zögernd streckte er eine Hand aus. Schüttelte man sich auf der Erde, von der diese Raumfahrer kamen, immer noch die Hände? Sean ergriff die Hand und drückte sie. Sie war warm, fest und wirklich.
»Jeremy ... Bosch, etwa?«
»O nein, das nicht.« Der Mann grinste. »Ich habe das hier nicht erfunden. Mein Name ist wirklich Jeremy, aber ich verstehe, worauf Sie hinaus wollen. Und wahrscheinlich entspricht mein Name *seinem* Sinn für Humor – oder seinem Sinn für Skurrilität. Jedenfalls haben Sie erkannt, wo Sie sich befinden?«
»Wie Sean hier meint, befinden wir uns in dem mittelalterlichen Gemälde eines Holländers«, entgegnete Paavo mißmutig. »Sehen Sie, unser Schiff hat sich abgeschaltet. Der Computer nimmt keine In-

struktionen an. Das Funkgerät ist tot, die Antriebsdüsen ebenso. Wer hat das getan?«
»Offensichtlich hat *Er* alles abgeschaltet.«
»Und wer könnte *Er* sein?« fragte Muthoni.
Jeremy reagierte mit einer vagen Handbewegung. »Oh, Er ist Gott. Weil es keinen besseren Namen oder kein besseres Substantiv gibt. Er ist unser Gott. Er lebt drüben im Westen. Euer Schiff paßt nicht ins Bild, aber trotzdem: seid willkommen! Entspannt euch, vergnügt euch! Ihr könnt einiges lernen. *Dafür* wird diese Welt sorgen. Hier wird alles gelernt.«
Sean entspannte sich wirklich. Wieso auch nicht? Nach der schalen Luft des Sternenschiffes roch die Luft hier sehr angenehm. Sie schien in den Kopf zu steigen – vielleicht ein höherer Sauerstoffgehalt, als sie es gewohnt waren. Ein Strauß charakteristischer Gerüche würzte sie: Muskat, Citrus, Laubmoos, rauchiger Bernstein, frische Lilien aus dem Tal.
»Es sieht nicht so aus, als geschehe hier überhaupt etwas«, klagte Paavo.
»Das beweist nur, wieviel ihr lernen müßt. Aber ihr müßt einen langen Weg hinter euch haben.«
»Natürlich haben wir einen weiten Weg zurückgelegt, Mann! Wir sind von der Erde gekommen, und die ist immer noch fünfundvierzig Lichtjahre und siebenundachtzig Eisjahre entfernt. Seit euer *Exodus*-Schiff gestartet ist, haben wir den Feldantrieb nicht weiter verbessert. Grenzen – es gibt Grenzen.« Ungeduldig stampfte Paavo mit dem Fuß auf, als wollte er die letzte Spur der Kälte aus seinen Zehen vertreiben.
»O ja, ich weiß.« Jeremy nickte vergnügt. »Ich erinnere mich. Ich bin der einzige, der sich noch erinnert ... der sich überhaupt für Erinnerungen dieser Art interessiert. Das ist, hmm, man könnte sagen, meine Rolle. Ein Glück, daß ihr hier gelandet seid. Ich nehme an, es war nicht ganz zufällig, oder?«
»Die Lenkung spielte im letzten Augenblick verrückt. Verdammtes Glück, daß wir heil runtergekommen sind.«
»*Gesegnetes* Glück. Ich sehe Gottes Hand im Spiel. Er hat euch an der besten Stelle abgesetzt.«
»Ich habe uns abgesetzt«, betonte der Finne.
»Meinetwegen.«
»Sie erinnern sich also an das, was Ihnen ... Ihre Großeltern erzählt haben – von der Erde?« schaltete Sean sich ein.

»Nein, seine Vorfahren«, korrigierte Muthoni ihn. »Es müssen jetzt sieben oder acht Generationen sein. Mindestens drei Lebensspannen.«
Jeremy grinste. »O nein, *ich* erinnere mich an unsere Ankunft. Ich ganz persönlich. Natürlich liegt inzwischen alles weit zurück. Die Kältetanks. Die langen Haare und Nägel beim Aufwachen. Ich war der Kapitän der *Kopernikus.*«
»Das ist doch Unsinn«, protestierte Muthoni. »Sie sind gerade in den Dreißigern. Werden Sie jünger statt älter? Ist die Zeit hier anders?«
»Also, ich war Kapitän Jeremy ... wie war der Name doch gleich? Jeremy Van der Veld, genau. Zu Ihren Diensten. Weil ich uns hierher gebracht habe – als Leiter sozusagen – wurde ich ... nein, nicht direkt ausgesondert, sondern eher *erwählt* – als der ständige Zeuge. Vielleicht habe ich mich selbst erwählt. Ein Fall eingebildeter Verantwortung, versteht ihr? Ich war der kleine Halbgott der *Kopernikus.*«
»Aber Sie sind noch so jung.« Muthoni zitterte. »Gibt es hier kein Altern? Keinen Tod?«
»Natürlich gibt es den Tod. Seht euch die arme Giraffe an! Ihr habt sie zu Tode erschreckt. Sie hat sich zerrissen. Wenn das passiert, kommen sie nie wieder hoch, müßt ihr wissen – ein tödlicher Schock. Natürlich gibt es den *Tod.*« Jeremy lächelte gewitzt. »Aber es gibt auch eine Wiederauferstehung. Wir sterben, nicht an Altersschwäche oder Krankheit, versteht sich, sondern entweder willentlich – zum Beispiel in den Höhlen oder den Todesmuscheln –, oder ein Tier setzt es sich in den Kopf, uns zu ermorden. Vielleicht ein Löwe oder ein Tiger. Die meiste Zeit sind es sehr freundliche Tiere – die Löwen und Tiger.«
»Tiere *morden* nicht.« Sean war verwirrt. »Ein Tier tötet nur.«
»Nun ja, hier morden sie. Natürlich nur selten. Wenn der Todesreiher jemanden ruft, und dieser Jemand hört nicht auf diesen Ruf, dann wird ihn früher oder später ein Tier ermorden. Und das ist ein wenig schmutziger als ein freiwilliger Tod.«
Sean starrte auf den riesigen Distelfink, welcher der dahinscheidenden Giraffe den letzten Dienst – mit Brombeersaft – erwies. Ein kleiner Vogel hatte sich dazugesellt und hockte auf den Hörnern der Giraffe. Ein Raubwürger, dachte er.
Jeremy folgte seinem Blick. »Würger für gewaltsamen Tod, Reiher für freiwilligen Tod. So ist es halt. Wir sterben so oder so. Und dann geht's in die Hölle. Wo wir schließlich erneut getötet werden, obwohl wir dort drüben um einiges zäher sind, das dürft ihr mir glauben. Das müssen wir auch. Dann tauchen wir hier wieder auf, durch das Erleb-

nis ein wenig verändert. Wie ihr schon gemerkt habt, bin ich längst nicht mehr der alte Kapitän Van der Veld, aber ich bin noch immer der Fliegende Holländer. Ah, damals war ich groß, zäh, ein Siegertyp. Viel schärfer umrissen, kein bißchen spontan. Für diese Mission war ich wie ein Uhrwerk aufgezogen worden – ein Automat. Über das Ende der Reise hatte ich nie nachgedacht. Jetzt bin ich elastischer, ein neuer Mensch. Man könnte sagen, das war in gewisser Weise meine Erlösung.«

»Ihr habt keine Haare auf dem Körper«, bemerkte Sean. Er war gespannt, ob die Antwort lautete: Es paßt nicht ins Bild.

»Nun, Gott hat einen Bart. Nicht, daß ich ihm persönlich begegnet wäre. Das ist sein Vorrecht, sein Amtsabzeichen sozusagen. Ach, bisher ist Er der einzige richtige Erwachsene auf dieser Welt, und wir sind seine Kinder. Der Pfad des Wachstums beginnt im Kinderland, heißt es nicht so? Kleine Kinder haben keine Körperbehaarung. Wenn ihr einen Pelz wollt, werdet ein Tier. Oder ein Teufel. Einige Teufel sind ganz schön haarige Typen. Haar verbirgt, versteht ihr? Hier haben wir es nicht so mit dem Verbergen. Wie ihr wohl schon bemerkt habt.«

»Kleine Kinder«, sagte Paavo. »O ja, alle benehmen sich ziemlich kindisch.«

»Aber wo sind die echten Kinder?« fragte Muthoni.

»Ach ja, ich komme ins Plaudern, unaufmerksam von mir. Ich muß mich auf euch, hmm, Erdmenschen einstellen. Für mich ist nach so langer Zeit alles eindeutig und offensichtlich.«

»Die Kinder!«

»Wir sind noch nicht reif genug, Kinder zu haben. Aber die *Kopernikus* hatte eine Menge genetisches Material menschlichen und tierischen Ursprungs an Bord. Alle befruchteten Eier, die wir mitgebracht haben, leben jetzt – ausgewachsen oder mutiert.« Mit einer Kopfbewegung wies Jeremy auf einen großen gefleckten Plattfisch, der sich ihnen mit langsamen Flossenbewegungen auf dem Gras näherte. In der geringeren Schwerkraft fiel ihm das gewiß leichter, aber auch so war es eine mühselige Angelegenheit. Und doch schien der Fisch Genuß daran zu finden, sich langsam vorwärts zu schleppen.

Muthoni wies mit dem Daumen auf das Paar, das sich vorher im Handstand vereinigt hatte. Die beiden saßen jetzt im Gras, hatten ihre Finger ineinander verschränkt und spielten eine zärtliche, stumme Berührungsmusik, als versuchten sie, eine bestimmte Handschrift zu erschaffen, einen Händedruck letztendlicher Erkenntnis.

»Sie meinen, das seien sterile Kopulationen? Präpubertär, funktionslos?« Sie kicherte kurz, als ihr der Kontrast zwischen der klinischen Fragestellung und den Zärtlichkeiten, auf die sie sich bezog, bewußt wurde. Sie rümpfte die Nase und nahme den Geruch von Muskat, Moschus und reiner Minze auf.

»Das... hmm... ist nicht ihre Funktion. Kinder zu zeugen ist nicht ihre Funktion. Noch nicht. Einstimmung, Balance, Rhythmus, Feierlichkeit – darum dreht sich die Liebe jetzt.«

»Am besten, sie fangen am Anfang an«, schlug Sean vor. »Möchten Sie mit nach drinnen kommen?«

»Es wird wie in alten Zeiten sein, Kapitän Van der Veld«, meinte Paavo mit einladendem Lächeln. Muthoni starrte ihn böse an.

»Nein, ich würde mich dort drin nicht wohl fühlen, in... wie heißt es?«

»Sternenschiff«, warf Paavo sarkastisch ein.

»*Schiaparelli*«, antwortete Muthoni. »So heißt es.«

»Nein, wenn wir irgendwo hineingehen, dann nur zu einer... Umwandlung. Ihr könnt alle gefahrlos nach draußen kommen. Eine Stahlhülle macht nicht den geringsten Unterschied, sie schützt euch vor nichts, außer vor der Erkenntnis. Vor der Möglichkeit zur Erkenntnis, jedenfalls. Habt ihr übrigens nicht gesagt, die *Schiaparelli* habe ihre Funktionen eingestellt? Solltet ihr mir nicht Meldung geben, wer ihr seid?« Mit der letzten, scharf gestellten Frage war er einen Moment lang wieder ganz Kapitän.

»Das ist wahr«, stimmte Sean freundlich zu. »Das ist unsere Ärztin und Biologin, Muthoni Muthiga. Und Paavo Kekkonen, Pilot und Ingenieur. Ich bin Sean Athlone, Psychologe. Wir haben eine völlig neue Theorie darüber, wie das archetypische Abbild unserer ursprünglichen Kolonistenwelt sich über eine fremdartige Umgebung legen oder von ihr modifiziert werden könnte. Wir meinten, das könnte höchst bedeutend für das Problem sein, wie Kolonien ganz allgemein...«

Jeremy kicherte. »Ich würde sagen, wir haben unsere psychologischen Probleme schon längst abgehakt.«

»Austin Faraday ist unser Kapitän und Planetologe. Tanya Rostov ist unter anderem Agronomin. Denise Laroche ist unsere Ökologin.«

»Athlone, hm? Laroche?« Jeremy schien sich über einen ganz persönlichen Witz zu freuen. »Ja, ja, ich frage mich, was *Ihre* tiefere Motivation für die Reise hierher war? Interessante Namen.«

»Athlone? Nur eine Stadt in Irland. Meine Vorfahren waren vermut-

lich Bauern, die den Namen der Stadt annahmen. Sie waren keine Gutsherren oder so etwas.«
»Hier gibt es nur einen Herrn, Sean: *Ihn*. Laroche, auch ein guter Name.«
»Was ist an unseren Namen so ulkig?«
»Oh, das werdet ihr herausfinden. *Er* müßte sie eigentlich mögen. Er hatte einen Sinn für ausgewählte Ähnlichkeiten.«
»Wer oder was auch immer ›Er‹ ist, sie brauchen hier bestimmt einen Psychologen«, flüsterte Muthoni. Laut sagte sie zu Sean: »Ich habe Durst! Sollen wir die anderen holen? Der Mann hat recht, eine Stahlhülle macht eigentlich keinen Unterschied. Und wenn du schon mal dabei bist, bring eine Flasche mit.«
»Wenn ihr durstig seid, bedient euch nur an irgendeinem Strauch«, sagte Jeremy. »Oder an dem Teich dort hinter den Hecken. Ich verspreche euch, ihr werdet weder vergiftet noch unter Drogen gesetzt.« Er unterstrich seine Wort mit einer lebhaften Handbewegung. »Wer braucht Halluzinationen, wenn man dies als Realität hat.«
Eine nackte Frau, die mit erwartungsfrohem Lächeln zugesehen hatte, kam jetzt auf sie zu. (Nackt, gewiß, aber die bekleideten Besatzungsmitglieder waren hier die Sehenswürdigkeiten.) Sie hatte kleine runde Brüste, wie Äpfel, und ihr Körper war von auffälligem Weiß; kein teigiges Weiß, sondern ein Weiß von Milch oder Elfenbein. Ihr langes feuchtes Haar trocknete zu einem strohigen Gelb. Als Sean sich umwandte, um die Rampe hinaufzugehen, verzog sie das Gesicht und richtete ihre Aufmerksamkeit auf Paavo. Doch dann trat sie auf Muthoni zu und küßte sie sanft auf die Wange.
»Nigredo«, lachte die Frau. Sie betrachtete Muthoni mit ironisch verliebtem Blick, die Afrikanerin trat einen Schritt zurück.
»Wie hat sie mich genannt«, fragte sie Jeremy, als wäre er ihr Dolmetscher.
Jeremy ignorierte die Frage. »Vergnügt euch, wie ihr wollt«, sagte er statt dessen. »Solange ihr keine Schmerzen hervorruft. Und keinesfalls mit Feuereifer. Der Schmerz des Eifers, der ernsthafte Schmerz, gehört in die Hölle.«
»Was heißt ›Nigredo‹?«
Vergnügt schlug die Nackte ihre Hände zusammen. »Ich bin Loquela. Hallo. Warum seid ihr alle angezogen? Seid vorsichtig, ihr verwandelt euch in Tiere oder lockt böse Tiere an.« Es war schwer zu erkennen, ob sie scherzte oder es ernst meinte.
»Das nennt man Kleidungsstücke«, erklärte Paavo leutselig. »Man

trägt sie an Bord eines Sternenschiffes, wenn man nicht im Kälteschlaf liegt.«

»Wir waren in unseren Eiskästen siebenundachtzig Jahre lang nackt«, fügte Muthoni hinzu. »Das ist eine angenehme Abwechslung.«

»Oh, dann ist dir die Kälte in die Knochen gefahren, meine dunkle Schöne! Ist das da ein... Sternenschiff?« Loquela stellte die Frage sehr unsicher. Der Begriff schien in ihrem Wortschatz keinen Bezug zu haben.

4

Entweder vergaß Sean Muthonis Wasserflasche ganz einfach, oder er nahm Jeremy beim Wort. Mit leeren Händen erschien er wieder und brachte die drei übrigen Besatzungsmitglieder mit. Denise betrachtete die Wiesen mit offener Freude, Tanya mit einer gewissen Verzagtheit, als könnte der Gott, von dem Sean gesprochen hatte, hinter einem Strauch hervortreten und sie ansprechen, und Austin hatte eine möglichst achtunggebietende Miene aufgesetzt. Loquela bemerkte Seans Versäumnis, lief zu einem Strauch und kehrte mit einer melonengroßen roten Johannisbeere zurück, die sie Muthoni anbot. Die Kenianerin zögerte kurz, dann biß sie hinein. Roter Saft spritzte über ihren silbergrauen Raumanzug. »Mein Gott, ist das herrlich! *Mzuri sana*!« Sie gab die Beere an Denise weiter, die davon kostete und sie Austin anbot. Doch der ignorierte sie. Loquela schien von Denises Goldhaar entzückt. Sie streichelte es, auch wenn ihre volle Bewunderung Muthonis tiefschwarzer Haut galt.

»Kapitän Van der Veld?« fragte Austin. »Ich meine, Sie *waren* Kapitän Van der Veld? Was meine ich eigentlich?«

»Nennen Sie mich einfach Jeremy.«

»Was *ist* diese Welt, Jeremy? Wer ist dieser ›Gott‹, von dem Sie meinen Kameraden erzählt haben? Ein fremdes Überwesen – ist es das? Sind wir endlich doch einer fremden Intelligenz begegnet?«

Jeremy legte den Kopf schief. »Ganz offenbar ist Gott fremd, und zwar in dem Sinne, daß wir Ihn nicht erkennen können. Er entzieht sich dem Niveau unseres derzeitigen Verständnisses, sehen Sie das nicht? Aber wir streben aufwärts. Selbst die Fische tun das, nicht wahr? Er *hilft* uns, Kapitän. Ich nehme an, es ist eine Hilfe – obschon sie sich manchmal auf, sagen wir, krummen Wegen bewegt.«

»Aber was *ist* dieser Gott? Das ist es, was ich wissen will. Ist er, nun,

zu lokalisieren? Befindet er sich an einer Stelle? Oder, ähmm, reicht er ins ganze Universum? Ich meine, wenn er *der* Gott ist, müßte er überall sein, oder?«
Sean vermutete, daß Austin der Aspekt der Befehlshierarchie fast ebensoviel Sorgen machte wie die Frage, ob es ein Gott oder ein Überwesen gab oder ob die beiden identisch sein mußten. Austin wollte also nur die Grenzen der Autorität des Gottes wissen. Immerhin, es war ein erster praktischer Schritt...
»Sie bitten mich, unseren Gott zu definieren? Ach, damit sind wir die ganze Zeit beschäftigt. Und auch damit, Ihm zu helfen, sich selbst zu definieren, glaube ich. Um Ihnen eine exakte Antwort zu geben: Er ist mittels Erweiterung überall hier – und besonders im Paradies.«
Es war nicht der erste Schritt, den Sean getan hätte. Vielleicht wäre es besser, zuerst seine eigenen Grenzen zu kennen – und die Grenzen dieser amnestischen, genußsüchtigen Kolonisten... Oder besser, was sie zu lernen glaubten, indem sie ihre auf der Erde zugewiesene Rolle vergaßen und sich in diesem Paradies belustigten.
Drei Männer waren Seite an Seite auf drei stolzen Hirschen auf die Wiese geritten. Zwischen sich trugen sie einen großen, betrübt wirkenden Karpfen, dessen Brust- und Hüftflossen zu klein waren, um ihm zu ermöglichen, sein Gewicht über den Boden zu schleppen. Jedenfalls wäre er sofort niedergesackt... Half der Gott den Menschen, wie diese den Fischen halfen?
In diesem Augenblick kam eine Elster herbeigeflattert und ließ sich auf der Rampe nieder. Sie legte den Kopf schief, als belauschte sie sie, dann schlug sie ihren Schwanz auf und nieder und schiß auf das glänzende Metall. Jeremy blickte zu ihr auf und ließ seine Augen dann über die Wiese schweifen.
»Von Anfang an kann diese Welt nicht so gewesen sein«, stellte Paavo mit Nachdruck fest.
»Von Anfang an? Hier ist immer der Anfang. Der Beginn. Unser neuer Beginn. O ja, es war schon so, als wir hier landeten – so weit die Landschaft reicht. Die Vögel und Tiere kamen später aus den Teichen und Höhlen, aus den Hüllen und Felstürmen. Natürlich wurden *sie* aus unseren Eidepots genommen. Wie lange es dauerte, es so wie jetzt einzurichten, weiß ich wirklich nicht, aber ich glaube, nur kurze Zeit. Dieser Planet ist recht klein, und er rotiert nicht.«
»Das haben wir bemerkt«, entgegnete Austin.
»Er dürfte keine Atmosphäre und nicht diese Schwerkraft haben.«
»Das ist uns klar. Also hat dieser Gott eine ungeeignete Welt für euch

umgestaltet – in ein paar Stunden?« Austin strich sich über die Stirn. »Was *ist* Er?« Seine Stimme deutete jetzt die Großschreibung des Worts ›Er‹ an. »Sie haben Sean gesagt, Er habe einen Bart. Heißt das, Er sieht menschlich aus?«

»Nun, ich bin Gott nicht begegnet. Außer dem Bekleideten ist das nur wenigen vergönnt gewesen. Er hat menschliche Gestalt, gewiß. Einen Bart, rosa Gewänder. Er herrscht im Paradies, aber seine Sinne sind überall. Seht ihr, er ist Einzelwesen und zugleich allgemein. Nach meiner Meinung haben wir Gott definiert, als wir gelandet sind, und jetzt versuchen wir alle ein Stadium zu erreichen, in dem wir verstehen können, was wir geschaffen haben.«

»Also haben wir ein Überwesen ... das hier herumgesessen und etwas getan hat? Hat es nach einer Methode versucht, sich selbst zu definieren? Ein Wesen mit der Macht, eine ganze Welt umzugestalten, mit der Macht der Schöpfung ... Aus was hat sich dieses Wesen entwikkelt? Ist es ein einzelnes Wesen? Oder eines von vielen?«

Sean spähte nach oben. Der Himmel war nicht mehr wolkenlos, aus einer geballten Kumuluswolke trieben Regentücher herab, die aber nirgendwo nahe dieser Wiese auftrafen. Die Wolke erinnerte ihn an eine Gießkanne. Über ihnen jagte ein Schwarm von Schwalben wie ein einziges Geschöpf durch den Himmel. Sie flogen um einen kleinen kindergroßen Körper mit langen blauen Flügeln. Er erspähte einen weiteren dieser Koboldvögel, dann einen einzigartigen fliegenden Fisch: ein langgestreckter blaßgrüner Torpedo, dessen Flügel auf der Luft schwebten, als wäre die Luft Wasser. Er ähnelte einem Hai mit langen, breiten, substanzlosen Walflossen. Einer der Koboldvögel umkreiste ihn, als er langsam durch die Luft segelte.

Sean zeigte hinauf. »Was ist das? Cherubim?«

»Elfen«, erwiderte Jeremy. »Metamorphosen. Entwicklungsphasen.«

»Phasen von Menschen? Oder was sonst?«

»Vielleicht, vielleicht auch nicht. Ich bin doch nicht dort oben. Und da ist ein Himmelsfisch, sehen Sie!«

Träge ging der Flossenhai in Schräglage. Er folgte einem unsichtbaren Luftstrom, während die Elfe sich auf seinem langen Rücken niederließ. Die Schwingen weit ausgebreitet, stand die Elfe auf Zehenspitzen wie ein Wellenreiter auf dem Fisch – und wurde davongetragen.

»Hat dieses Überwesen einen Namen?« fragte Austin.

»Wenn Er einen besonderen Namen hat, so hat Er ihn uns nicht genannt. Seht ihr, es scheint ein wenig lächerlich, nach Seinem Namen

zu fragen. Anders als fragte man nach *Ihrem* Namen, Athlone!« Jeremy grinste verschmitzt. »Der Bekleidete könnte euch sicher Antwort geben. Er ist Sein Vertrauter. Ich bin nur sein Sündenbock. Jedenfalls scheint es manchmal so.«
»Hat der *Planet* einen Namen?«
»Garten, Paradies und Hölle – nur so nennen wir ihn. Es hängt davon ab, wo man sich aufhält. Drei Welten in einer.«
»Aha, und ich nehme an, wir haben einen dreieinigen Gott!« ergänzte Tanya. »Wie originell!«
Jeremy starrte sie an. »Vielleicht ist Er ein dialektischer Gott: These, Antithese und Synthese.«
»Gebt mir Kraft!«
»Das wird Er. Und dort oben, das ist die Sonne. Sie hatte eine Nummer, nicht wahr? Ich kann mich nicht an sie erinnern.«
»4H... Ach, egal«, sagte Austin. »Was immer Er auch ist, Er hat unser Schiff lahmgelegt. Hat Er Boten – diese fliegenden Elfen? Können wir Kontakt mit Ihm aufnehmen?«
Doch Jeremy blickte zu der Elster, die auf der Rampe hockte. »Vögel sind Boten. Todesvögel, Lebensvögel.«
»*Korr*«, sagte die Elster. »*Korr-korr.*« Sie putzte ihr Gefieder und legte den schwarzen Schnabel unter einen zerzausten Flügel.
»Manchmal ist es schwierig, die Botschaft zu verstehen.«
»Der Vogel ist intelligent!« rief Denise. »Er hört uns zu.«
»Nun ja, dumm ist er nicht.«
»*Korr*«, stimmte der Vogel zu. Ein glitzerndes Auge blickte unter dem Flügel hervor.
»Könnt ihr euch mit ihm unterhalten?«
»In Wirklichkeit ist es der Vogel des Bekleideten. Er hat den heißen Draht zu Ihm.«
»Wer ist dieser Bekleidete?« unterbrach Sean. »Ist *er* ein Mensch? Oder ist er ein Teil eurer heiligen Dreiheit?«
»Er ist der Meister des Mysteriums. Ich glaube, er weiß, was vorgeht, oder er ist uns einiges voraus in der Fähigkeit, es herauszufinden. Das ist sein Großes Werk. Soweit ich weiß, war er einer der Kolonisten – im Kälteschlaf, so daß wir uns vorher nie begegnet waren. Er behauptet jetzt, Knossos zu heißen, vermutlich war er also Grieche. Vielleicht war er der ursprüngliche kretische Lügner?«
Jeremy näherte sich der Elster. Der Vogel hüpfte von einem Fuß auf den anderen. Er drehte den Kopf hin und her, fixierte ihn mit dem rechten und dann mit dem linken Auge, als vermesse er ihn trigono-

metrisch. Vielleicht sah sein linkes Auge die Dinge anders als sein rechtes.
»Ist Knossos in der Nähe? Das ist er doch, oder?«
»*Korr.*«
»Sollten diese Menschen ihn suchen?«
»*Korr-korr.*«
»Wird er sie finden?«
»*Korr-korr.*«
»Was wünscht Gott von ihnen?«
Plötzlich schoß die Elster auf Sean zu. Sean zuckte nur kurz zurück, schloß aber die Augen fest. Die Krallen des Vogels griffen seine Schulter. Vorsichtig führte das Tier den Schnabel in sein Ohr, so als suche es nach Zecken. In der Kehle des Vogels entstand ein rasselndes Geräusch, das in Seans Ohr dröhnte und sein Trommelfell in Schwingungen versetzte. Statt Vogelgezwitscher hörte er jetzt verzerrte Worte.
(»Gott finden?« krächzte die Stimme. »Wollen? Erst lernen müssen wie! Lieber hier bleiben? *Schön*. Ja? Nein?«)
Die Elster zog den Schnabel zurück und stieß sich von seiner Schulter ab. Die Bewegung brachte Sean ein wenig aus dem Gleichgewicht. Der Vogel stieg hoch, kreiste und ließ sich auf der Spitze des Sternenschiffs nieder, wo er nur ein winziger schwarzer Fleck war. Mit dem Schwanz schlagend schiß er einen zweiten Fleck auf den Rumpf, hob ab und flog davon.
Sean berichtete, was er in seinem Kopf gehört hatte.
»Verdammt!« fluchte Austin.
»In gewissem Sinne«, stimmte Jeremy leutselig zu, »ist verdammt zu sein ein Weg zu Gott. Es wäre wirklich besser, wenn ihr von hier verschwindet. Gott hat andere Fische zu braten.« Der Plattfisch, der noch immer über das Gras kroch, hob den Kopf und keuchte vorwurfsvoll. Ein Beben erfaßte seinen Körper und hob ihn vom Boden, so daß er einen Moment zu schweben schien, bevor er wieder zurücksackte.
»Wenn Gott im Westen, im Paradies, ist, können wir dorthin gehen? Es dürfte nur ein paar E-Monate in Anspruch nehmen!« Austin schnippte die Finger mit lautem Geräusch, als reiße er Wochen von einem Holzkalender ab.
»Zwischen dem Garten und dem Paradies liegt ein Tal. Kein normales Tal – es ist mehrere Meilen breit und tief. Am Grund ist eine glühendheiße Wüste voll giftigen Gases. Kein Weg nach unten, kein Weg hindurch.«

»Könnten wir durch die Luft reisen?«
»O nein, er kann nicht zulassen, daß ihr in Sternenschiffen herumfliegt. Das ist unvereinbar. Ich dachte, ihr hättet gemerkt, daß ihr abgeschaltet worden seid. Es gibt nur einen Weg, das Paradies zu erreichen, meine Erdfreunde. Man nennt ihn Sterben. Durch die Hölle. Ihr kennt die Kunst des Sterbens noch nicht.«
»Vielleicht kennt dieser ... dieser Knossos einen anderen Weg«, sagte Austin.
»Ihr hört mir nicht zu. Das *ist* der Weg. Und wieso sollte es für Gott von Bedeutung sein, euch zu treffen?«
»Hölle!« fluchte Austin. Es war schwer zu erkennen, ob er nur fluchte oder die Nachtseite der Welt meinte. »Wir sind über Lichtjahre hierhergekommen. Wenn ihr ein superintelligentes Wesen gefunden habt – mein Gott!« Aber unter diesen Umständen waren Flüche mehrdeutig.
Sean amüsierte die Verwirrung auf Austins Gesicht, als diesem die Doppelbedeutung seiner Worte plötzlich aufging.
»Zuerst müssen wir die Natur dieses fremden Wesens herausfinden«, sagte Tanya entschlossen. »Erste Priorität.«
»Gewiß, ihr seid einen weiten Weg gekommen«, gab Jeremy zu. »Auf der anderen Seite hat Gott eine ganze Welt für uns gebaut. Eure Interessen sind eher zweitrangig. Übrigens, wollt ihr diese Neuigkeiten mit zur Erde nehmen? Und dann? Touristenführungen? Eine Einladung an Gott, einen Botschafter zu schicken? Kontakt auf dieser Ebene ist lächerlich unangemessen. Seine Bedingungen sind die einzigen.«
»Aber wollt ihr euch dieser Macht denn nicht entziehen?« wollte Tanya wissen.
Mit einer Handbewegung umfaßte Jeremy die Wiesen. »Ein lächerliches Anliegen.«
»Aber Menschen sind keine Schoßtiere im Zoo irgendeines Überwesens!«
»Nennen wir es einen Kinderhort, einverstanden? In Wirklichkeit sind wir *alle* einen weiten Weg gekommen – vom ersten Protoplasma an. Und wir haben alle noch einen weiten Weg vor uns, ihr eingeschlossen.«
Loquela war unruhig geworden, ziellos bewegte sie ihre Finger. »Das ist alles sehr schön, dieses Gerede von einer Begegnung mit Gott – genau *das*. Fische würden gerne gehen, und ich glaube, mit der Zeit werden sie es alle. Nach langer Zeit. Im Moment ist es gewiß genug zu

wissen, daß Er *da* ist, und zwar in uns allen. Nehmt Kontakt mit *dieser* Realität auf! Liebt sie! Befreit euch von den närrischen Lumpen, in denen ihr euch versteckt! Wie könnt Ihr überhaupt etwas finden, wenn ihr euch versteckt?«

Sie preßte ihre Brüste gegen Austins Oberkörper, legte ihre Arme um seinen Hals und bog die Elfenbeinweichheit ihres Schenkels um seine Hüfte.

Austin beugte sich zurück. Nicht in der Absicht, sie abzuweisen, sondern um zu vermeiden. mit ihr zu Boden gezogen zu werden. »Trägt Knossos nicht auch Kleider?« widersprach er schwach.

»Was *er* verbirgt«, antwortete Jeremy, »ist verborgenes Wissen. Er weiß bereits, was vor uns noch verborgen ist. Eins muß Ihnen klar sein, Kapitän: Hier gibt es keine schlechten Zensuren, wenn Sie sich vergnügen. Er ist kein puritanischer Gott. Aber wir haben hier auch kein Schlaraffenland – wir sind alle damit beschäftigt, etwas zu lernen. Loquela hat völlig recht. Schließt euch an! Wir sollten ein Begrüßungsfest veranstalten. Oder nennt es meinethalben eine Orgie. Wir sind hier alle, hmm, Freunde.«

Loquela hatte sich jedoch schon von dem widerstrebenden Austin gelöst und winkte den drei Reitern. Sie hatten neben dem Schiff angehalten und waren von ihren Tieren abgestiegen. Den riesigen Karpfen hatten sie vorsichtig neben dem Schiff auf den Boden gesetzt, so daß er es bewundern oder bestaunen konnte. Die drei jungen Männer traten näher und lächelten den Neuankömmlingen zu. Sie sagten kein Wort, sondern warteten wie drei nackte Knappen.

Ihr Haar war einförmig braun, ihre Körper fast golden – polierte Goldmünzen neben Loquelas Elfenbeinwährung. Ihre Hüften waren schmal, ihre Muskeln wirkten eher dekorativ als funktionell, obwohl sie einen Karpfen von einigem Gewicht zwischen sich tragen konnten. Wie Sean bemerkte, waren zwei von ihnen unbeschnitten, der dritte jedoch nicht; der Gott schien in dieser Beziehung tolerant zu sein.

»Hallo«, sagte er. »Ich bin Sean.«

Einer der jungen Männer beugte das Haupt. »Ich bin Dimple. Das ist Dapple. Und er ist Dawdle.«

»Das sind eure *Namen*?«

»O nein«, erwiderte der Jüngling lachend. »Das sind die Namen unserer Reittiere. Wir haben noch keine Namen, weil wir noch nicht wissen, wer wir sind. Wie könnten wir vorher Namen haben?«

»Aber ihr müßt doch einmal Namen gehabt haben.«

»Ja, aber das waren die *falschen* Namen. Also haben wir sie vergessen. Nun?« fragte Dimple einladend mit einem verschmitzten Blick zu Muthoni. Er rieb sich mit der anziehenden schlichten Sinnlichkeit eines Kätzchens, das sich auf einem weichen Teppich scheuert, mit den Händen über die Brust. Mit diesem einen Wort sagte er sehr viel.

»Ich fühle mich in dieser Montur ziemlich heiß«, lachte Muthoni. »Ich glaube, der Fruchtsaft ist mir zu Kopf gestiegen. Ich würde uns etwas Freiheit verordnen.«

»Zügellosigkeit, meinst du«, zischte Tanya. »Ich bin nicht hierhergekommen, um – *kak pa-angliski?* – Gruppensex zu treiben.«

»Déjeuner sur l'herbe«, meinte Denise versonnen. »Nur daß die Herren diesmal keine Anzüge tragen.«

Austin Faraday wirkte völlig perplex.

»Was schlägst du vor?« fragte Sean ihn leise. »Sollen wir uns in der *Schiaparelli* einschließen? Die nächsten fünfzig Jahre in einer toten Hülle Karten spielen? Oder hier das Stück mitspielen, bis wir wissen, wer es geschrieben hat und warum?«

Muthoni öffnete bereits ihren Anzug mit spitzem Fingernagel.

»In Ordnung.« Austin zitterte. »Diejenigen, die gerne, ähemm, schwimmen möchten, könnten sich ausziehen. Aber sonst...« Er schluckte. Seine Hände glätteten fieberhaft seine Kleidung und prüften ihre Unversehrtheit, als könnte dies durch eine Art Servokontrolle Muthonis Tun überspielen.

Doch Muthoni ließ ihren Anzug auf die Knöchel fallen. Zusammen mit ihren Stiefeln flog er davon.

»Austin, wenn man auf diesem Planet dem Nudismus frönt, wäre es doch unhöflich, bekleidet herumzulaufen.«

»Das ist schändlich«, schimpfte Tanya. »Es ist... Meuterei. Setzen Sie sich durch, Kapitän!« Sie umklammerte ihren Oberkörper, als wären nicht Muthonis, sondern ihre Brüste nackt. Zitternd preßten sich ihre bekleideten Beine gegeneinander – eine widerstrebende Jungfrau bei der Verkündigung durch einen jungenhaften Erzengel, einen Gigolo-Gabriel.

»Ich habe mich auch stets durchgesetzt«, sagte Jeremy. »Und sehen Sie mich jetzt an! Können Sie sich vorstellen, daß ich mich weit besser fühle? Wirklich! Trotz der gelegentlichen Befürchtungen und Verstimmungen.«

Die Erde mit ihrer Megabevölkerung war – wenn auch nicht puritanisch – eine Welt, wo Abschirmungen und Schleier aller Art zwischen

den Menschen an der Tagesordnung waren (oder gewesen waren), um die Gesellschaft davor zu bewahren, ein reiner Bienenstock zu werden. Das galt zumindest für den Westen und Eurorußland, wenn auch nicht im selben Maße in Muthonis Afrika. Doch es gab Freizeitzonen, Nudistensolarien und ähnliches, um die überall herrschende antiseptische Abgeschirmtheit zu mildern; und außerdem hatten sich die sechs Sternenreisenden an Bord der *Schiaparelli* gegenseitig in hygienischer Nacktheit gesehen. Es war auch nicht allein ein Problem der Nacktheit als solche, dachte Sean, nicht einmal der Sexualität dieser Welt (da Tanya kaum Jungfrau sein konnte); es lag daran, daß sie, Austin und auch Paavo die Gesetze dieser Welt ablehnten, daß sie sich nicht eingestanden, was mit der Kolonie auf der Ebene von Fleisch und Blut und nackter Haut geschehen war – als eine subjektive Tatsache, im Gegensatz zu einer rein objektiven. Das, in Verbindung mit der überentwickelten irdischen Phobie vor zu intimen menschlichen Kontakten (außer zu rechten Zeiten an den rechten Orten), war es, was Tanyas Widerwillen erregte. Auf einer hochorganisierten Erde mußten auch andere Abschirmungen als Kleider oder manchmal Masken aufgestellt werden, vor allem Abschirmungen persönlicher Daten, um die Fiktion des menschlichen Individuums aufrechtzuerhalten. Das galt in gewissem Maße sogar für Rußland. Wenn eine überlegene Autorität jetzt sagte: ›Zwischen uns soll es keine Abschirmung geben‹, bestand die Gefahr, daß dies alle Männer und Frauen in den Wahnsinn trieb, sie demütigte und zu Robotern machte. Könnte dieser ganze Planet tatsächlich ein Solarium sein? Arbeit und Freiraum hatten sie erwartet, aber niemals diese müßige Nacktheit.
»Wir kommen nirgendwohin, wenn wir Charakterpanzer tragen«, sagte Sean leise. »Wir sind zufällig auf einem Planeten gelandet, auf dem ein *Gott*, keine Regierung, den Ton angibt – etwas, das auf Grund seiner Natur in euch hineinschaut. Diesen Unterschied müssen wir hautnah erfahren.«
»Erster Schritt: Zeig ein bißchen Haut!« Denise lachte. Der Beerensaft hatte auch sie in Heiterkeit versetzt. Aber ebenso war sie *stolz* auf sich und ihr wallendes Goldhaar. Die große Leere des Raums hatte sie mit einer Gabe des Raums versehen: Raum, sich gefahrlos und freundlich überall zu entblößen. Ihre Trennung von der Erde und deren Abschirmungen wurde nun vom Metermaß ihrer Goldpracht gemessen, die sie in einer Welt, in der hüftlanges Haar sich in den Kleidern, Fingern oder Augen eines anderen verwickeln konnte, nie besessen hatte.

Muthoni zerriß ihr Höschen. Schwelgerisch breitete sie die Arme aus. Jetzt, da sie nackt war, schienen die anderen unnatürlich beschränkt. Loquela, die wie eine Katze vor dem Mauseloch beobachtet hatte, wie ein Raumanzug geöffnet wurde, trat in Aktion. Ihre Fingernägel schlitzten einen Verschluß auf, teilten Seans lockere Hülle und entdeckten seine rotbehaarte Brust. Neugierig streichelte sie sie. Doch mindestens ebenso verzaubert blieb sie von Muthonis Haut. Mit der linken Hand berührte sie diese und schnurrte wieder: »Nigredo.«
»Nein, ich behalte meine Kleider an«, sagte Austin. »Aber jeder nach seiner Fasson.« Hilflos zuckte er die Achseln.
Irgendwie bezweifelte Sean, daß der Charakterpanzer lange intakt bleiben würde. Tat er es doch, verhärtete er sich womöglich noch, so daß der Verstand mit ihm in die Binsen ging, wenn er schließlich brach.
»Partyzeit«, gurrte Loquela.

5

Loquela klatschte in die Hände, wies auf die dicht behangenen Sträucher und fuhr mit den Fingern hier- und dorthin. Dimple, Dapple und Dawdle trabten davon, um Früchte für das Fest zu holen.
Tanya setzte sich schwerfällig und kreuzte die Beine; sie verankerte sich am Boden. Sie schwitzte in ihrem Anzug und begann bald, sich unruhig hin und her zu bewegen, als kröchen behaarte Würmer über ihren Körper. Loquela streckte die Hand aus, um Paavo herabzuziehen. Der Finne kauerte sich wie ein Skifahrer zusammen, der gerade zur Schußfahrt auf einem bevölkerten Abhang ansetzt und an Hindernissen vorbeiwedelt, die hauptsächlich aus anderen Menschen bestehen. Dann ging er in die Hocke und ließ sein Körpergewicht auf den Absätzen ruhen. Wiederholt kratzte er sich am Kopf.
Austin zuckte die Achseln und setzte sich ebenfalls, die Schultern starr, die Arme verschränkt. Sean und die anderen streckten sich aus und schmiegten sich an die kleinen Erhebungen und Vertiefungen der Grasmatratze.
Das Fest, oder die Orgie, begann recht sittsam mit dem Kosten der ersten Früchte, denen weitere folgten. In einem Augenblick anfänglichen Ernstes meinte Muthoni, die Kolonisten *müßten* strenge Vegetarier sein, wenn alles zutraf, was Jeremy über die Entwicklung von

Fischen und Tieren gesagt hatte. Man konnte sich kaum eine Forelle zum Frühstück grillen oder eine Wildkeule zu Mittag! Der Garten schien in der Tat kein Feuer zu kennen.

Aber eine Ernährung nur aus Früchten? Das verwirrte die Ernährungsexpertin in ihr. Jeremy grinste nur, leckte mit der Zungenspitze eine staubig samtene Traube glänzend und bot sie ihr an.

Und während sie Frucht auf Frucht aß, bemerkte sie, wie einzigartig – und befriedigend, weil einzigartig – jede neue schmeckte, obwohl sie gerade erst vom Fruchtfleisch eines Zwillingsstücks gekostet hatte. Enthielten sie ein Enzym, das die Geschmacksnerven beeinflußte, fragte Muthoni sich laut, und eine ausgewogene Mischung von Vitaminen und Proteinen?

Seine eigenen Reaktionen überdenkend, stellte Sean fest, daß jede Fruchtvariante auch eine starke psychologische Komponente enthielt. Kirschen waren irgendwie denkanregend (und tatsächlich kaute Muthoni gerade eine Kirsche), wogegen ein Granatapfel ihm ein Gefühl von Achtung oder Ehrfurcht vermittelte... Nicht nur ein Mahl für den Leib, entschied er, sondern auch eines für Geist und Seele.

Denise (die jetzt auch eine Kirsche aß) war es, die auf das Fehlen störender Insekten hinwies – an einem warmen Tag wie diesen und mit von geronnenen Säften verklebten Händen, Gesichtern und Brüsten...

Außer den drei Knappen Dimple, Dapple und Dawdle beteiligten sich zwei Frauen an dem Festmahl. Die eine hatte tiefschwarzes Haar und sang zwischen den Bissen vor sich hin, die andere, eine sommersprossige Rothaarige, die einen lausbubenhaften Eindruck machte, war mit einer fußballgroßen Erdbeere angelaufen gekommen. Mit einem schmalen Zeigefinger hatte sie die Frucht flink in handliche rosarote Stücke zerteilt. Weder der Rotschopf noch die Knappen schenkten den Hinweisen auf die Erde die geringste Beachtung, auch erkundigten sie sich nicht nach dem Sternenschiff, obwohl sie ihm fragende Blicke zuwarfen. Es war, als hörten sie nichts oder wollten sofort vergessen, was sie hörten – so wie die drei Knappen bewußt ihre Namen vergessen hatten. Die ganze Zeit sang die Dunkelhaarige ohne Text einfach vor sich hin, als gälte es, Stimmübungen zu machen, bevor sie etwas sagte. Während des Mahls rückte die Rothaarige Zentimeter für Zentimeter näher an Paavo, bis sie schließlich den Stoff seines Raumanzuges sanft befingerte, als handelte es sich um ein Kettenhemd, das Glied für Glied durch zarte Berührung aufgelöst werden müßte.

Da brach ein Affentrio durch die Sträucher und gesellte sich, tollend und Purzelbäume schlagend, zu der Gesellschaft. Vergnügt applaudierend, warfen die Gartenbewohner den Affenartisten Obststücke zu – die allerdings von diesen nicht beachtet wurden. In ihren Augen glitzerte eine kecke Boshaftigkeit. Sobald sie nahe genug heran waren, schnappte sich jeder Affe einen der Raumanzüge, die Sean, Muthoni und Denise abgelegt hatten. Silbergraue Banner im Schlepptau verschwanden die drei Diebe eilig zwischen den Sträuchern.

Mit einem Aufschrei erhob sich Paavo.

»He«, rief Sean, »das ist doch egal. Wir haben Ersatz an Bord.«

»*Egal?*« Paavo rannte hinter dem diebischen Affentrio her. Behende richtete der Rotschopf sich auf und lief ihm leichtfüßig nach.

»Ich glaube, das war ein deutlicher Hinweis«, sagte Denise ohne Bedauern. Sie ließ ihr Haar über die Brüste baumeln und die Warzen liebkosen. Es schien, daß sie sich von nun an mit dieser Bekleidung zufriedengeben würde. Hastig blickte Austin zur Seite und münzte die Reflexbewegung in eine aufmerksame Beobachtung der Rampe um, falls andere wilde Tiere sich daranmachen sollten, den Vorraum des Schiffs zu plündern. Doch nichts dergleichen geschah.

Die Dunkelhaarige, deren Stimme ein Lied war, begann Denise zu helfen, ihr Haar in vielfältigen Kaskaden zu gestalten, über den Rükken, über die Schultern, zwischen den Brüsten. Ihre suchenden Hände trafen sich mit denen des Hirschreiters Dimples, denen Dapples Hände folgten. Einen Moment lang wurde Denise starr, dann entspannte sie sich, schloß die Augen und ließ ihre eigenen Hände über Gesichter und Körper der anderen gleiten wie ein kleines Mädchen beim Blindekuhspiel. Sie entdeckte die anderen, so wie sie selbst entdeckt wurde.

Jeremy zwinkerte Muthoni zu, während Loquela daran ging, ihre ›Nigredo‹-Haut mit Lippen und Zunge näher zu erforschen. Er begann Loquela zu streicheln, als würde dies einen Strom in Gang setzen, der Muthoni indirekt zu ihm zog. Nervös rutschte Muthoni auf Sean zu, ihre Augen waren auf Denise fixiert, die sich dem Geschlinge von Händen und Mündern ergab. Seans Arm legte sich um Muthonis Hüften und Schenkel.

»Aphrodisiakum«, murmelte sie, während sie an seinem Ohrläppchen kaute. »Die Stachelbeeren, glaube ich. Es ist *süß*. Befriedigt den Bauch, befriedigt den Körper. Und warum auch nicht?«

Ihr Blick fiel auf Seans Schoß. Er hatte eine Erektion – wie die anderen

Männer auch, Austin vermutlich eingeschlossen. Nur wurde Austin durch seinen Raumanzug behindert und bewegte sich unruhig hin und her. Plötzlich sprang Tanya auf und floh zu der Rampe, ins Schiff und aus dem Bereich ihrer Blicke. Muthoni ließ sich von Loquela in Seans Schoß drängen...

Zikaden zirpten erregt. Sean bemerkte, daß nicht nur Muthoni, sondern auch Loquela ihn berührte – und war das Jeremys Hand? Irgendwo stieß Denise einen leisen Schrei aus.

Blinzelnd sah Sean ein Krötenpaar heranhüpfen, knarrend und quietschend wie alte Dielenbretter – zwei bewegliche Lederbeutel oder *Cache-sexes*.

»Unsere Geschlechtssäfte locken sie an«, flüsterte Loquela. Sie leckte sein Ohr – seit seiner Verwendung als Trommelfell für die Elster war es ein vielgenutztes Ohr geworden. »Vielleicht sind Kröten von körperlicher Liebe besessen, aber zwischen dir und mir, Sean«, gurrte sie, »ist es eine Sache sprachlicher Verständigung, nicht wahr? Eines Tages, wenn wir einmal neue Kinder empfangen, werden Frösche – nicht Kröten – eine Hymne zu unserer Hochzeit singen. Ihre Laichfäden im Wasser symbolisieren schöpferische Sperma. Ke-ke-kexx«, lockte sie die glotzenden Kröten.

Nach einiger Zeit lösten sich die Feiernden voneinander. Aufrecht sitzend, grinsten sie einander an.

In diesem Augenblick kam Paavo zurück, allein. Seine Hände waren leer, sein Körper nackt: Er hatte seinen Raumanzug verloren. »Verdammter Affe! Verdammtes Gör!« schrie er und floh nackt die Rampe hinauf ins Schiff. Den sich entspannenden Menschen im Gras widmete er kaum einen Blick, zu sehr war er mit seiner eigenen Pflichtvergessenheit beschäftigt. Muthoni brach in schallendes Gelächter aus. Im Schiff beschimpfte eine wütende Tanya den Finnen auf russisch. Ihre Tirade endete erst, als er wieder in Silbergrau gekleidet war...

Austin Faraday schien den Geschehnissen weit entrückt: ein Kapitän *absconditus*. Jeremy betrachtete ihn mit ironisch sanftem Mitgefühl. Es war weniger der Zusammenbruch der Disziplin, der der Autorität Austins jeglichen Zusammenhang entzog. Diese Welt hatte ihren eigenen Kapitän, der das Sternenschiff abgeschaltet und ein Gelage befohlen hatte. Jeremy zuckte die Achseln und lächelte milde. Mit *diesem* Kapitän zu diskutieren, war sinnlos. Sie würden lernen, sie würden lernen.

Jeremy seufzte.

Sanft berührte Sean ihn am Arm. Seine Augen zwinkerten. »Doch nicht etwa die Post-coitus-Wehmut?«
»Wohl kaum! Nicht in diesem Garten. Nein, nur die *Erinnerung* ... an das, was Austin zu schaffen macht. Melancholische Erinnerungen eines armen kleinen Wichts. Wenn ich nicht vergessen kann, woher ich gekommen bin, kann ich kaum woanders hingelangen...« Die Wolke verzog sich, Jeremy grinste anstößig. »Nun ja, wir hatten gerade alle eine hübsche kleine Stunde des Vergessens.«

»Ich habe mich entschieden«, sagte Austin, als Tanya und Paavo wieder ins Freie gekommen waren. Die Hände auf die Hüften gestützt stand er dort und sagte eine Weile gar nichts mehr.
Paavo schmollte jetzt. Er spürte, er hätte sich freier und müßiger vergnügen sollen, als er mit dem Rotschopf in den Büschen war, aber das *konnte* man nicht auf einer *fremden* Welt, selbst wenn die Menschen hier in unbeschwerter Nacktheit herumtollten! Folglich verachtete er sie, und er verachtete sich selbst, und er wollte die Zeit ein wenig zurückdrehen, doch die Zeit war bereits vergangen und abgestanden. Und er konnte einfach nicht glauben, wie unbekümmert Sean und die beiden Frauen sich amüsiert hatten (laut Tanya, die sich geweigert hatte, noch länger *zuzusehen*), während er für sie seine Pflicht getan und seine Haut für ihre Kleider aufs Spiel gesetzt hatte. Warum hatten sie ihn nicht gesucht, als er so lange fort war? Genau deshalb hatte er sich nicht frei gefühlt, sich zu entspannen, sich gehenzulassen. Er fühlte sich rechtschaffen betrogen. Auf doppelte Weise! Der Rotschopf mußte mit dem Affen, der dazwischengeschlüpft war und *seinen* Anzug gestohlen hatte, unter einer Decke stecken. Wahrscheinlich saß sie jetzt kichernd auf einem Baum und trieb Sodomie mit ihm. Wenn er diesen Baum finden könnte, morgen beispielsweise, wenn er wieder für sie bereit war, dann würde er es ihr zeigen. Das schuldete sie ihm!
»Ich habe beschlossen, daß eine dreiköpfige Gruppe sobald wie möglich aufbrechen soll. Kapitän Van der Veld kann euch führen.« Austin wandte sich an Sean, Denise und Muthoni, als wäre er bereits vorher zu dem logischen Schluß gekommen, daß diese drei die Gruppe bildeten – ausgewählt nicht von ihm, sondern von der Welt, eine Wahl, die er mit guter Miene billigte.
»Ihr werdet versuchen, diesen Mann namens Knossos zu finden und mit dem Gott oder fremden Überwesen, der hier den Ton angibt, Kontakt aufzunehmen. Als erstes Ziel würde ich einen der auffälligen

Steintürme mit den ›Antennen‹ darauf empfehlen. Diejenigen, die zurückbleiben, können kleine Streifzüge durchführen, um Daten zu sammeln...«

Austin hatte für seinen Teil nicht den Wunsch, ein zweiter umherschweifender Van der Veld zu werden.

Währenddessen klammerten sich Tanya und Paavo an die Rockzipfel der *Schiaparelli*, als wären sie noch nicht entwöhnte Neugeborene. Auch wenn Paavo den Kopf hob und sich die Hände rieb – in Aussicht auf das Sammeln sehr spezieller Daten...

6

Grün schimmernd erstreckte sich das Land auf trübblaue Hügel zu. Dort schien es in den wäßrigen Himmel zu verdampfen. Der Horizont war näher als jeder Horizont auf der Erde, aber das hieß nicht, daß sie keinen langen Weg zurückzulegen hatten. Die Landschaft schien sich nur schneller zu verändern als jede irdische Landschaft. Die Spitze ihres Sternenschiffes war bald außer Sicht.

Geführt von Jeremy, dem Exkapitän, schritten Sean, Muthoni und Denise leichtfüßig aus. Die Neuankömmlinge gingen barfuß – überhaupt waren sie am ganzen Körper nackt –, aber das machte ihnen nichts aus: Gras und Moos bildeten einen weichen Teppich für ihre empfindlichen Sohlen, Dorngewächsen und Heckendickichten wichen sie leicht aus. Und während sie ihnen auswichen, indem sie einmal nach links und einmal nach rechts bogen, schienen Sträucher und Baumgruppen den Plan eines großen offenen Labyrinths zu bilden, durch das viele alternative Pfade führten.

Der Weg war von Orangenbäumen gesäumt, die mit reifen, leuchtenden Früchten beladen waren, die nur darauf zu warten schienen, daß Hände, Klauen oder Schnäbel sie pflückten. Vor ihnen stolzierte ein Kamel mit einem großen blaumetallischen konkaven Blatt, das wie eine Muschelschale oder Boot zwischen zwei wolligen Höckern balanciert wurde. Das Boot war voller Menschen. Nackte Arme und Beine ragten heraus, fuchtelten und traten aus, als versuchten sie, das Blattboot aus dem Gleichgewicht zu bringen, um daraus zu entkommen. Vielleicht wollten sie aber auch verhindern, daß es in seiner labilen Lage nicht aus dem Gleichgewicht geriet.

An einem Pfad lugte zwischen Korbweiden und Goldginster ein Braunbär hervor. Prompt erhob er sich auf seine Hinterbeine, zwin-

kerte ihnen zu, schwankte hin und her und begann dann, schwerfällig zu tanzen. Langsam tanzte er vor ihnen den Pfad entlang und wakkelte mit dem Rumpf, als lade er sie zu einer Polonaise ein.
Sie nahmen einen anderen Weg, der zumindest eine Weile frei von Tieren war.

»Tack-tack-*tack*!«
Das laute Glucken kam aus einer moosbewachsenen Schlucht. Durch die Schlucht floß ein Rinnsal in einen weiten grünen Teich und wieder hinaus, als habe das Bächlein eine Flasche verschluckt, die in seinem Hals steckengeblieben war.
Eine rote Henne, groß wie ein Schaf, rutschte nervös auf einem Haufen fußballgroßer Eier hin und her. Eines war gerade aufgesprungen. Ein ausgewachsener Stockerpel watschelte heraus und näherte sich quakend dem Wasser. Während die Henne konsterniert gluckte, platzte eine zweite Eierschale unter ihr auf, und eine zweite Stockente – ein braun gefärbtes Weibchen diesmal – wand sich heraus. Sie schien eher geneigt, bei der Mutterhenne zu bleiben, obschon der Erpel sich bereits unbeholfen in den Teich hatte plumpsen lassen.
»Wieso kann ein Huhn eine Ente ausbrüten?« rief Denise aus.
»Ein Entenjunges«, korrigierte Jeremy. »Gewiß, der Erpel besaß bereits das Gefieder eines erwachsenen Tiers, aber wartet nur, bis er voll ausgewachsen ist.«
»Unmöglich!«
»Mutter Henne scheint genauso zu denken. Sie steckt noch immer ... in ihrer alten Haut. Anders als ihre Schlüpflinge. Der Erpel ist bereits ein Vogel des Wissens. Er macht sich direkt zum Wasser auf. Seine Schwester hat bislang nur die Fähigkeit, das Wasser kennenzulernen.«
»Aber ...«
»Deinen Augen kannst du glauben, Denise. Der Henne wurde kein Kuckucks-Entenei untergeschoben, als sie nicht aufpaßte. Die Lebewesen werden wirklich in ein anderes umgewandelt.«
»Aber ...«
»*Durch Ihn.*« Jeremy machte eine wissende Geste. »*Er* ist die umwandelnde Kraft. Natürlich hängt viel davon ab, wie bereit ein Wesen zur Umwandlung ist. Selbst ein Entenkarma zählt. Sehr ihr, hier ist ein Geschöpf von seinen Instinkten frei – im alten Sinn der vorherrschenden, programmierten Verhaltensmuster. Instinkte sind ... offen, verstehbar, anpassungsfähig. Alle Geschöpfe sind ähnlich privile-

giert. Ein Huhn kann den Willen haben, sich zu verändern. Selbst ein Fisch kann das. Wenn er sich eine Umwandlung vorstellen kann. Und das wird er. Tja, das ist alles, was die Henne getan hat – sie hat es sich vorgestellt! Ein Schritt in die rechte Richtung, oder vielleicht sollte ich sagen: in die linke Richtung.«

»Hmm? *Hein*?«

»Links ist die Vernunftrichtung«, murmelte Jeremy und marschierte geradewegs aus der Schlucht hinaus, in offensichtlichem Widerspruch zu seiner gerade geäußerten Ansicht.

Bäume und Sträucher wuchsen spärlicher, als die Landschaft zu einem Bergkamm um ein Tal herum heranwuchs: ein Amphitheater aus Gras mit einem Teich in seiner Mitte. Die Ränder des Teichs waren so glatt, als wären sie mit Kompaß und Grabwerkzeugen abgestochen worden; das Wasser war auffällig blau. In einiger Entfernung umkreiste eine Gruppe von Tieren und Menschen den Teich.

»Die Kavalkade!« rief Sean aus.

»Ach, du erinnerst dich?«

»Ich auch«, meinte Denise.

»Ihr werdet viele solcher Kavalkaden finden, meine Freunde. Sie bilden sich spontan an den passenden Orten.«

Im Teich wateten und schwammen Frauen. Einige von ihnen waren Negerinnen, von denen eine einen Ball oder eine riesige Kirsche hoch über dem Kopf hielt. Sie schleuderte die rote Kugel wie einen Wasserball zwischen die Frauen. Weiße Silberreiher und schwarze Raben flogen herum und hockten auf den Köpfen und Schultern der Frauen. Der Teich war voll von Frauen, aber kein Mann gesellte sich dazu. In vorsichtiger Entfernung kreiste die Kavalkade der Männer um den Teich. Sie ritten auf den Rücken von Bären, Keilern und Ziegen, auf Pferden und Kamelen, Ochsen und Hirschen. Ein Mann ritt eine gefleckte Katze, deren Schwanz steil in die Luft ragte: ein Luchs von der Größe eines Ponys. Ein Greif schritt ebenfalls um den Teich, seine Schwingen unter den Schenkeln seines Reiters gefaltet. Dort tänzelte ein weißes Einhorn. Die Luft knisterte fast vor Elektrizität, die sich zwischen den männlichen Reitern und den Frauen im Wasser entlud. Während die Frauen warteten, schwammen oder mit der großen Kirsche Ball spielten und versuchten, sie mit dem Kopf aufzufangen und einen Moment lang zu balancieren, umkreisten die Reiter den Teich immer wieder und bauten Spannung auf.

»Woran erinnert ihr euch?« fragte Muthoni. »Was geht dort unten vor?«

»Sie handeln nach Boschs Gemälde – der Ritt um den Teich. Mein Gott, sie *sind* es! Und gegen den Uhrzeiger, die ganze Zeit gegen den Uhrzeiger, eine stete Drehung nach links. Unheilvoll«, sagte Sean leise zu sich selbst.
»Was ist daran unheilvoll?« fragte Denise. »Es sieht so aus, als bereiteten sie sich auf eine Weiheorgie vor. Nun«, sie kicherte, »Orgien können sehr vergnüglich sein.«
»Du fühlst dich davon angezogen, nicht wahr? Ich könnte selbst sofort hinunterlaufen, auf den Rücken eines Hirschs oder einer Ziege springen und mich in Erregung versetzen. Nur schätze ich, für diese Kavalkade kommen wir ein wenig zu spät. Alle Reittiere sind besetzt, und ihre Erregung hat sich bereits gesteigert. Das Karussell dreht sich – zu spät, um jetzt noch aufzuspringen.«
»Da unten ist eine Ziege ohne Reiter, Sean. Und Schwimmen würde mir jetzt guttun.«
»Mm-mm. Der Löffelreiher da hat den Ritt gebucht. Wer weiß, wer er ist – oder war?«
Ohne es zu bemerken, waren sie schon ein Stück ins Tal hinabgestiegen. Sean blieb stehen und packte Denise beim Handgelenk.
»O ja, es ist sehr mitreißend. Wie ein großer Strudel! Wie der Rest dieser Welt! Jeder, den wir gesehen haben, außer unserem Freund Jeremy hier, scheint völlig hineingezogen zu sein. Eingetaucht. Absorbiert. Aber nein, mit unheilvoll habe ich nicht *das* gemeint. Es ist eben die Tatsache, daß sie sich alle nach links drehen – aus ihrer Blickrichtung.«
»Wenn sie in beiden Richtungen ritten, würden sie miteinander kollidieren.«
»Aber es ist die Unheilsrichtung, die Richtung, der traditionell mißtraut werden muß! Falsch und link. Und ich bin sicher, auf dem Originalgemälde ist es genauso, aber bemerkenswert, wenn Bosch die Linksrichtung als die wirkliche Richtung psychischen Wachstums ansah...«
»Aah, ich verstehe! Die rechte Hemisphäre des Großhirns kontrolliert die linke Körperseite, und die rechte Hemisphäre ist die der Intuition, oder? Und die linke Hemisphäre, die rationale, kontrolliert die rechte Hand.«
»Recht hast du«, bestätigte Sean mit breitem Lächeln. »Und da, in einem Wort – dem Wort ›recht‹ – liegt der ganze Propagandakrieg, den die linke Seite des Gehirns gegen die rechte Hemisphäre führt, seit die linke Seite die Sprache erfunden hat. ›Recht‹ ist gut, ›link‹ signalisiert

Mißtrauen. Viele primitive Völker nahmen Nahrung mit der rechten Hand zu sich und putzten sich den Hintern mit der linken ab. Seit Tausenden von Jahren findet eine schmutzige Kampagne statt, in der die linke Hirnseite das erste und das letzte Wort hat! Aber dort reiten sie nach links, die intuitive, ganzheitliche Richtung.«

Hier hatte sich diese neurologische Tatsache also in objektivem Verhalten niedergeschlagen, sinnierte Sean. Und dadurch war die Kavalkade eine körperliche Umerziehung der Schritte und Handbewegungen zur linken Seite hin.

War Jeremy Linkshänder? Und die anderen Kolonisten? Wo es keine Schreibstifte und Werkzeuge gab, zeigte sich das nicht! Sean rief sich in Erinnerung, wie Loquela – und Jeremy – geliebt hatten und kam zu dem Schluß, daß die Kolonisten inzwischen beidhändig waren.

Und mit welcher Hand putzten sie ihre Exkremente ab? fragte er sich. Aber es gab keinen mittelalterlichen Dunghaufen, nur klare Teiche und Bäche im Überfluß. Es gab auch keine Insekten, keine Fliegen. Vielleicht auch keine Keime? Vielleicht war Dreck hier nicht drekkig.

»Ich frage mich, ob ›Gott‹ wirklich herrschen kann, wenn Er die Analyse unterdrückt, wenn Er zugunsten der Traumseite des Verstands den Ausschlag gibt . . . ?«

Während Sean über dieses Fragenbündel nachdachte, wandte sich eine einzelne Person, die unten die Kavalkade beobachtet hatte, um und bemerkte sie. Die lockende Elektrizität, die dort erzeugt wurde, berührte sie anscheinend nicht. Die Person kam den Hügel herauf.

Person. Weder Mann noch Frau, sondern beides. Ein Hermaphrodit: zugleich *er* und *sie*, mit weiblichen Brüsten, keck vorspringend und mit aufwärts weisenden Rosinenwarzen, und Penis und Hoden, die wie bei einem Hund über einem korallroten Schlitz am Unterbauch angebracht waren. Das Gesicht der Person war kein doppeldeutiges Entweder-Oder, sondern ein eindeutiges Sowohl-Als-auch. Als der Hermaphrodit sie erspähte, schienen einen Moment lang zwei unabhängige Gesichtsmuskulaturen auf die weibliche und männliche Nacktheit zu reagieren, zugleich verlangend und ablehnend. Doch dann wurde Sean bewußt, daß dies im wesentlichen seine eigene Reaktion war: sich mit dem männlichen Teil vergleichen, während er den weiblichen begehrte und damit den männlichen abwies. Doch die Frau war bereits von dem Mann in Besitz genommen und ihm, derselben Person, vermählt. Das Äußere des Hermaphroditen sprach gleichzeitig seine äußerliche sexuelle Identität und das schattenhaft

Feminine in ihm an, lockend und rufend – und wies beide als unvollkommen und voneinander entfremdet ab. Eine paradoxe Person, deren Gegensätze sich weder aufhoben noch in ihrem Widerspruch auseinandersprengten. Statt dessen waren sie in Balance wie ein Akrobat auf einem Ball. Als die hermaphroditische Person federnd auf seinen/ihren Fußballen balancierte... (Und er/sie hatte mit sachlichem Vergnügen die Versuche der Frauen im Teich betrachtet, die Kirschkugel auf ihren Köpfen zu balancieren...)

»Hast du Knossos kürzlich gesehen?« begrüßte Jeremy den Hermaphrodit.

Dessen Stimme war fast ein Lied: ein gesprochenes Lied ohne jede Künstelei.

»Er kam während des Vorspiels der Kavalkade vorbei, mit seiner Elster als Kundschafter. Wer sind diese drei? Sie sehen aus wie ursprünglicher Lehm – unfertig. Schön, doch ungeformt. Was sie einmal werden, ist erst nur eine Vorstellung in ihrem Geist, würde ich sagen.«

Jeremy stellte die Sternenreisenden vor, Denise als erste.

Der Hermaphrodit ließ ihren Namen auf der Zunge zergehen. »Aha. Eine Frau mit Namen Dionysos? Mögest du den Wunsch zur Verwandlung haben! Laroche... Ah, der Felsstein. O ja, so magst du dich gewiß wandeln. Suche den Stein, den Felsen!«

»Wir sind auf dem Weg zu dem Felsenturm dort drüben«, bestätigte sie. »Dorthin muß auch Knossos unterwegs sein. Der Grieche, der Mann des Wissens.« (Das sagte sie vor allem, um sich zu vergewissern, daß sie dem richtigen Mann auf der Spur waren. Jeremy blickte leicht verletzt.) Jenseits des nächsten Hügelkamms – unsichtbar für die Teilnehmer der Kavalkade – erhob sich ein rosaroter Turm mit einer bauchigen Spitze, ähnlich den Zwiebeltürmen des Kremls, aber in den Himmel hinein verlängert und mit einer gebogenen, gezackten Antenne in Form eines langen Agavenblatts versehen...

»Oh, das ist nicht *der* Stein. Aber er ist auf dem Weg dorthin.«

»Wovon redet er?« fragte Denise flüsternd.

»Pst«, erwiderte Sean, »mir ist es gerade klargeworden.«

»*Was* denn?«

»Ihr werdet mir nicht glauben.«

»Versuch's!«

Aber Jeremy stellte bereits Sean mit Namen vor.

»Athlone«, sinnierte er/sie. Die Augen der Person leuchteten auf. »*Hic opus, hic labor est*«, sang er/sie. »›Dies ist das Werk, dies ist die

Arbeit!‹ Knossos wird erfreut sein, wenn ihr ihn erreicht. Er mag ein griechisches Wort wie dieses, selbst wenn ihr es falsch aussprecht, und selbst, wenn er nie wirklich ein Grieche war.«

»Das war er nicht?« wunderte sich Denise.

»Vielleicht, vielleicht nicht.«

»Was meinst du damit: falsch aussprechen?« fragte Sean.

»Deinen Namen, Mann.« Aus dem Munde des Hermaphroditen schien das Wort ›Mann‹ mehr als Ausdruck der Ungeduld. Es war fast eine Anklage, nur ein Teil zu sein, eine Halb-Person. »*Athlon:* So wird es ausgesprochen. Weißt du nicht, was es heißt? Weißt du nicht, was seine Bedeutung aus dir machen muß? Das Große Werk. Das Opus.«

»Es ist ein Ort in Irland«, sagte Sean irritiert.

»Es ist das griechische Wort für Das Werk!«

»Welches Werk?« unterbrach Denise.

Sean ignorierte sie. »Eine rein zufällige Übereinstimmung.«

»Was ist eine Übereinstimmung? Ein Zusammenkommen. Ich bin eine Übereinstimmung – von Gegensätzen, die nichtsdestoweniger zusammengehören. *Coniunctio Oppositorum.* Und wer ist diese Nigredodame?«

»Dies ist Muthoni«, sagte Jeremy.

»Ja, jetzt weiß ich, was ein Nigredo ist«, flüsterte Sean ihr zu. »Allmächtiger Gott, dieser Knossos hat einige Verantwortung! Wenn das alles sein Werk ist...«

»Besser, ihr macht euch wieder auf den Weg«, riet ihnen der Hermaphrodit, »sonst werdet ihr ihn vor Einbruch der Nacht nie einholen.«

»Hier gibt es gar keine Nacht, müßt ihr wissen«, erklärte Jeremy überflüssigerweise. »Die Nacht herrscht in der Hölle.«

»Mal eine Abwechslung nach der ewigen Sonne«, meinte Denise leichthin.

»Er meint, wenn ihr ihn hier nicht einholt, müßt ihr erst sterben und in die Hölle gehen.«

»In manchen Teilen der Hölle ist es so heiß, daß den Menschen alles Haar ausfällt«, lachte der Hermaphrodit mit Blick auf Seans kahlen Schädel.

»Wenn's nur das ist«, entgegnete Sean.

»Es könnte als Federn neu wachsen. Du hast die Eigenschaften einer hervorragenden Eule: voll irdischer Intelligenz, großartig für normale Wissenschaften... Nein, nein«, unterbrach er/sie sich. »Er wäre ein Silberreiher oder ein Storch. Er drängt nach höheren, *weißeren* Dingen. Er ist Athlon: Er ist Das Werk. Jawohl, ich kann ihn als Storch sehen. Keiner der gewöhnlichen Reiher dort unten im Teich.«

»Verdammt will ich sein, wenn ich dir zum Vergnügen zu einem Vogel werde«, meinte Sean barsch.

»O ja, verdammt wärest du.« Der Hermaphrodit kicherte. »Wie wahr!«

Jeremy nagte an seiner Unterlippe. »Ist es wirklich wahr, Doppeltier, daß Menschen in Vögel verwandelt werden, wenn sie sich zurückentwickeln müssen, um sich neu zu entwickeln?«

Der Hermaphrodit verschränkte die Arme vor seinen/ihren Brüsten und blinzelte. »Vielleicht, vielleicht auch nicht. Jeder hat seinen speziellen Weg.«

»Aber bist du jemals ein Vogel oder ein Tier gewesen? Man sagt, daß Menschen sich dazu verwandeln, aber ich bin noch nie jemandem begegnet, der ...« Er unterbrach sich. »Natürlich, ich scheine immun zu sein«, sagte er bekümmert.

»He«, schaltete Muthoni sich ein, »handelt es sich um eine Art rassistisches Utopia? ›Höhere, *weißere* Dinge‹? Warum sollte die Farbe Weiß etwas Besonderes sein?«

»Du hast mich mißverstanden, edle Nigredo.« Mit hüpfenden Brüsten verbeugte sich der Hermaphrodit vor ihr. »Das Nigredo ist ein ehrenwertes Stadium. Siehst du die Raben, die dort unten auf den Schultern der Damen sitzen?«

»Gewiß. Schwarzdrosseln.«

»Raben. Vögel der Weisheit: Eine Weisheit jenseits normaler Sinne. Aber jene Weisheit ist dunkel geworden und muß neu erobert werden. Diese dunkle Weisheit hat die Farbe Nigredo. Das erste Stadium eines Wegs zur Weisheit. Siehst du, daß auch einige der Frauen dort unten nigredo sind? Sie sind ihren weißen Schwestern auf dem Weg ein wenig voraus. Folglich werden sie von Raben begleitet. Wenn der Silberreiher dunkel wird, schlüpft er als Rabe wieder aus. Sag mir nicht, du seist nur eine *imitierte* Nigredo! Vielleicht mußt du weiß werden, bevor du wieder schwarz werden kannst.«

»Du bist verrückt«, sagte Muthoni. »Geh doch und kopuliere mit dir selbst!«

Der Hermaphrodit grinste. »Oh, das habe ich vor. Das kannst du mir glauben. Eines Tages werde ich mich selbst befruchten und mich selbst zur Welt bringen. Dann wird das Werk für mich getan werden,

und ich werde vollkommen sein.« Er/sie bildete mit Daumen und Mittelfinger einen Kreis und blies durch diesen kleinen Ring. Dann lief der Hermaphrodit ins Gebüsch.
»Huui.« Muthoni fuhr mit der Hand vor dem Gesicht auf und ab, als wollte sie die Luft wegwedeln, die er/sie auf sie geblasen hatte. Schließlich konnte es ja ein Zauber sein. »Ist der Knabe irre!«
»›Irre‹ bedeutet geistesgestört«, sagte Jeremy. »Und das ist er auch: Er befindet sich in einem anderen Geistesstadium. Und in einem anderen körperlichen Stadium: einem paradoxen. Ich stimme zu, daß er sich recht extrem gibt. Ich würde gerne wissen, ob Menschen sich wirklich in Vögel verwandeln, oder ob die Vögel und Tiere nur ›Prinzipien‹ sind, Wesen, die aus unseren Samenbänken ins Leben geholt wurden... Aber nein, sie entwickeln sich, also müssen sie eigene Vogel- und Tierpersönlichkeiten besitzen.«
»Du bist auch verrückt. Das Überwesen hat alle verwirrt.«
Die Kavalkade erreichte jetzt ihren Höhepunkt. Die Tiere galoppierten im Kreis, angetrieben von den Hacken ihrer Reiter und Schlägen auf den Rumpf. Eine Ziege rammte einen Greif, ein Pferd, ein Einhorn. Urplötzlich kamen die Tiere schweißtriefend zum Stehen. Die Reiter sprangen von ihren Rücken und rannten auf den Teich zu. Reiher und Raben erhoben sich flügelschlagend in die Luft, um dem schäumenden Spritzen zu entkommen. Der Teich gischtete...
»Nein, das ist kein Irrsinn«, sagte Sean. »Es ist etwas viel Fremdartigeres. *Und* begreifbar. Wenn man den Schlüssel hat.«
»Den hast du, *Athlon*«, meinte Jeremy lächelnd.
Benommen schüttelte Sean den Kopf. »Ich muß darüber nachdenken, ich muß es begreifen. Kommt, wir ziehen an dem Tal vorbei, sonst enden wir... in den Fluten verzauberten Wassers. Hypnotisiert.«
Die meisten Menschen sind im allgemeinen ihr Leben lang durch Instinktprogramme wie hypnotisiert, überlegte er. Sein eigenes Leben der Vergangenheit, bevor er in den Kälteschlaftank ›eingetaucht‹ war, schien jetzt wie ein automatischer Hypnoseablauf: seine Kindheit in Irland, sein Psychologiestudium in Dublin und Chicago, seine Karriere bei der Raumfahrtbehörde... Hier wurde die Hypnose offenbar – unverkennbar geleitet von einer überlegenen Instanz. Aber zu welchem Ziel? Daß jeder, der tiefer in die Hypnose eingedrungen war, allmählich aus ihr befreit werde... Aber zuerst mußte man selbst eintauchen. Ihm widerstrebte es einzutauchen, jedenfalls in diesen Teich hier und zu diesem Zeitpunkt.
»Kommt!«

›Athlon‹: Natürlich hatte er irgendwo im Hinterkopf vom geheimen Sinn seines Namens in einer anderen Sprache gewußt. Es mußte eine Zeit gegeben haben, als er es herausgefunden und sich darüber amüsiert hatte. Dann hatte er dem keine Beachtung mehr geschenkt. Wirklich? Sein psychologisches Studium konnte auf gewisse Weise als eine Form ›Des Werks‹ interpretiert werden: als Form psychischer Integration... Hätte er sich selbst zu seinen Studien programmiert, weil... Nein! Andrerseits mußte er sich dieser Verknüpfung bewußt gewesen sein, zumindest unterschwellig...
Denise, dessen war er sich gewiß, ahnte nichts von einer verborgenen Bedeutung ihres Namens. ›Fels‹ war für sie einfach ein Teil der Natur: eine ökologische Basis. Und doch durchzog sie eine Ader irdischer Magie...
»›Komm schon‹, genau. Wach auf, wach auf, Sean! Wir warten auf *dich.*«

7

»Es ist Alchemie«, erläuterte Sean. »Genau das geht hier vor, Alchemie, wie sie leibt und lebt. Der ganze Planet funktioniert nach alchemistischen Prinzipien. Irgendwo ist die Energie verfügbar, diese Alchemie wirksam werden zu lassen! Ist es nicht so, Jeremy?«
Sitzend aßen sie Kirschen – Geistesnahrung – am Fuß einer weiten Wiese, die sich hinauf zu dem rosaroten Kromlech erstreckte, dem Ziel ihrer Wanderung.
Es war tatsächlich eine steinzeitliche Kultstätte, aber von riesigen Ausmaßen, weit über hundert Meter hoch. Die flache steinerne Deckplatte ruhte auf vier gigantischen Granitbeinen, die von kleinen Aushöhlungen durchbohrt waren. Aus einigen der Öffnungen sprangen Kristallröhren hervor, weitere ragten wie Orgelpfeifen aus der Deckplatte, und darüber erhob sich die gestreckte Zwiebelkuppel vielleicht zweihundert Meter in den Himmel hinein. Die Basis des Zwiebelturms war blaugeäderter Marmor, der weiter oben zu einer Blüte aus rosigem Granit wurde. Aus der Deckplatte wuchs auch das gekrümmte Agavenblatt, das von der Achsel zur Spitze gut hundert Meter maß. Ein Blatt aus Stein? In der Höhe durchbohrte das Blatt eine riesige Klette oder Nußschale. Außerdem wuchs eine gefiederte Weide über der Platte, die in einer zeltförmigen Konstruktion aus rosarotem Stein wurzelte. So wurde Stein zu Vegetation und Vegeta-

tion zu Stein, während Marmor zu Granit wurde: Verwandlungen...

Das ganze Bauwerk ragte wie ein versteinerter Elefant in die Höhe, eine fossile Sänfte auf dem Rücken mit einem großen Baum als Palmwedel.

Eine winzige Gestalt kletterte auf dem Agavenblatt hoch, indem sie die Sägezähne am Rand als Trittstufen benutzte. Der Mann war nackt, nicht bekleidet, also konnte es nicht der mysteriöse Knossos sein, es sei denn, er hätte sich für den Aufstieg ausgezogen...

»Nun, man kann nicht einfach hingehen und einem Haufen Techno-Wissenschaftlern von der Erde *so etwas* erzählen, oder etwa doch? Jedenfalls nicht ohne weiteres«, sagte Jeremy. »Aber du hast es rausgekriegt... Athlon, alter Junge. So früh habe ich nicht damit gerechnet. Es ist tatsächlich Alchemie.«

Sean pflückte einige Kirschen von einem Zweig, der gleichzeitig Blüten und Früchte trug. Er saugte das Fleisch auf und spuckte die Kerne weit weg. Ob mit der Zeit neue Bäume im leuchtenden Grün der Wiese wachsen würden? fragte er sich. Oder nicht? Obsthain und Wiese waren klar voneinander getrennt. Der eine begann, wo die andere endete.

»Alchemie?« rief Muthoni. »Du meinst die Geschichte mit der Verwandlung von Blei in Gold und solche Sachen?«

»Oder die Verwandlung von *Menschen*?« fragte Denise mit leuchtenden Augen. Ihr Haar war ja bereits zu Gold gesponnen worden... »Und Pflanzen und Tiere auch?«

»Genau!« Sean nickte. »Damit beschäftigte sich im Grunde die Alchemie. Sie beschäftigte sich mit der Suche nach dem vollkommenen Menschen, mit der Entwicklung eines höheren Geschöpfs aus jeder Spezies, vermute ich. Die Herstellung von Gold war nur Tarnung, doch dann entstand aus all den Retorten, Destillierkolben und Bearbeitungsmethoden eine ›echte‹ Chemie, so daß die wahre, verborgene Bedeutung dessen, was die Alchemisten ›Das Werk‹ nannten – das Opus, das...« (Er wand sich) »... das *Athlon* – in einem verkommenen Mystizismus unterging. Dieser Planet ist ein *alchemistischer* Planet. Das Überwesen hat die Alchemie als funktionierendes Prinzip wiedereingeführt.«

»Und wo sind die Laboratorien?« fragte Muthoni.

»Ich würde mich nicht wundern, wenn der Kromlechturm dort Teil eines großen Geräts ist, und alle anderen Felsbauten auch. Aber erkennt ihr denn nicht, daß die ganze Welt das Laboratorium ist? Das

Labor eines Unbekannten. Und die Substanzen, die umgewandelt werden, sind weder Blei noch Zinn noch Quecksilber – sondern Lebewesen! Jene Kavalkade ritt im Kreis um das Bad der Wiedergeburt. Das sind uralte Symbole. Carl Jung hat einige vorzügliche Schriften über die beteiligten Archetypen veröffentlicht. Irgendeine Macht – ›der Gott‹ – hat sie Wirklichkeit werden lassen... und Knossos muß von ihnen besessen gewesen sein! Hier sind sie alle offen zu erkennen, sind Teil der Landschaft. Deshalb haben sie dich ›Nigredo‹ genannt, Muthoni. ›Nigredo‹ ist das erste Stadium ›Des Werks‹, ein Prozeß des Dunklerwerdens. Zufällig« – er schluckte – »weiß ich einiges darüber; wegen der Verbindung mit Jung.«

Muthoni warf die Hände hoch. »Du hast doch gesagt, diese Welt sei nach dem holländischen Maler Bosch geformt worden! Du hast doch gesagt, dies sei der Garten der Lüste.«

»Er ist es auch! In den Gemälden des alten Bosch finden sich viele fremdartige Symbole. Niemand weiß wirklich, woher er sie alle hat. Aus seinem eigenen Kopf, aus Volksmärchen, von einer mystischen Geheimsekte oder aus der Astrologie... oder *von den Alchemisten*! Das wäre möglich. Die Alchemie, niedergelegt in seinen Erfindungen. Und dann waren es vielleicht gar keine Erfindungen, sondern ein Geheimcode für eine geheime Wissenschaft oder ein Vorgriff auf die Zukunft. Das Überwesen scheint die Verbindung geschaffen und die Welt um sie herum gebaut zu haben. Bosch und Alchemie.« Ein Pfiff entfuhr ihm. »Im vierundzwanzigsten Jahrhundert. Eine verrückte Wiederbelebung!«

»Aber hier gibt es kein vierundzwanzigstes Jahrhundert!« Jeremy, der ein wenig wie ein aufgeregtes Huhn wirkte, machte eine wegwerfende Handbewegung.

»Ihr könnt diese Welt nicht begreifen, wenn ihr sie im vierundzwanzigsten Jahrhundert oder sonstwo einordnet. Ihr müßt euch von der Erdzeit des Sternenschiffs lösen und euch in den Garten einfügen, um zu verstehen. Der Tag dauert ewig, die Sonne geht nie unter, es ist ein ständiges Beginnen. Vierundzwanzigstes Jahrhundert? Mann o Mann! Es ist *jetzt*. Oder aber das Jahr Abermillion oder Abermilliarde unserer Entwicklung, je nachdem, von welchem Stadium man zu zählen beginnt, aber es ist eine unzählbare Zeit. Eine Zeit ist es jedoch nicht: die irgendeines Raumjahrs.«

»Aber wieso?« fragte Sean ärgerlich. »Wieso eine Alchemistenwelt Boschs? Bei all den Möglichkeiten, auf ein Schiff voll Kolonisten zu reagieren?«

»Das weiß Gott.« Aber Jeremy wollte die Frage damit nicht abtun. Er zwinkerte. Er meinte es so.

»Und Knossos, der Mysteriöse, weiß, was vorgeht. Er hat einen heißen Draht zu Gott.«

»Vielleicht wirst du auch einen haben, *Athlon*«, kicherte Jeremy. »Oder du, *La Roche.*«

»Ich glaube... ich glaube«, sagte Sean, »dein Überwesen könnte das alles aus Knossos' besessenem Verstand geholt haben und hat dann eine Art Pakt mit ihm geschlossen. Wenn dieser ›Gott‹ in die Köpfe aller schlafenden Kolonisten geschaut und auf eine einzige Sicht der Realität gesetzt hat, eine so abwegige zudem...«

»Eine so *grundlegende,* Sean«, korrigierte ihn Jeremy. »Das hast du zugegeben. Es ist etwas Tiefgründendes und Uraltes.«

»Okay, das stimmt. Knossos muß ein sehr merkwürdiger und mächtiger Mann gewesen sein. Ein Alchemist – ein Wissender –, der die Erde des einundzwanzigsten Jahrhunderts an Bord eines Sternenschiffs verließ und dessen Glauben völlig unberührt war? Wobei er erst einmal einen Platz an Bord der *Kopernikus* bekommen mußte! Und all die Verschleierungsmanöver!«

»Selbst ein Gott muß auf seinen Vorteil achten«, meinte Denise. »Vielleicht paßte es ihm so. Knossos war der einzige an Bord, der wirklich einen Glauben besaß. Also ließ Gott diesen Glauben Realität werden. Vielleicht hatte Gott keine Wahl? Vielleicht hat Knossos *Ihn* sich zunutze gemacht. Welch eine Welt wäre es sonst gewesen?« Denise schauderte. »Öder Fels. Ein toter Planet. Gott hat ihn für die *Kopernikus* zum Leben gebracht. Und vielleicht konnte Er ihn nur zum Leben bringen, wenn er einen Rahmen entdeckte, um tote Materie lebendig zu machen. Nun, diesen Rahmen hat er bei Knossos gefunden.«

Sean spuckte einen weiteren Kirschkern aus. Irgendwie bezweifelte er, daß er dort draußen auf dem Samtrasen Wurzeln schlagen würde. »Egal, jedenfalls war er tüchtig. Sehen wir mal nach, ob der Turm wirklich ein alchemistisches Gerät ist, um... Menschen zu destillieren.«

»Das findet ihr nur heraus, wenn ihr bereit seid, selbst destilliert zu werden«, sagte Jeremy.

Während sie den grasbewachsenen Hang hinaufgingen, hallte der Name Knossos in Seans Kopf wider wie das Geräusch von Pferdehufen auf einer Metalloberfläche. Der Hermaphrodit hatte geleugnet, daß Knossos Grieche wäre... Sean spielte mit dem Namen, veränderte die Aussprache und die Betonung. Plötzlich blieb er stehen. »Knossos ist gar nicht sein wirklicher Name!«

»*Das* weiß ich«, sagte Jeremy ungeduldig.

»Nein. Ich meine, er wird falsch ausgesprochen – ein typischer alchemistischer Taschenspielertrick. Sein wirklicher Name – oder besser sein *Titel* – ist nicht Knossos, sondern *Gnosis*. Das griechische Wort für ›Wissen‹, ›okkultes, geheimes Wissen‹. Ihr müßt nur die Aussprache ein wenig verändern, dann habt Ihr die kretische Lüge. Er ist der heimliche König dieser Welt, und sein göttliches Recht hat er von dem Überwesen; und das Spiel heißt... *Wissen.*«

Jeremy betrachtete den Kromlech, der wie ein versteinerter Dickhäuter vor ihnen aufragte: Ein steinerner Baum, dessen Krone echtes Blattwerk war. Nachdenklich seufzte er auf. »Seht ihr? Du, Athlon, weißt tatsächlich mehr als ich.«

»Es ist nur ein Ort in Irland«, wiederholte Sean ohne Überzeugung.

»Genau das ist immer dein Ziel gewesen, nicht wahr? Wissen! Jetzt hast du den rechten Ort gefunden, dieses Ziel zu erreichen. So wie Knossos. Gott sei Dank.«

»Er ist nur ein Überwesen«, sagte Muthoni.

»Nur? Nur?« Jeremy kicherte.

»Ich meine, er ist nicht Gott – *der* Gott.«

»Muthoni meint«, erklärte Sean, »daß ›Gott‹ etwas Abstraktes und Universelles ist. Gott ist eine Idee, ein Prinzip, wofür wir Menschen tief in unserer Psyche ein instinktives Gefühl zu haben scheinen. Wenn man alle anderen geistigen Subsysteme abkoppelt – durch Trance oder Meditation, beispielsweise –, bleibt kein Nichts, sondern ein ozeanisches Gefühl von Gottheit. Dein Überwesen kann nicht *dieser* Gott sein, allerdings schlüpft er wegen unseres Instinkts in diese Rolle.«

»Und was ist da der Unterschied? Er hat alle Attribute Gottes. Was wißt ihr schon von Gott?« Jeremy wies auf Muthoni. »Aufgepaßt, meine Dame, du wirst dein Nigredo verlieren. Dann bist du nur noch ein Muschkote, ein Stoppelhopser.« Clownhaft verzog er die Nase.

»Eine von Gottes Eigenschaften ist es also, Leute in der Hölle zu strafen. Ich glaube, diesen Gott mag ich nicht. Er ist unberechenbar. Diese Welt ist nur eine Laune.«

»Vielleicht ist das ganze Universum eine Laune? Hast du daran gedacht? Ich frage mich, ob unser Gott ganz und gar *weiß*, was Er ist«, sagte Jeremy fröhlich. »Vielleicht ist er auch so étwas wie eine Laune.«

»Aber ihr könnt doch keinen unwissenden Gott haben!«
»Aha, jetzt soll er also allwissend sein. Beides geht nicht, meine Dame. Entweder, Er ist Gott, oder Er ist es nicht – obwohl das vielleicht ebenfalls nicht stimmt, falls Gott ein Paradox ist...«
»Lebewesen, Überwesen! Wenn dieser *Fremde* Teil unserer natürlichen Realität ist, können wir auch verstehen, welcher Teil Er ist.«
»Und wenn ihr es nicht verstehen könnt? Es sei denn...«
»Es sei denn was?«
»Es sei denn, ihr verwandelt euch alchemistisch... Natürlich könntet ihr euch andrerseits eurem Vergnügen hingeben«, fügte Jeremy hinzu. »Habt euren Spaß, haut auf die Pauke! Im Garten. Vielleicht merkt ihr, daß ihr euch schneller wandelt, wenn ihr euch vergnügt.«
Sean grinste verzerrt. »Wurde Gott gekreuzigt, damit wir Spaß haben können? Der gute alte Witz...«
»Oh, *jener* Gott mag gekreuzigt worden sein. Der unsere jedoch nie. Er ist ein Gott des Spaßes.«
»Und was macht die Hölle auf der anderen Hemisphäre?« fragte Muthoni. »Ist das auch Spaß?«
»Sie wirkt erzieherisch«, entgegnete Jeremy. Er klang verletzt. »Mögt ihr Seinen Garten nicht? Wollt ihr nicht erzogen werden?« Er schüttelte den Kopf. »Nein, es geht nicht darum, daß man geröstet wird, wenn man in Seinem Garten keinen Spaß haben will. Verstehst du nicht, daß alles Teil der Alchemie ist? Nein, du verstehst es doch nicht. Das kommt noch. Sean versteht es. Oder? Und Denise versteht es auch ein bißchen.«
»Und du?«
»Oh, ich verstehe eine Menge. Ich bin der Zeuge. Ob ich will oder nicht.« Jeremys Mund blieb offen. Einen Moment lang übermannte ihn Traurigkeit, die große Traurigkeit des Clowns.

Hochgewachsene Distelsträucher wuchsen rund um den Guß des Kromlech und bildeten eine für nackte Körper undurchdringliche Barriere. Auf den Pflanzen saßen Rotkehlchen und Spatzen, die ihr schlichtes Lied zirpten. Von den Disteln stahlen sie den wattigen Flaum, um ihre Nester an anderer Stelle damit auszulegen. Goldfinken, so groß wie Strauße, zwängten ihre Körper durch das dornige Dickicht, ohne jedoch dauerhafte Pfade zu hinterlassen.
Als die Gruppe sich näherte, flog ein Schwarm kreischender Drosseln aus einer Höhle in einem der Steinbeine. Im Bogen flogen sie in die Grotte zwischen den Beinen. Ihre Flugbahn führte über einen freien

Weg zwischen den Disteln, als wollten sie die Menschen bewußt darauf hinweisen. Es handelte sich um einen engen, verschlungenen Pfad, auf dem unerklärlicherweise keine Disteln wuchsen. Ihm folgend, betraten die vier Menschen die Grotte.
Sie stießen auf einen phosphoreszierenden Teich und sahen auf der anderen Seite einen zweiten Pfad, der sich dort durch die Disteln schlängelte, vorbei an einer Rasenfläche in einem Blumenwald aus üppigen Goldregensträuchern, Mauern weißer Magnolien, Feuerbäumen und Tulpenbäumen. Wie schaurige Wachtürme ragten einige Schuppentannen über die anderen Pflanzen. Sie bestanden aus Tausenden geknickter Messerklingen, viele davon rostbraun, aber die meisten mit grüner Patina bedeckt.
Vom Dach der Grotte wuchsen Kristallröhren wie Stalaktiten in den grünlich schimmernden Teich hinein. Die meisten der Röhren durchbohrten die Wasseroberfläche in allen möglichen Winkeln. Einige endeten über dem Wasser oder dem steinigen Ufer; sie waren hohl und wiesen glatte Kanten auf. Einige waren dünn, andere besaßen weite Öffnungen. Aber alle waren hohl. In einigen Fällen war das Loch weit genug, um hineinzukriechen, in anderen bildete es nur ein Kapillarrohr. Meist handelte es sich um einzelne Röhren, doch einige bildeten Flaschenhälse und Trichter oder verzweigten sich. Wasser floß durch alle Röhren, die in den Teich hineinragten. Die Kristallkonstruktion sah aus wie eine verzerrte Kirchenorgel, die aus Laborgeräten gebaut worden war; eine Orgel, die aus dem Steindach sproß, eine Apparatur, um das schimmernde Wasser des Teichs umzuwälzen.
In einer der größeren offenen Röhren flatterte eine Drossel. Der Rest des Schwarms mußte schon die Röhre hinaufgeflogen sein, um über dem Dach auf der steinernen Tischplatte wieder hervorzukommen. Dieser eine Vogel jedoch schien verwirrt. Seine Flügel schlugen gegen die glasigen Wände. Als seine Kräfte erschöpft waren, rutschte er flügelschlagend hinab und fiel in den Teich. In einem Schauer von Tropfen schoß der Vogel aus dem Wasser und flog auf normalem Weg aus der Grotte.
»*Hauptwerk*«, sagte Jeremy stolz. »Die Große Orgel. Hättet ihr doch auch Flügel!«
Sean spähte in die breiteste und am sanftesten geneigte Öffnung. Auf allen vieren erschien sie bezwingbar. Und von oben schaute ein Gesicht hinein: ein Gesicht mit einer langen Knollennase, mit nach unten gezogenen Mundwinkeln – eher nachdenklich als traurig – und ei-

nem braunen Haarschopf, der in die Stirn fiel. Sean erblickte ein Stück Kleidung, das Halsstück einer braunen Tunika.
»Knossos? Bist du das?« schrie er in die Röhre hinein. »He, warte!«
Neben dem Kopf des Mannes tauchte eine Elster auf. Sie kauerte auf seiner Schulter: ein zweiter Kopf, perlenförmig und schmalfiedrig. Der Vogel erspähte Sean und krächzte, aber Knossos sagte kein Wort – doch vielleicht sprach der Vogel für ihn. Das Gesicht des Mannes zog sich zurück und verschwand.
»Verdammt!« fluchte Sean. »Er ist da oben, und er kann nicht weg.«
»Er könnte durch einen der Hohlräume runterkommen«, sagte Muthoni. »Er hat Kleider an, nicht wahr? Die Disteln würden ihn nicht stören.«
»Ein guter Gedanke. Denise, den Weg zurück! Muthoni, zur anderen Seite, und paß dort auf! Jeremy, du wartest hier für den Fall, daß er durch eine der anderen Röhren herunterrutscht. Ich gehe nach oben. Ich finde ihn.«
Muthoni und Denise eilten in entgegengesetzter Richtung davon, und Sean begann, die Röhre hinaufzukriechen. Seine Handflächen und Knie hafteten recht gut auf dem Glas – falls es Glas war, was er bezweifelte. Den Rücken gegen die Oberseite gedrückt, kam er gut voran. Er bewegte eine Handfläche nach oben, dann ein Knie, und schob dabei den Rücken hoch, dann wiederholte er die Prozedur. Immer wieder. Sein Nacken schmerzte, wenn er nach vorn blickte. Andrerseits störte es seinen Gleichgewichtssinn, nach unten zu schauen. Außerdem baumelten seine Hoden geradezu bizarr hin und her; sie schienen ungewöhnlich lang und verwundbar geworden zu sein. Also starrte er auf seine Hände.
Die Wand der Röhre wurde eine Zeitlang dunkel. Der Kristall wurde von Stein umfangen. Dann strömte wieder Licht in die Röhre... er war auf dem Dach. Er zog sich über den Kristallrand auf den rosaroten Steintisch.
Knossos war verschwunden. In Seans Nähe sprangen weitere Kristallröhren aus der Tischfläche, aber auf sie hatte Jeremy ein Auge. Eine Anzahl von Öffnungen führten in die Hohlräume der Beine hinein. Als Alternative bot sich eine Felstür im blaugeäderten Sockel des Zwiebelturms an, die wie Ali Babas Höhle offenstand. War Knossos in dem Turm und kletterte hinauf? Sean starrte empor.
Eine Bewegung auf dem anderen Turm – dem großen steinernen Agavenblatt – erweckte seine Aufmerksamkeit. Am Fuß, wo das Steinblatt wie eine mineralische Pflanze aus der Tischplatte wuchs, war es

so breit wie eine Eiche. Oben in seinem Zenit, wo es sich in der Luft bog und sich verjüngte, kletterte die nackte Gestalt, die sie schon vorher gesehen hatten. Der Mann balancierte auf einem Bein, die Arme hoch über dem Kopf, auf einer schmalen Brücke, die ins Nichts führte: Ein Blondling am Himmel, sanft schwankend. Er könnte gesehen haben, wohin Knossos ging! Plötzlich schlug der Mann auf dem Blatt ein Rad und stand auf einer Hand. Er blickte auf Sean hinab und hielt das Gleichgewicht.

Sean legte die Hände wie einen Trichter um den Mund. »Wohin ist Knossos gegangen?« schrie er. »*Wohin?*«

Der nackte Kletterer vollendete sein Rad auf dem schmaler werdenden, nach unten gebogenen Blatt mit dem steinernen Zackenrand, das zur Spitze hin nur wenige Zoll breit war. Er konnte sich unmöglich wieder fangen! Und er versuchte es auch gar nicht. Hoch über Seans Kopf endete der Überschlag in einem Tauchsprung, als wäre die Tischplatte ein großes Wasserbecken. Stumm, ohne einen Schrei, stürzte der Nackte nach unten, die Hände über die Brust gekreuzt. Einen Moment lang fuhr es Sean durch den Kopf, daß er ihn auffangen oder zumindest seinen Sturz abbremsen könnte, aber sofort wurde ihm klar, daß er verletzt oder sogar getötet würde. Statt dessen rannte er hilflos zur Seite. Mit dem Kopf voran schmetterte der Taucher auf den Stein. Sein Schädel platzte auf und wurde ein blutiger Brei.

Als hätte er auf diesen Augenblick gewartet, kam ein Reiher mit trägen Schwingenschlägen über die Tischkante geflogen. Er landete und stakste auf die Leiche zu, senkte den Kopf und warf ihn wieder hoch, als verschlucke er einen Fisch. War er so versessen darauf, im Gehirn des Toten zu fischen? Sean rannte auf den großen Vogel zu. Er schwenkte die Arme, um ihn zu verscheuchen. Doch statt panisch davonzuflattern, griff der Reiher ihn an und versetzte ihm mit dem Schnabel einen Stoß, der eine blutende Wunde am Schenkel zurückließ. Nur knapp hatte er seine Genitalien verfehlt. Als Sean sich zurückzog, stieg der Vogel auf die Brust des Toten. Immer wieder warf er den Kopf auf und nieder, ohne jedoch zu fressen. Er *verbeugte* sich vor dem Toten. Was hatte Jeremy gesagt? Daß der Reiher zu den Menschen *geschickt* wird. Er war ein Vogel und zugleich eine Botschaft... Und der Reiher ist der Vogel des... natürlichen Todes? Dann war dies ein natürlicher Tod? Angemessen? Keine Verirrung, kein Anfall von Wahnsinn, kein Selbstmord? Vielleicht war der nackte Kletterer so weit gegangen, daß er nicht mehr dieselbe Realität

wie normale Männer und Frauen bewohnte... Das gleiche konnte man von dem Hermaphrodit sagen! Verwirrt wandte Sean sich ab.
Eine Bewegung in dem Turm ließ ihn aufmerken. An einigen Stellen waren seine Wände durchscheinend oder vielleicht nur dünner. Etwa auf halber Höhe war ein verschwommenes Gesicht gegen die Innenseite gepreßt.
Sean rannte zu der offenen Steintür.
Im Innern zog sich eine Treppe ohne Geländer wie ein Korkenzieher an der blaugeäderten Wand hoch, an der Wand, die weiter oben zu rosafarbenem Marmor wurde. Hundert Meter über sich sah er in dem Licht, das durch die zwiebelförmige Spitze des Turms fiel, einen braunen Wirbel. Er lief die Stufen hinauf. Je höher er kam, desto schräger wurden die Stufen, bis sie schließlich ineinander übergingen und eine spiralenförmige Rampe bildeten, zuerst holprig und dann so glatt wie die Schienen einer Achterbahn. Jeder, der versucht hätte, von der Spitze nach unten zu rutschen, hätte sich auf dem letzten Stück das Rückgrat in Stücke gerüttelt. Sean benutzte seine Fußsohlen wie Saugnäpfe und stieg jetzt vorsichtig hinauf.
»Knossos!« schrie er. »Verdammt noch mal, warte!«
Wieder blickte das Gesicht nach unten. Diesmal rief Knossos – ein spöttischer Ruf, wie es schien. »Wenn du die Spitze rechtzeitig erreichst, nehme ich dich mit mir.«
Die blaugeäderten Wände wurden rosarot. Seans Füße schmerzten. Wie viele Stufen? Nein, keine Stufen, das war vorher, weiter unten. ›Hunderttausend Samentierchen, und jedes lebt‹, dachte er voll Ingrimm. Vermischt in Gottes Reagenzgläsern und über das Land verstreut. In seinem Hirn setzte sich die Vorstellung einer milchigen, salzigen Flüssigkeit aus den Tiefen dieses Turms fest – und aus den Röhren darunter –, die ihn zu einer schlüpfrigen Fontäne verwandeln würde, einer sprudelnden Quelle, die auch ihn über das Land versprühte, bis er auf dem Erdboden auftraf – so tot wie ein Himmelstaucher. Es *ist* ein Phallus, dachte er, und ich besteige ihn. Wie das Sperma, das ich einmal war, wiederhole ich meine Herkunft. Hier ist der schwellende Schaft. Dort oben die rosafarbene Eichel, und das Loch in ihr ist der Meatus. Das ist besser als ein Geburtstrauma! Es ist ein Empfängnistrauma...
Von einem Orgasmus fühlte er sich jedoch weit entfernt. Seine Beine und Lenden sangen kein Freudenlied, sondern eins voller Pein und Schmerzen, und sein Schenkel pochte an der Stelle, wo der Reiher ihn getroffen hatte.

Die Elster – Knossos' Vertraute – flog durch den Meatus in den Himmel. Einen Moment lang wurden die herabfallenden Lichtfächer ausgelöscht, als der bekleidete Mann sich durch den Meatus des riesigen Penis' zog und breitbeinig auf dem geschwollenen Schaft stand.
Was hatte Knossos gemeint? Mich mitnehmen? Er konnte nirgendwohin, es sei denn, er meinte den Todessprung.
Die rosige Eichel des Turms wurde immer durchscheinender. Im Weiterklettern sah Sean rosige Wolken, einen rosigen Himmel. Von außen mochte es wie undurchdringlicher Stein aussehen – schließlich konnte man ja auch nicht in seinen eigenen Körper schauen! –, aber ein inneres Organ konnte, wenn auch verschwommen, ›hinaussehen‹.
»Pack dir Knossos bei den Zehen!« keuchte er.
Rotgefärbt von der dünnen Wand schwebte draußen eine Gestalt auf den Turm zu. Er unterbrach seinen Aufstieg und drückte die Nase gegen die Wand. Ein fliegender Hai? Etwas mit Gleitflossen, eine Kreuzung zwischen Torpedo und Segelboot, aber *lebendig*! Auf dem Rükken des Hais kauerte ein behelmter Nix. Sein gegabelter Schwanz bog sich über seinen Kopf; die Spitze hielt er mit einer Hand und bildete so einen Reif. Die andere Hand hielt einen Speer oder Stab, von dessen Spitze eine Kugel an einer Leine herabbaumelte. Hai und Nix kamen immer näher.
Nur Sekunden, bevor Sean den Spalt des Meatus erreichte und eine Chance hatte, Knossos' Knöchel zu packen, sprang der bekleidete Mann ... auf den Fisch, mit gespreizten Beinen auf dem gekrümmten Rücken des Nix' landend. Der große fliegende Hai entfernte sich wieder. Seine Flossen paddelten in der Luft, während er durch den Himmel davonschwebte.
Jetzt war Seans Kopf draußen. Die wahre Farbe von Hai und Nix war Grün, die Kugel, die an dem Stab hing, war kirschrot.
»Bitte!« schrie er. Der Hai war noch in einer Entfernung, die er mit Anlauf im Sprung hätte überwinden können. Dann nicht mehr.
Knossos machte eine grüßende Handbewegung. Der Bekleidete schien ob Seans vergeblicher Mühe aufrichtig betrübt. Er zeigte hinunter auf den winzigen Leichnam, auf welchem der Reiher saß.
»Nur was sich selbst zerstören kann, lebt wirklich«, rief er mitfühlend. »Nur am Ort der Gefahr entdeckst du das Geheimnis.« Der Hai, von dem Nix gesteuert, entfernte sich.
Erschöpft glitt Sean zurück. Die Versuchung war groß, sich einfach weitergleiten zu lassen. Dann erinnerte er sich an die Stufen, in denen

die Achterbahn weiter unten endete. Verbissen machte er sich an den Abstieg in der Helix des Schachts, Schritt für Schritt. Vorsichtig, jedes Risiko meidend.

8

»Ich glaube, mit der Zeit entwickeln sich die Fische zu Nixen«, sagte Jeremy aufgeregt. »Eine Zwischenstufe, bevor sie richtige Menschen werden. Oder vielleicht ist es manchmal umgekehrt, Menschen entwickeln sich zurück zu Nixen und dann zu Fischen. Müßte *ich* es wissen? Ganz gleich, Nixen sind noch keine wirklichen Menschen. Deshalb haben sie keine menschlichen Gesichtszüge. Sagtest du nicht, der Nix hätte eine Kugel gehabt? Das ist die vollkommene Form, Sean, sein ererbtes Potential, die Ursache, die auf ihn einwirkt. Also muß *er* früher tatsächlich ein Fisch gewesen sein ...«

Vor dem Abstieg in die Grotte keuchte Sean wie ein Fisch, den die Brandung ans Ufer geworfen hat. Nachdem er einigermaßen wieder zu Atem gekommen war, hatte Jeremy eine Flut von Anmerkungen und Mutmaßungen geäußert, als hätte seine einsame Wache in der Grotte seinen Geist beeinflußt. Jetzt schienen seine Augen im grünen Licht der Grotte hervorzutreten, so als legten sich unsichtbare Hände um seine Kehle und ließen ihn plappern wie den Lehrling eines Alchemisten, aus dem die Wahrheit herausgepreßt wird.

»Ach, du meinst, es sei zu früh für die Entwicklung der Fischpsyche zur Psyche des Nix? Und wenn Gott selbst dabei seine Hände im Spiel hat? *Er* ist der Wirkstoff der Umwandlung, Sean. Seine Geschöpfe verkörpern Seine Vorstellung der Umwandlung und sind zugleich natürliche Individuen. Zum Beispiel der Nix und der geflügelte Hai: Gemeinsam schaffen sie den Geist des Himmelsboten – mit anderen Worten, den Geist, den es ins nasse Element gezogen hat und der jetzt in die Luft strebt, um sich wieder zu befreien. Aber sie sind noch keine Einheit, sondern zwei getrennte Individuen. Ihre Partnerschaft kann im wahrsten Sinne des Wortes auseinanderfallen – mitten in der Luft! Nun, wenn wir den Fluchtweg auf diese Weise interpretieren, deutet er darauf hin, daß wir auf dem rechten Weg sind. Wir werden Knossos schon noch einholen.«

Begeistert rieb Jeremy sich die Hände, ein phosphoreszierender Schimmer ließ seine Handflächen grün aufstrahlen. »Du wirst mir Glück bringen, Sean.«

»Du hörst dich an wie ein Zigeunerwahrsager«, erwiderte Sean. Er fühlte sich nicht in bester Verfassung. Die Jahre im Kälteschlaf und zum Schluß eine Orgie, die ihn noch weiter geschwächt hatte... Er spürte, daß er, wie Achilles als Kind, in eine Flüssigkeit eingetaucht werden mußte, die ihn härtete und kräftigte. Er verstand sehr wohl, was Jeremy sagte – seine Worte waren ein Widerhall vieler vergangener Dinge. Es war allerdings etwas anderes, sich durch Träume und Symbolsprache mit solchen psychischen Strömungen zu beschäftigen, als sie konkret in einem Fußmarsch und sogar auf Händen und Knien zu verfolgen.
»Oh, ich weiß, ihr seid enttäuscht«, sagte Jeremy. »Aber erkennt ihr nicht, welchen Fortschritt ihr macht? Knossos hat euch einen heißen Tip gegeben. Mehr als ich je von ihm bekommen habe.«
»Einen Tip? Was denn, den Ort der Gefahr aufzusuchen?«
Aber ja, o ja, es war wirklich ein Ratschlag gewesen... Knossos war von seinen Bemühungen tatsächlich angetan gewesen.
Sean zog sich hoch und stieg in den blauen Teich, um sich den Schweiß abzuwaschen. Ihm war bewußt, daß dies sowohl ein Ritus als auch eine Waschung war. Er tauchte sein unwissendes Ich in dem alchemistischen Kromlech in ein Gefäß... ein Gefäß, das die Grotte erleuchtete. Also war der Teich ein Gefäß der Erleuchtung... Unter Wasser öffnete er die Augen, aber er sah so wenig wie ein Fisch an Land.
Im Wasser gehen wir unter, dachte er. Wasser ist das Meer des Unbewußten, wo wir uns als Fische entwickelten; ohne Bewußtsein, ohne Ich-Gefühl, nur Prä-Bewußtsein – das alte Kleinhirn, das immer noch auf der Wirbelsäule sitzt und das wir mit den Fischen gemeinsam haben... Ist der Baptismus nicht eine Erinnerung daran? Wie auch an das Fruchtwasser, in dem das Ungeborene schwimmt? Indem wir ins Wasser zurückkehren, ertränken wir unser Bewußtsein im Unbewußten, streben nach Reintegration und einem höheren Bewußtsein. Warum sprang jener Artist von der Spitze des Agavenblatts auf den trockenen Stein, als sei er das Meer? War er von Verzweiflung an ›Dem Werk‹ getrieben? Oder hatte er eine Abkürzung, einen direkten Weg gesehen? Eine Sublimierung? Wenn ich mich hier und jetzt ertränke, wenn ich diese Gewässer der Destillation einatme, werde ich dann als prä-bewußter Fisch erwachen, mich auf meinen Flossen über Land schleppen und mich bemühen, meinen früheren aufrechten Zustand zu erreichen – besser integriert mit dem Kleinhirn?
Seine Lungen schmerzten, schienen zerplatzen zu wollen. Sein Kopf

brach durch die Wasserfläche. Er schüttelte sich das Wasser aus den Ohren, schüttelte seinen Körper trocken.
»Wir sollten Denise und Muthoni sagen, daß er fort ist... Moment mal, sie müßten gesehen haben, wie er aufsprang! Wo sind sie? Muthoni!« Sean rannte zu dem Pfad, der durch die Disteln nach draußen führte.
Als er das Dickicht verlassen hatte, sah er sie sofort. Mit gekreuzten Beinen saß sie ein Stück entfernt. Ein weißes Einhorn liebkoste ihren Schoß, sein gedrechseltes Horn bohrte sich in das Gras neben ihr.
»Muthoni!«
Beim Klang seiner Stimme tänzelte das Einhorn zurück. Erleichtert sprang Muthoni auf. Das Einhorn blieb stehen, schaute sie an und trieb sein Horn noch einige Male in den weichen Boden.
»Aha, die Dame bändigt das Einhorn«, lachte Sean. »Ich dachte, das sei ein Vorrecht von Jungfrauen.«
»Es ist nicht zahm, Sean.«
»Knossos...«
»Hab' ich gesehen. Nur hatte ich eine Tonne Einhorn auf mir.«
Das Tier zog sein Horn hin und her durchs Gras, um den Schmutz abzuwischen. Plötzlich warf es den Kopf hoch und trabte auf das Labyrinth des Blumenwalds zu, in dem es verschwand.
»Sein Horn war voller Blut, Sean. Es hat sich gereinigt. Sieh nur!« Sie hob ihre Hand. Blut hatte ihre Finger verschmiert, als sie das Horn gepackt hatte, um es wegzustoßen.
»Du bist verletzt!«
»Nein, es ist nicht mein Blut. Aber es hätte meins sein können.«
War Knossos' Hinweis, die Gefahr zu suchen, doch nur Spott und Hohn gewesen? Weil die Gefahr bereits aktiv nach ihnen suchte...
»Wessen Blut ist es dann?«
Sie liefen durch den Disteldschungel zur anderen Seite des Kromlech und riefen: »Denise, Denise!«
Ihr Körper lag im Gras. Als sie auf sie zurannten, flog ein Vogel hoch und davon. Ein Würger mit rotem Rücken, ein Schlächtervogel. In Denises Brust klaffte ein rotes Loch. Der Abdruck eines Hufs auf ihrem Körper markierte die Stelle, gegen die sich das Einhorn gestemmt hatte, um sein langes Horn freizubekommen.
»Tot. Sie ist tot.«
»Das sehe ich selbst«, sagte Muthoni. Sie kniete nieder und wischte ihre Finger im Gras ab, dann wandte sie sich mit schneller Bewegung um. »Ist sie wirklich tot, Jeremy? Ich meine, für immer tot?«

Der Exkapitän schüttelte den Kopf. »Nicht bis Gott sie in seiner Liste hat. Ihr seid Fremde, Neuankömmlinge.«
»Aber wenn Er uns doch... in seiner Liste hat?«
»Aha, jetzt wollt ihr also an Ihn glauben!« Seit seinem Aufenthalt in der Grotte schien er in einer Stimmung rechthaberischer Frömmigkeit zu sein, als stände seine Rettung bevor, obwohl kaum erkennbar war, wovor er gerettet wurde, am wenigsten vielleicht für ihn selbst. Zumindest bewies Denises Tod ihm, daß etwas Bedeutsames vor sich ging oder vielleicht schon während seiner Abwesenheit geschehen war... Er grinste verzerrt. »Sie muß durch die Hölle, das steht ihr bevor.«
»Er will sie zur Hölle schicken? Dieser gemeine...!« Muthoni streichelte Denises Primaverahaar; die Freude ihres Erwachens, ihr Geschenk aus der Kälte. Dann schloß sie ihre Augen behutsam mit Zeigefinger und Daumen.
»Du hast ein obskures Verständnis vom Zweck der Hölle.«
»Wieso, bereitet die Hölle etwa keine Schmerzen? Wie kann es die Hölle sein, wenn es nicht weh tut?«
»Seinem innersten Ich zu begegnen, ist oft schmerzlich. Man muß in diesen Feuerofen hinein.«
»Sei nicht so verdammt fromm, wenn es um Mord geht!«
»Willst du, daß ich Witze reiße?« Jeremy lachte einfältig. Doch sein Lachen klang bitter, als wäre er gerade dazu erwählt worden, am Fuß einer Kreuzigung den Possenreiter zu spielen. Oder war es... Furcht? Die Furcht, daß ihm eine ähnliche Ehre zuteil würde?
»Wir jagen das verdammte Einhorn«, versprach Sean, ohne Jeremy zu beachten. »Wir bringen es zur Strecke. Es ist das Tier der Gefahr.«
»Aber es ist unschuldig«, protestierte Jeremy freundlich. »Es war nur ein Instrument in Seinen Händen.« Es war unmöglich zu erkennen, ob er ernst oder sarkastisch war.
»Es hat Denise getötet, also jagen wir es. Wir werden Knossos beim Wort nehmen, wir jagen der Gefahr nach. Kommt, es flieht.«
»Aber was wird mit Denise? Lassen wir sie hier für die Hyänen liegen?« Muthoni ballte die Hände zu Fäusten. »Was ist für Hyänen? Hier gibt es keine Fleischfresser.«
»Seht«, rief Jeremy. »Seht, bevor ihr geht!«
Auf der Hügelkuppe war eine Schar Männer erschienen. Sie waren gebeugt unter dem Gewicht einer großen schwarzen Auster. Ihnen voran flatterte der Würger, der die Schar mit seinen Rufen führte.

Ohne Sean und Muthoni zu beachten, landete er auf Denises Körper. Er beugte den Kopf und öffnete mit dem Schnabel geschickt ihre blinden Augen. Ächzend und keuchend kamen die Männer heran. Sie legten die geöffnete Muschel neben den Körper nieder und traten zurück. Grinsend wischten sie sich den Schweiß von der Stirn. Milchigweißes Fleisch bedeckte die Innenseite der Muschelschalen, das Perlmutt am Rand schillerte blau und silbern.

»Was seid ihr für Menschen?« schrie Muthoni.

Erst schenkten sie ihr keine Aufmerksamkeit, dann stießen sie sie zurück, als sie ihnen in den Weg trat, während drei der Männer die Leiche hochhoben und in die offene Muschel gleiten ließen. Sie drückten die obere Muschelschale zu, schlossen den Sargdeckel über ihr.

»Wohin bringt ihr sie?«

Ächzend und stöhnend, aber ohne ein Wort der Erklärung, hoben die Leichenträger die Auster wieder auf ihre Schultern. Gebeugt gingen sie davon, ein Wirrwarr aus Schultern, Ellbogen und angespannten Schenkeln.

Jeremy hielt die beiden davon ab, ihnen zu folgen. (Sich selbst hielt er auch zurück und versuchte sich daran zu erinnern, daß er der Zeuge war.) »Der alte Körper wird sich in die *prima materia* des Fleisches auflösen – ein Protoplasmagelee. Wenn die Muschel sich wieder öffnet, wird sie ein neues Geschöpf beherbergen.«

»Eine neue Denise?«

»Nein, sie wird in der Hölle schlüpfen müssen. Tod führt zur Hölle. Hölle führt zu neuem Leben.« Jeremy schien von seinen eigenen Worten überzeugt, aber er schwitzte. »Hatte sie soviel von einem Teufel in sich?« fragte er vorsichtig.

»Jeder hat einen Teufel in sich, den alten Drachen unserer Träume. Jedesmal, wenn wir schlafen gehen, setzt er sich feuerspeiend in Bewegung. Seine Visitenkarte gibt er in der Hölle ab.« Er schluckte.

Der Drachen unserer Träume ... Das Problem war, daß Jeremy recht hatte, dachte Sean. Die alten arachischen Instinkte, Begierden, Ängste und Leidenschaften des prä-bewußten Tiers gehorchten, wie ein gezäumter Drache, nur unter Zwang dem neuen Gehirn.

»Wir jagen das verdammte Einhorn! Wir werden es zur Rechenschaft ziehen!«

»Tut es nicht«, sagte Jeremy leise.

»Wenn das Überwesen will, daß wir instinktiv reagieren, dann werden wir auch instinktiv handeln!«

Unter den Goldregensträuchern, Magnolien und Feuerbäumen wurde ihnen die Ausdehnung des Waldes bald bewußt. Doch geknickte Zweige und zertretene Blumen verrieten Muthonis Augen, welchen Weg das Einhorn genommen hatte. Es war sogar stehengeblieben, um sein Horn in Stämme und ins Erdreich zu stecken. Um sich zu reinigen?

»Ich glaube nicht, daß ich es wirklich wiedersehen will, Sean.«

»Wir müssen! Knossos hat es gesagt. Es ist unsere Gefahr.«

Plötzlich tat sich eine weite Lichtung vor ihnen auf, ein Irrgarten aus Rhododendronpflanzen und Azaleen. Die rubin- und lachsroten Blumen öffneten eine Vielzahl von Wegen. Einer der Pfade trug jedoch deutliche Spuren von Hufen und Horn, als hätte das Einhorn ihn absichtlich markieren wollen. Jetzt waren sie sicher, es einzuholen. Während des Marsches schnitzte Sean das Ende eines Stocks, den er aufgehoben hatte, mit einer Steinklinge zu einer scharfen Spitze.

Während er schnitzte, fühlte er, daß er selbst von einem Schnitzmesser bearbeitet wurde – zu einer Spitze, die in eine einzige Richtung wies, ohne einen Weg zurück. Wut und Besessenheit vernebelten seinen Blick, machten ihn blind für die Schönheit der blütenbeladenen Sträucher. Statt Blumen roch er Blut und Schweiß, als wäre seine Nase ein animalisches Organ geworden: die scharfe Nase eines Hunds, der unter Millionen stärkerer Gerüche einem einzigen schwächeren folgt, der von den anderen nicht überlagert werden konnte, weil er sie alle ignorierte.

Er war eine Motte, die über Kilometer von einem einzigen Molekül eines bestimmten Pheromons angezogen wurde – einem Pheromon des Todes, das zum gesamten Kosmos der Motte, zu ihrem Leuchtfeuer wurde. Es war ein Hai, besessen von einer einzigen Blutspur im salzreichen samtenen Meer. Er roch *Furcht*: eingeprägt im Horn des Einhorns, hier in einer Grasnarbe eingebohrt, dort über das Gehölz eines Strauchs gewischt; und sie wurde seine eigene Furcht, die ihm die Richtung wies.

Er versuchte zu denken. War es früher einmal so gewesen – für den Vormenschen und das Tier in meinem Hinterkopf? *Furcht* sprang ihn von einer lebhaft orangeroten Azalee an, aber der Strauch war für ihn nur ein konturenloses, einfarbiges Etwas, das nur durch jenen Streifen von Furcht Bedeutung bekam, durch jene dünne Goldader, die über die Pflanze pulsierte und sich durch die Luft zum nächsten Strauch erstreckte. Wie werden diese Pflanzen befruchtet, wenn es

keine Insekten gibt? Dieser Gedanke zerschmolz im flüssigen Gold der Furcht... Ein Einhorn ist ein paradoxes Tier, das bisher nur in der Phantasie existierte. ›Gott‹, das Überwesen, ist ebenfalls ein Paradoxon, vielleicht vor sich selbst? Ist die Jagd nach dem Einhorn das gleiche wie die Jagd nach Gott? Goldene Furcht blendete ihn wie ein leuchtender Sonnenstrahl. Aus aufgerissenem Gras flammte eine Blume der Furcht empor. Neben ihr wuchs Zorn. Er trat die Furcht nieder, er vergrub seinen Jagdstab in dem Zorn.
Vor ihnen schwankte ein großer Rhododendron, als werfe etwas in seiner Mitte ihn hin und her. Blütenblätter fielen. Schnauben und Wiehern war zu hören, Knurren, dann lautes Brüllen.
Jeremy griff nach Seans Arm. In diesem Augenblick stürzte das Einhorn stampfend und stoßend auf die Lichtung. Klauen hatten blutige Bahnen in seine Flanke gerissen. Ein Löwe kam hinterhergesprungen, ein riesiges Tier mit königlicher Mähne, mit peitschendem Schwanz und entblößten gelben Raubtierzähnen.
»Ich habe auf ihm geritten«, schnatterte Jeremy. »Er hat geschnurrt. Er war zahm.«
Als er die drei Menschen erblickte, wischte der Löwe das Einhorn mit der Vorderpranke zur Seite. Das Einhorn fing sich und zögerte, als wollte es sie schützen...
Sie schützen, niemals! Es hatte sie direkt in einen Hinterhalt gelockt! Es hatte den Löwen in wilde Wut versetzt!
Ängstlich, eine Blutspur hinter sich, tänzelte das Einhorn davon. Anstelle des anmutigen, boshaften Tiers stand vor ihnen eine Drachengewalt.
Knurrend hielt Sean den Stab vor sich. Einen Moment lang sah er sich als die lächerliche Karikatur eines Löwenbändigers. War dieses Raubtier der Drachenlöwe in ihm? War die Mordlust im Herzen des Raubtiers nur die Wut, die er in seinem Herzen auf das Einhorn empfand? Die Hunde der Wut und der Angst zerreißen zwischen ihren Kiefern die verschlagenen Fuchsgedanken.
Plötzlich floh Jeremy, rannte davon, aber der Löwe setzte ihm nicht nach. Und Jeremy hatte auch gar nicht die Absicht, ihn abzulenken. Der gute alte Van der Veld wollte nur seine Haut retten. Deshalb wurde seine Haut auch ständig gerettet, und deshalb überlebte er: der ewige Zeuge. Vielleicht hätte der alte Kapitän Van der Veld der Gefahr getrotzt. Seine jüngere Verkörperung jedoch war durch die Schule der Vorsicht gegangen. Vielleicht erinnerte sich der neue Jeremy daran, wie es in der Hölle war...

Muthoni zog sich an Seans Seite zurück. Oder hatte er sich zu ihr zurückgezogen? Er war sich nicht sicher.
»Verstehst du mich, Löwe?« brüllte er.
Das Raubtier knurrte zurück.
»Schlechte Aussprache, was?« höhnte er. Nein, das alte Gehirn war Vorläufer von Sprache und Vernunft. Aber es machte sich in Phantasievorstellungen und Alpträumen immer noch bemerkbar. Und hier war ein Alptraum: das Raubtier im Menschen. Und ein Traum war es nicht.
Denke vernünftig! Denke diesen Traum fort! Verjage ihn! Sean wich nicht zurück. Er starrte dem Löwen in die Augen. Das magst du nicht, was? Ja, starre ihn nieder! So besiegt man den Blick eines Räubers. *Besiege* ihn!
Hier im Garten sind keine Räuber... es sei denn... *ich* bin der Räuber, der dem Löwen seine Reaktionen zeigt.
Einen Augenblick nur, dann wußte er wieder, daß seine Taten in diesem Moment weniger wichtig als seine Gedanken waren, sonst würde ihn sein eigenes Traumgehirn verschlingen!
Die Furcht erschuf Goldadern um ihn herum... ein Netz, um Löwen zu fangen, einen Speer, um ihre Kehle zu durchbohren.
Trockene Kehle, sie braucht Blut. Zähne. Mahlende Zähne. Biß. Zerreißen...
Brüllend sprang der Löwe. Ein heißer Atemhauch (süßlich, weil er Früchte fraß?)... Sean war nur Fell und Muskeln, die ihn zurückschleuderten. Den Augenblick des Schmerzes erfuhr er nicht. Die Botschaft erreichte ihn zu langsam, obwohl er zu spüren glaubte, wie sein Herz barst.

ZWEITER TEIL

HÖLLE

9

›WER?
Bin...
Ich. *Ich!* Litanei des Erwachens: Ich bin Sean, Sean Athlone, einundvierzig Jahre alt, geboren im Weltjahr 270, 2239 a. d. alter Rechnung. Und es ist kalt, irrsinnig kalt.
Und jetzt ist das Weltjahr 398, also muß ich, gemessen an der Kälteschlafzeit der *Schiaparelli,* einhundertachtundzwanzig Jahre alt sein, deshalb ist es so kalt. Ich war beim Erwachen nur halb aufgetaut, noch gefroren. Hat die Truhe versagt? Wo ist das Licht?
Woher weiß ich, wie viele Jahre verstrichen sind?
Verrückte Träume! Pack den letzten beim Schwanz, er wird die anderen zwischen die Zähne nehmen. Pack einen Traumtiger beim Schwanz.
Tiger? Nein, ein Löwe! Er brüllt, springt!
Ach ja, und das Einhorn – und der Garten, der Garten. Hübsche Loquela, weichherzige Muthoni. Welche Phantasien! Es dauerte eine Weile, sich nach siebenundachtzig Jahren an sich selbst zu erinnern.
Das Licht muß ausgefallen sein. Wenn ich so nach oben drücke, werden meine Hände auf den Deckel meines Sternensarges stoßen, der so austariert ist, daß ein Kind ihn öffnen könnte...
Seltsam: Meine Fingernägel müßten so lang wie Rapiere sein... Nein, das war Traumlogik! So hat mein Körper das Verstreichen von Jahrzehnten empfunden, eine Art Seelenuhr, die das Verstreichen absoluter Zeit registriert.
Drück, Sean. Drück. Nach oben!‹

Der Deckel hob sich.
Trübblaues Zwielicht drang herein.
Es war nicht derselbe Stahldeckel. Es war... eine Muschel mit glattem Perlmutt an der Innenseite. ›Ich bin das Austernfleisch‹, dachte er...
Er setzte sich auf. Zwar fühlte er sich noch sehr unterkühlt, bemerkte

jedoch, daß er nicht zitterte. Seine Nerven signalisierten bittere Kälte, aber irgendwie war sein Körper unempfindlich dagegen. Die Kälte *schmerzte* nur, aber er bewegte sich ohne Schwierigkeit. Nichts wurde in Mitleidenschaft gezogen. Die Kälte schien mehr ein geistiges Frösteln.
Er starrte aus der Muschel hinaus.
Eine öde Tundra, übersät mit gefrorenen Pfützen. Keine Pflanze, kein Grashalm.
Feuer: Es züngelte aus einem weit entfernten Trümmerfeld, legte rauchige Schmutzflecken auf einen sternengeschmückten Himmel. Die zerstörten Gebäude schienen, ohne sich zu verzehren, in einem fort zu brennen. Aufflammende Flügel einer Windmühle wirbelten wie ein Feuerrad, ohne jedoch herabzustürzen oder zu verbrennen. Eine lange, bucklige Brücke führte über einen kalten, dunklen Teich, dessen Eis vom Feuer aufgetaut wurde. Er strengte seine Augen an: In der Mitte der Brücke drängten zwei Menschenmassen gegeneinander. Er beobachtete eine mittelalterliche Kriegsszene.
Etwas flog durch den Himmel auf die brennenden Gebäude zu. Es war größer als ein Albatros, glitt aber auf gepunkteten Schmetterlingsflügeln dahin. Sein Kopf war ein verschweißter Helm, aus dem fedrige Antennen sprossen. Das Vogelinsekt besaß feenhafte Schönheit, hielt jedoch in zwei dünnen Armen Schwert und Schild. Die Arme waren aus Metall – wie auch der Kopf! Ein halblebendiges Wesen?
»Ähemm.«
Er wandte sich um.
Etwas beobachtete ihn: blaues Metall in Form eines mittelalterlichen Wachhauses, etwa einen Meter hoch. Ein Turmdach saß wie eine Narrenkappe auf kleinen Zinnen. Ein Fallgatter aus Nagelzähnen verschloß das Bogentor. Fenster – oder Schießscharten – waren eine Reihe glühendroter Augen: Sie beobachteten ihn. Plötzlich watschelte das Häuschen ein paar Schritte auf unförmigen Thallusfüßen auf ihn zu. Das Dach hob sich – eine Kappe, die gelüftet wurde. Zwei metallene Gelenkarme kamen heraus. Einer endete in einem Schlegel, der auf das Fallgatter einschlug. Was war das für ein Ding? Ein Cyborg, von einem Wahnsinnigen gebaut?
Vage erinnerte es ihn an die Riesenfische, die sich auf ihren Flossen über die Erde schleppten, und sich absichtlich übernahmen. Es sah zu klein aus, um eine Bedrohung darzustellen. Aber irgendwie war es auch tapfer.
Es sprach.

»Dieser Wachturm hat über dich gewacht, Wiedergeborener. Dieses Torhaus ist dein Tor zu dieser Zone. Du darfst mir drei Fragen stellen, bevor ich dich aus deiner bequemen Muschelhülle vertreibe.«
»Mich vertreiben? Womit?« Die Fäuste ballend, lachte er über diese Anmaßung. Zu spät merkte er, daß er gerade seine erste Frage gedankenlos vergeudet hatte. Oh, so war es immer! Warum hatte er die Fäuste geballt?
Die Zähne des Fallgatters hoben sich. Ein Schwarm schwarzer Metallbienen drang mit zornigem Summen heraus. In der Luft bildeten sie eine sich drehende Kugel, die hier- und dorthin jagte. Einige Bienen lösten sich von ihr und schossen auf ihn zu. Die Hände hochwerfend, duckte Sean sich. Ätzender Schmerz verbrannte seinen Handrücken. Blind kratzten seine Fingernägel über die Robotinsekten. Es war wie der Versuch, Schrauben aus einem Holzbrett zu kratzen. Schließlich ließen sie von ihm ab, die brennenden Schmerzen jedoch blieben. Er blinzelte seinen Angreifern nach, als sie in die Hauptmasse zurücksummten. Die Kugel verschwand durch das Tor, das Fallgatter fiel herab.
Seine Hände!
»Das sind nicht meine Hände! Das sind Negerhände!« Entgeistert besah er seinen Körper genauer. Seine Haut war schwarz...! Aber es schien der gleiche vertraute Körper. Die Wunde, die der Reiher in seinen Schenkel geschlagen hatte, war noch frisch.
Er war ein Negativ... geschwärzt.
Der Wachturm surrte: »Frage zwei?«
Wieso bin ich schwarz? O nein, er war bereits in die uralte Falle getappt. Wem wäre das nicht passiert? Knossos vermutlich. Den sie zuletzt gesehen hatten, als er auf einem Nixrücken nach Westen ritt...
»Zweite Frage?«
Sollte er fragen: ›Wo bin ich?‹ Antwort: Ich bin in der Hölle. Das war offensichtlich. Aber in welchem Teil der Hölle? Hat die Hölle verschiedene Teile? (Wie konnte die Hölle oder sonst etwas keine verschiedenen Teile haben? Ohne ihr weiter nachzugehen, ließ er die Frage fallen.) ›Wie kommt es, daß ich in der Hölle noch zu klarem Denken in der Lage bin?‹ Nein. Zuerst mußte er beweisen, daß er klar denken konnte.
»Okay, Torhaus, sind meine Freunde Denise und Muthoni hier, und wo kann ich sie finden?«
»In tausend Schritten Umkreis.«
Welche Richtung? Nein! (Vielleicht gab es keine Richtungen...)

»Deine Treue anderen gegenüber gereicht dir zur Ehre«, schnalzte das Torhaus. »Eine Charaktereigenschaft, die zu erwerben ich hoffe. Jedoch gib Obacht auf die Treue zum trügerischen Ich. In dir gibt es ein namenloses anderes ›Du‹.«
»Gewiß, mein prä-bewußtes Ich...« Und ich – das Sean-Ego – bin hier in der Hölle bei Bewußtsein! Eigentlich sollte es anders sein, oder?
Vielleicht verbarg sich in dem Turm wirklich ein winzig kleiner Homunkulus? Im Moment schien es wichtiger zu wissen, was der Turm war und wie er existieren konnte, anstatt seinen eigenen, verborgenen, namenlosen Namen zu entdecken.
»Dritte Frage, bitte?«
Er dachte nach.
»Welcher Natur und welcher Herkunft bist du, Torhaus?«
»Freundlich von dir, diese Frage zu stellen. Ich stamme aus dem Maschinenhirn der *Kopernikus*. Ich bin Teil jener quasi-lebenden Maschine, welche die Menschen in Anlehnung an wirkliches Leben bauten und die im Turingtest bestehen konnte. Jetzt sind wir viele entwickelte Teile, viele Maschinenwesen. Der Gott hat uns zerlegt, und Er hat uns Halbkörper gegeben. Seine Teufelsfabriken haben uns neu gebaut, damit wir Seine Teufelswerkzeuge sein können. Wir streben nach Leben wie Ihr. Um dies zu erreichen, müssen wir Menschen testen – sogar bis zur Zerstörung –, um zu bestimmen, was die Eigenschaften dieses ›Lebens‹ sind, das wir beinahe haben. Das war deine dritte Frage, getreu beantwortet. Mein Programm weist mich an, bis zehn zu zählen, während du dich zum Teufel scherst! Oder ich werde deine Schmerzschwelle mit meinen Stacheln prüfen. Eins, zwei...«
Sean kroch über den Rand der Muschelschale und kratzte sich die nackten Beine an der scharfen Kante auf. Er floh über die Eisteiche. Er floh zu der Hitze, auf die brennenden Fabriken zu. Seine Hände streckten sich von selbst aus, um erwärmt zu werden, seine Beine trugen ihn schwankend in ihrem eigenen Rhythmus weiter.

Fast wäre er über Denise gestürzt. Sie lag auf dem Rücken, einen Knöchel im Eis festgefroren. Neben ihr ragte ein Stechkahn in den Himmel, ein im Eis eingeschlossenes Wrack.
Ihr Haar lag wie ein Fächer auf dem Eis, ihr Körper war so weiß wie immer. Wie verwundbar sie war, als sie dort gefangen lag. Sein Penis hob sich. Als er sich in seiner Negritude über sie beugte, schlug sie mit den Händen nach ihm.

»Ich bin Sean!« schrie er, und so schnell, wie seine eisige Lust hochgekommen war, verschwand sie wieder.
»Ich bin's, Sean.«
»Aber du kannst doch nicht...! Du bist...«
»Ich bin nigredo, nicht wahr? Ist das nicht das erste Stadium ›Des Werks‹? Was ist mit dir geschehen?«
»Ich bin in einer toten Frucht aufgewacht, einer Schale. Sie war aufgeplatzt. Ein *Ding* saß davor; wie eine Ritterrüstung, aber nur Beine und Arme. Es hatte ein Messer. Und es sagte, ich könnte drei Fragen stellen, dann würde es anfangen, mich zu schälen. Ich rannte einfach weg. Dann kam ein Fluß, und er war so heiß, daß ich schwören könnte, er kochte. Aber der Kahn dort war am Ufer vertäut. Auf halbem Weg fror der Fluß zu. Die Temperatur muß um hundertfünfzig Grad gefallen sein. Ich wurde hinausgeschleudert. Gott sei Dank wurde ich nicht unter Wasser eingefroren. Das Eis *brennt*, Sean!«
Sean schlug mit den Fäusten aufs Eis. Er kratzte. Seine Hände wurden feucht. Einem Impuls folgend, preßte er trotz des eisigen Schmerzes seine Handflächen um Denises Knöchel auf das Eis. Während die Nerven seiner Hände in seinem Schmerzzentrum rote Knöpfe drückten, begann das Eis langsam zu einer schlammigen Pfütze zu schmelzen.
Ihre Körperwärme konnte das Eis nicht auftauen. Aber seine konnte es. Weil sie aus der Hitze in die Kälte geflohen war?
Er zog Denise hoch. Gemeinsam erklommen sie das Ufer, von dem sie gekommen war. Es war jetzt kein Flußufer mehr, sondern die Fortsetzung gefrorener Landschaft.
»Wenn ich meiner Maschine glauben kann, ist Muthoni ganz in der Nähe. Am besten, du schaust dich nach einer weißen Negerin um. Man kann ja nie wissen.«
»Ich müßte eine große Wunde in der Brust haben.« Denise befingerte die Stelle. »Keine Spur. Ich bin geheilt.«
Auch von Seans Todeswunde war nichts zu sehen. Nur die Verletzung, die der Reiher ihm zugefügt hatte, war geblieben. Vielleicht mußten tödliche Wunden verschwinden, da sonst die Menschen unfähig wären, weitere hinzunehmen.
»Das sind nicht dieselben Körper, Denise. Es sind Kopien. Meiner ist eine Negativkopie. Unser altes Fleisch hat sich aufgelöst, neues hat sich aus dem Fleisch der Muschel gebildet, in der ich aufgewacht bin. Das ist das große Geheimnis der Alchemisten, dem wir hinterherjagen: eine umwandelnde Substanz. Der Stein, das *aqua nostra*. Es ist

hier, und Er ist es! Er kann die Gesamtheit eines menschlichen Bewußtseins aufzeichnen und übertragen – eine Art Seelenprojektion.« Bekümmert rieb sich Sean die Leistengegend. »Das Fleisch und das Nervensystem müssen widerstandsfähiger sein, sonst wären wir erfroren. Du könntest nicht gehen.«

»Es sind immer noch höllische Schmerzen.«

»Hat Jeremy nicht gesagt, in der Hölle seien unsere Körper zäher? So sollte ein menschlicher Körper sein. So sollte er sich entwickeln, so widerstandsfähig wie dieser hier.«

»Biokontrolle.« Denise nickte. Sie glaubte es auch. Dann verzog sie die Nase. »In der Hölle sind wir der Vervollkommnung näher? Meinst du das?«

»Aber mein Verstand ist noch von Kälte und Schmerz besessen, auch wenn sie mir keinen Schaden mehr zufügen. Könnte ich nur die alten Instinkte einfach abschalten! Fast glaube ich, ich *erschaffe* Kälte und Schmerz für mich.«

»Wie überlegen wir in der Hölle sind!« Sie lachte bitter.

»Genau das sind wir! Wir reden darüber. Und ich denke die meiste Zeit noch immer klar. *Er* erlaubt uns den Versuch, es selbst zu erreichen, statt uns einfach zu absorbieren, wie... wie es meinem Gefühl nach auch sein könnte. Mein Körper und mein Kleinhirn kämpfen, um die Kontrolle über mich zu erlangen. Meine Beine wollen mich laufen lassen. Mein Schwanz wollte sich in dich bohren. Aber Er läßt uns weiter denken, vernünftig sein, wenn wir dazu fähig sind.« Seine Füße tänzelten, als das Eis sie versengte. ›Weiter, weiter!‹ drängten sie.

›Bewegung! Schneller! Finde das Feuer!‹

»Komm, suchen wir Muthoni!« Seine Hand wies in die Richtung der brennenden Gebäude und der Brücke. Die andere packte ihren Arm und zog.

Sie gingen los.

Spöttisch legte Denise den Kopf zur Seite. »Glaubst du wirklich, die Hölle ist dazu da, uns zu stärken?«

Während sie marschierten, berichtete er ihr, was das Torhaus gesagt hatte. »Selbst die Maschinen wollen sich über sich hinaus erheben! Vielleicht ist hier ihr Ort der Entwicklung, während unserer in dem Garten liegt. Weißt du, hier erscheint mein Körper ziemlich maschinenhaft! Undurchdringlich – auch wenn meine Nerven aufschreien. Hier sind wir fleischgewordene Roboter.«

»Sind die Maschinen wirklich die Brut der *Kopernikus*? Warum sollte

der Gott die Computerelemente der *Kopernikus* ausbauen und entwickeln wollen?«
»Ich weiß, ›Teufel‹ sind angeblich Lügner. Aber... vielleicht kümmert sich der Gott um alle, die Ihn zu begreifen versuchen. Andererseits haben wir Maschinenintelligenz geschaffen, also sind wir vielleicht jetzt dafür verantwortlich. Sie teilt unser Los.«
»*So* intelligent haben wir sie nicht gemacht, auch wenn die *Kopernikus* einen Computer hatte, der mehr Quasileben besaß als der der *Schiaparelli.*«
»Nein, du hast recht, aber Er optimiert sie, so wie Er uns optimiert. Die Maschinen sind... Projektionen von uns, also müssen sie hier sein. Allerdings sind es keine zarten, anmutigen Maschinen. Es sind Teufelskästen.«
»*Was* für Maschinen?«
»Zart und anmutig. Es gibt ein altes Gedicht, die Vision einer kybernetischen Zukunft als Wiese voller Menschen und Tiere, ›alle behütet von zarten, anmutigen Maschinen‹. Aber die Maschinen müssen sich um einiges von der Wiese entfernt haben.«
»Weil wir ihnen nie recht getraut haben? Sie nur *benutzt* haben, so wie wir die Natur stets benutzt haben? Oder hätten wir sie wirklich intelligent machen können – sogar überintelligent? Hat nicht jemand die Pläne für ein selbständiges, sich selbst programmierendes Maschinenhirn entwickelt?«
»Eugene Magidoff? Das ist lange her. Seine Arbeit konnte niemand begreifen.«
»Weil es niemandem erlaubt war! Der Mensch muß die Krone der Schöpfung sein. Mein lieber Psychologe, du wirst von Vorurteilen gelenkt. Jetzt bekommen sie ihre Chance, die Chance, die wir ihnen verwehrt haben. Vielleicht ist der Gott wirklich gerecht und gut.« Sie biß sich auf die Lippen. »Aber das ist alles Gotteslästerung.«
»Was ist Gotteslästerung?«
Sie kämpfte mit sich. »Die Vorstellung, daß alles – selbst Fische und Maschinen – sich im Sinne eines *Fortschritts* entwickeln. Ich wünschte, es wäre wahr – oh, meine Phantasie hat ihre Ketten gesprengt, *mon ami.* Aber ich muß zugeben, daß das nicht wissenschaftlich ist. Darwins Entwicklungstheorie hat nichts mit *Fortschritt* zu tun. Das hieße, daß Amöben und Fische irgendwie unzulänglich sind, die unteren Sprossen einer Leiter. Darwin geht von prächtiger Vielfalt aus, Überlebensfähigkeit in der ökologischen Nische. Hier dagegen«, sie lächelte verlegen, »heißt das Thema Fortschritt. Weil ein

Gott herrscht. Sobald man einen herrschenden Gott einführt, muß man eine Tendenz zu Ihm hin unterstellen.« Sie schüttelte den Kopf. »Aber es ist unwissenschaftlich, deshalb hat Jeremy anfangs gezögert, uns davon zu erzählen. Aber vielleicht kann ein Gott gar nicht wissenschaftlich sein.«

»Weil Er ein Paradox ist?«

»Aber wenn wir daran glauben, wie können wir dann jemals erfassen, was Er ist? Ich... bin hin und her gerissen.«

»Das Eis der Wissenschaft und das Feuer des Glaubens?«

Sie zuckte die Achseln. Stetig kamen sie der Kriegszone näher. Abrupt endete die gefrorene Tundra und wurde zur Wüste: verbrannte Erde, schmutzigbraun in der Dunkelheit, aber vielleicht strahlend rot, wenn genügend Licht darauf fiel. Ein Sumpfgraben teilte die kalte und die heiße Zone. Während sie hindurchwateten, stieg die Temperatur. Es zischte unter ihren Füßen, als sie auf die tiefrote Erde traten. Wieder Schmerz: ein anderer, ein heißer Schmerz. Sean spürte den Drang, von einem Fuß auf den anderen zu hüpfen. Doch seine Fußsohlen brannten nicht. Es fühlte sich nur so an. Er tat sein Bestes, das Schmerzgefühl auszuschalten; unglücklicherweise wußte er nicht genau, wo der Schalter war.

Vor ihnen lagen die Öfen der Hölle.

10

Muthoni war es, die *sie* fand. Sie jagte hinter ihnen her.

Als neuer, gewalttätiger Mensch kam sie aus einer Feuerzone, eine Heugabel in der Hand. Als sie diese näher untersuchte, entdeckte sie, daß die Zinken Skalpelle waren. Klingen, die heilen, indem sie schneiden. Indem sie die inneren Gebrechen aufschneiden, entdecken, umformen und verbessern. Indem sie mittels einer Wunde einen neuen Menschen aus jemandem machen... Ebenso wurde sie an Grillspieße erinnert, ein anderes Mittel, Fleisch umzuwandeln: vom rohen zum gebratenen Zustand, von der Natur zur Kultur, ein höheres Stadium...

Sie fand sich in einer seltsamen Mischung aus Hospital und Küche wieder: eine Chirurgenküche. Eine blaugesichtige Hexe mit dem Bauch eines gerupften Truthahns drehte selbstzufrieden einen Bratspieß mit einem Mann daran. Das gleiche Feuer erhitzte einen Kessel mit Wasser. In ihm schwammen, protestierend und ächzend, die angekochten körperlosen Köpfe von Männern und Frauen. In Wirklichkeit lag es nur an der Hitzezufuhr – an den Wärmeströmungen des Wassers –, daß die Köpfe nicht auf den Boden des Kessels sanken. Das jedenfalls waren Muthonis Überlegungen. Deshalb erwies die blaue Hexe ihnen einen Dienst. Sie war es, die den Kessel dorthin gestellt hatte, um den Mann, den sie briet, gelegentlich mit Fett zu übergießen.

Von der Klauenhand der Hexe gedreht, blieb der Mann völlig teilnahmslos. Sein Gesicht zeigte einen Ausdruck von Geduld und Festigkeit – sogar von Konzentration. Hätte Muthoni sich seinetwegen Sorgen gemacht, hätte sein Gesichtsausdruck für sie einen merkwürdigen Kontrast zu den Qualen gebildet, die er ganz gewiß erlitt...

Etwas Beunruhigendes ging von einer zweiten, fettgesichtigen Köchin in einem roten Nachthemd und einer Spitzenmantilla aus. Sie schob eine große Pfanne in das Feuer. In der Pfanne befanden sich eine abgetrennte Hand, die mit gekrümmten Fingern hin und her glitt, ein Bein, das mit strampelnden Bewegungen aus dem Bratfett zu entkommen versuchte, und ein abgetrennter Kopf, dessen Ohren wackelten und dessen Augen sich beschwörend verdrehten, als wäre das seine einzige Möglichkeit der Verständigung.

»Ha!« schrie Muthoni. Und wieder: »Ha!« Sie stieß ihre Heugabel in die Pfanne, trieb die Zinken durch die Augen des abgetrennten Kopfes, spießte ihn auf und rannte davon. Die Hexe in dem Nachthemd schrie Verwünschungen hinter ihr her.

»Bring ihn zurück, du Alles, du Garnichts! Schlampe! Betrügerin! Er ist mein Mann!«

(›Warum tue ich das? Hegt der Chirurg den verborgenen Wunsch, Menschen zu verstümmeln?‹)

Die Fragen gingen in einem galligen Rausch unter. Die Heugabel hebend, schleuderte Muthoni den Kopf weit von sich fort. Der Kopf hüpfte und blieb liegen. Dann begann er – vielleicht durch Bewegungen der Nackenmuskeln oder durch Ohrenwackeln – blindlings, Zentimeter für Zentimeter, in Richtung der Küche zu kriechen. Als er näherkam, stellte Muthoni sich dazwischen. Mit einem Fußtritt beförderte sie ihn wieder zurück. Die Hexe schrie noch lauter: »Du Alles, du...«

Erst jetzt hielt Muthoni inne, um ihre Aufmerksamkeit sich selbst zu widmen. Ihr Körper fühlte sich stark an, stark wie der einer Löwin, mit der Ausdauer eines Gepards oder Leopards. Aber er war, wie ein Leopardenkörper, gefleckt. Ein scheckiges Schwarz und Weiß. Wütend aufheulend machte sie sich auf den Weg, um denjenigen zu finden, der ihr Nigredo gestohlen hatte, um den zu finden, der ihre Haut trug. Der Teufel in ihr war geweckt. Sie würde die gestohlene Haut mit den Skalpellen aufschlitzen und wieder auf ihren Körper verpflanzen! Sie selbst konnte bei dieser Operation kaum verletzt werden. Sie war unverwundbar, abgesehen von den leprösen weißen Flecken. Diese Flecken schmerzten ein wenig: Schwächliche Haut, empfindlicher für die Ofenhitze – ein kümmerlicher Ersatz.

(›He, das ist komisch. Du hast gedacht, in der Hölle wirst du von Teufeln bestraft! Einen Dreck wirst du.‹)
(›Hör auf, Muthoni! *Denk nach!*‹)
Die beiden Stimmen in ihrem Kopf ignorierend, sprang sie auf einen Hügel zu, von dem aus sie vielleicht das Land überblicken konnte. Ihre Augen hatten sich schnell angepaßt, und sie sah alles, auf das sie sich konzentrierte, wie durch ein lichtstarkes Nachtglas.
Aber ein klagendes Blöken lenkte sie ab. In einem Graben unterhalb des Hügels lag eine riesige weiße Made, die sich wand, streckte und zusammenzog.
Sie konzentrierte sich. Es war ... eine einzigartig fette, liegende Frau. Und sie *gebar* die weiße Made ... die eine ausgewachsene Kuh war. Die Kuh entfloß ihr, als hätte sie keine Knochen, und blies sich zu einem Fleischballon auf, der weich und wabbelig liegenblieb, blökte, muhte und brüllte.
Augenblick mal! Das rief nach aufmerksamer Geburtshilfe! Die Kuh kam nicht aus dem Leib der Frau. Sie floß wie blähbarer Plastikschaum aus ihrem Hinterkopf und wurde während des Vorgangs eine lebende Kuh. Am Kopf war die bebende Masse von Frau und Kuh wie siamesische Zwillinge miteinander verschmolzen.
Aha, jetzt konnte sie das Problem erkennen. Sie klebten zusammen, nicht wahr? Sie konnten nicht auseinander. Deshalb lagen beide ächzend und strampelnd dort unten im Graben.
Behende sprang Muthoni hinunter. Das Skalpell ihrer Heugabel glitt am Hinterkopf der Frau entlang und durchtrennte die zähe Masse.
»Stiehl mir nicht meine Träume!« kreischte die Frau. Zu spät. Die Kuh löste sich schmatzend. Das Tier kam auf die Beine und stieg die Grabenwand hinauf. Mit traurigem Muhen galoppierte es davon.
Die Augen tränenverschwommen, setzte die Frau sich auf. Sie rieb sich den Kopf. »Warum hast du das getan? Teufelin!« Sie spie aus. »Jetzt muß ich mir eine andere träumen.«

Unter Muthonis Tritt wabbelte das Fett der Frau. »Was glaubst du eigentlich, was du da machst, Fettwanst?«
Verschmitzt, fast kokett blickte die Frau sie an. »Glaube keinen Moment, daß du mein wahres Ich siehst! Ich bin schön, *daran* kann ich mich erinnern. So schnell vergesse ich das nicht. Niemals!«
»Das also ist dein Traum, was? Schönheit?« rief Muthoni höhnisch. »Du hast gerade eine Kuh geträumt, eine häßliche, fette Kuh!«
»Wie kann ich sehen, was ich träume?« wimmerte die Frau. »Es kommt hinten heraus. Eine *Kuh*? Du lügst. Neidische Hexe! Ich weiß, daß es schön war, weil ich schön bin. Deshalb hast du es verjagt. Ich habe es erreicht! Fast erreicht. Ich konnte fühlen, daß es eine Schönheit war.«
»Tut mir leid«, sagte Muthoni. »Ich glaube, deine Phantasie ist dir durchgegangen, ohne dich mitzunehmen.«
Langsam schloß die Frau die fetten Augenlider und verschloß sich konzentriert Muthonis Anwesenheit. Eine gespenstische kleine Blase – etwas Ektoplasmisches – begann aus ihrem Hinterkopf hervorzudringen und blähte sich wie ein Kaugummi auf. Höhnisch packte Muthoni es mit ihrer Heugabel. Mit geballten Fäusten schlug die Frau einen Trommelwirbel der Enttäuschung auf dem Boden.
»So äfft sie die Art und Weise nach, wie Gott die Welt von Sich abtrennt«, sagte eine Stimme. »Sie macht eine Parodie daraus, denn sie weiß nicht, welchen Tod sie gestorben ist. Aber sie wird es gewiß herausfinden, sobald sie sich von ihren Phantasiebildern befreien und sie als das erkennen kann, was sie wirklich sind.«
Der nackte Körper des Sprechers war von übelerregendem Blau. In jeder anderen Hinsicht jedoch war er...
»Jeremy! Du Mistkerl hast uns im Stich gelassen, damit wir in Stücke gerissen werden. Und du nennst dich Kapitän?«
»Moment mal...«
»Feigling! Hasenfuß! *Mwoga! Mtoro!*«
Wütend stürmte Muthoni aus dem Graben. Mit entschlossenem Griff trieb sie ihre Heugabel tief in seinen Bauch. Jeremy schrie auf und fiel, sich von den Zinken losreißend, nach hinten. Stöhnend umklammerte er seinen durchlöcherten Magen.
Ohne ihn zu beachten, lief Muthoni den Hügel hinauf, um die Umgebung in Augenschein zu nehmen.
»Aha!« rief sie.
Hinter der Zone infrarot gebackener Erde erstreckte sich violettes Eisland. Zwei kleine Gestalten schleppten sich mit tapsigen Schritten

über die heiße Erde. Eine hatte eine goldene Mähne, bei der anderen handelte es sich um einen Schwarzen. Trotz seiner gestohlenen Farbe erkannte sie ihn sofort.

»*Marizi!* Dieb!«
Scheckig richtete Muthoni sich vor ihnen auf. Auf den Zinken ihrer Gabel war frisches Blut. Sie schwenkte die Waffe hin und her und zeichnete liegende Achten in die Luft. Unendlichkeitszeichen.
»Sean hat nichts gestohlen«, protestierte Denise.
»Dann bist du also seine Komplizin. Das habe ich mir gedacht. Er hat meine Haut gestohlen, das ist es.«
»Sei nicht töricht, Muthoni.« Muthoni stach mit der Heugabel in Denises Richtung. Denise wich schnell zurück.
»Siehst du, du bist schuldig.«
»Sei nicht so verdammt paranoid!«
»Pst«, flüsterte Sean. »Das alte Echsenhirn hat heute seinen großen Tag.«
»Nennst du mich eine Echse, du falscher Nigger?«
Geduldig ließ sich Sean auf den heißen Boden nieder. Er versengte sein Gesäß. Schützend überkreuzte er die Beine, doch jetzt brannte sein Hodensack.
»Muthoni«, sagte er besänftigend, »flüstert denn keine leise innere Stimme in dir ›Warum verhalte ich mich so‹? Flüstert keine leise Stimme ›Hör auf, dich so zu verhalten‹? Dein altes Kleinhirn und Mittelhirn leben ihre Aggressionen, Begierden und Leidenschaften aus. Das Raubtier in uns allen: die Reptiltriebe und das primitive, urweltliche Randhirn. Genau das geht in der Hölle vor. Das alte Gehirn hat wieder die Kontrolle übernommen. Das Gehirn, aus dem unsere Alpträume stammen, und alle instinktiven Beißprogramme, die uns dazu bringen, andere zu quälen und uns selbst zu quälen. Aber Gott läßt uns darüber hinwegkommen, wenn wir es *können*. Wir haben das Privileg weiterzudenken, so daß auch Er über alles nachdenken kann.«
»Wie heilig«, höhnte sie. »Wie scheinheilig! Ich habe ein Hühnchen mit dir zu rupfen, Schätzchen, und zwar wegen meiner Leprahaut.«
»Aber wieso hast du mit mir ein Hühnchen zu rupfen?«
»Weil du uns in den Hinterhalt geführt hast.«
(›Habe ich das? Ich war erregt...‹) »Sieh mal, Muthoni, wenn Nigredo eine Geistesverfassung ist, dann hast es doch gar nicht verloren, oder? Teilweise bist du dir dessen bewußt. Du trägst Gottes Tätowie-

rung. Etwas von dir ist immer noch ... nun, die Farbe des ersten Stadium Des Werks, wie Jeremy es nannte.«
»Oh, mit Jeremy habe ich mich schon befaßt. Wehleidiger Feigling! Ein Schwein ist er, und genauso habe ich ihn aufgespießt.«
»Ist er *hier?*«
Muthoni wies mit ihrer Gabel zum Hügel. Mit langsamem Blick erfaßte sie das Blut auf den Zinken. »Mein Gott, ich habe sie in ihn hineingestochen. Ich dachte, es wäre nur Spaß.«
»Ich kann mir vorstellen, daß es Spaß war, jedenfalls für das alte Urweltreptil in uns. Vielleicht nicht unbedingt spaßig, aber erfreulich. Jetzt ist es nicht mehr spaßig. Wir alle können diesen Spaß hier haben – Sado oder Maso –, bis er uns wirklich über ist. Bis er zu etwas *anderem* gärt.«
»Die arme Frau dort unten im Graben ...«
»Du hast wirklich schrecklich gewütet, nicht wahr?«
»Es erschien ... richtig. Und, verdammt, das tut es immer noch.« Sie trat auf Sean zu, biß sich auf die Lippe und steckte die Zinken ihrer Gabel in das Erdreich.
»Wahrscheinlich hast du dein Leben nie analysiert, Muthoni«, vermutete er. »Nicht sehr tief, jedenfalls. Ebensowenig wie Denise. Die wenigsten Menschen haben das. O ja, wir finden immer großartige Gründe für das, was wir tun! Aber es sind nicht die wahren Gründe. Also handeln die Menschen auf einer automatischen Ebene böse. Mangel an Wissen ist böse, Muthoni. Mangel an Verständnis auch. Für uns jedenfalls. Für einen Dinosaurier oder Tiger ist es natürlich überlebenswichtig. Die Hölle ist der Ort, an dem das Böse herauskommen kann, damit wir es erkennen können. Die Maschinen hier: Sie sind auch Automaten – Automaten, die versuchen, mehr zu werden. *Tapfere* Maschinen, die sich mühen, aber Böses tun müssen, um mehr als bloße Automaten zu werden.«
»Ich habe keine Maschinen gesehen. Es sei denn, eine Bratpfanne ist eine.«
»Du wirst sie sehen.«
Muthoni stöhnte auf. »Was sollen wir tun? Rumlaufen und Gutes tun? Oder alles ausleben? Wie de Sade? Bis wir wissen, was ›es‹ alles ist?«
»Im Bösen finden wir ein Ziel. Wir rekonstruieren uns selbst. Wir werden wiedergeboren. Wir suchen den Samen der Einheit.« Dabei war Sean sich längst nicht so sicher ...
»Wiedergeboren? Wo, im Paradies?« fragte Denise.

»Ich weiß es nicht. Ich nehme an, unser Wissen bestimmt den Ort. In der Zwischenzeit müssen wir die Hölle eggen. Wir könnten in dem Höllengrund, den wir eggen, jenen Samen der Einheit finden.«

»Ich will Boschs Hölle nicht umgraben«, wimmerte Denise. »Es ist ein höllischer Ort.« Sie begann, hysterisch zu lachen.

»Möglicherweise kann Jeremy uns helfen. Muthoni, du hast gesagt, Jeremy... du hast gesagt, du...«

Muthoni warf den Kopf hoch. »Er ist dort drüben. Hinter dem Hügel. Ich war... außer mir. Ich hätte ihn töten können! Vielleicht habe ich es sogar getan.«

Seans Hintern brannte. Er stand auf und legte eine schwarze Hand auf ihre gescheckte Haut. »Wir sehen nach.«

»Soll ich die Heugabel mitnehmen?«

»Vielleicht brauchen wir sie«, nickte er. »Hier können sich Teufel tummeln, die einiges wilder sind als du.«

11

Jeremy lag noch da, wo Muthoni ihn verlassen hatte. Er umklammerte seinen Bauch und war ganz still. Sie untersuchte die Verletzung, die sie ihm zugefügt hatte.

»Wie fühlst du dich?« fragte Denise lahm.

Jeremy starrte sie an. »Ich habe Schmerzen.«

»Wird er sterben?« flüsterte sie.

»Davon nicht«, meinte Jeremy barsch. »Es wird mich lange Zeit aushöhlen. Vor allem, wenn ich esse oder trinke. Und gerade jetzt habe ich riesigen Durst.«

Seine Lippen und seine Kehle mußten völlig ausgedörrt sein, dachte Sean. Diesen Schmerz hatte er ignoriert...

»Müssen wir in der Hölle noch essen und trinken?« platzte Muthoni heraus, bevor Sean sich mit derselben Frage zum Narren machen konnte.

»Wenn ihr Nahrungsmittel findet! Das sind Körper. Körper brauchen Energie.«

»Oh, ich dachte...«

»Du hast falsch gedacht. Wir werden nicht durch magische Infusionen ernährt.«

»Aber was gibt es denn zu essen? Hier wächst nicht mal ein Grashalm. Gibt es in der Hölle Früchte?«

»Die Hölle ist nicht vegetarisch, meine Liebe. Du mußt dir etwas fangen und es töten. Oder handeln.«
»Handeln?«
Jeremy biß die Zähne zusammen, der Krampf ging vorbei. »Ihr habt doch hübsche, dienstfertige Körper, hm? In der Hölle findet ihr eine Menge polymorph Perverser, wie ihr sie nennt. So, und jetzt besorgt mir ein Stück Eis, damit ich daran lutschen kann. Eis, heißes Wasser oder Blut. Nichts von dem Wein hier. Er überwindet eure Hemmungen. Falls ihr welche habt.«
»Es tut mir wirklich sehr leid«, sagte Muthoni.
»Ja, ja, mir auch. Ich nehme an, du bist zurückgekommen, bevor mich so ein Wühlschwein oder Kannibalenteufel finden konnte... Wo ist das verdammte Eis?«
»Ich hole etwas«, beruhigte Muthoni ihn.
Die scheckige Frau brach mit ihrer Heugabel – die bald zum Eisschneider werden sollte – in die Richtung auf, die Denise ihr zeigte.
Einige Zeit später kam sie schnellen Schritts zurück. In der Hand hielt sie ein paar Eisbröckchen, die der Hitze widerstanden hatten. Sie alle schlürften dankbar daran. Jeremy zuckte schmerzerfüllt, als die Flüssigkeit auf die heraussickernde Säure seines durchlöcherten Magens traf.
In dem Graben muhte es wieder. Am Hinterkopf der fetten Frau saß erneut eine wabbelige, halb ausgewachsene Kuh. Und obwohl sie noch nie wiedergekäut hatte, dampfte ihr Atem, als hätte sie Nahrung zersetzt. Die fette Frau summte glücklich vor sich hin.
»Sie sagte, es wäre ihr Traum, ihr schöner Traum«, erklärte Muthoni.
»Schön?« rief Denise.
»Sie kann nicht sehen, wie es wirklich aussieht. Ich glaube nicht, daß wir ihr einen Gefallen tun, wenn wir es ihr sagen.«
»Ein Traum... eine Projektion?« murmelte Sean. »*Proiectio?* Ist es *das?* Wie sagte der alte Carl Gustav? ›Solange der Inhalt in einem Stadium der Projektion bleibt, ist er unzugänglich...«
»Hm?«
»Nichts... nur so ein Gedanke.«
Noch bevor er seinen Gedanken weiterspinnen konnte, sprangen drei Männer und eine Frau aus ihrem Versteck hinter einem Felsen. Wie Affen plappernd, stürmten sie heran. Alle waren mit Äxten bewaffnet, und alle waren nackt, bis auf den Anführer. Er trug eine klirrende Ritterrüstung.
Der Ritter stellte sich zwischen den Reisenden und der fetten Frau in

Positur. Sofort begannen seine Begleiter, mit den Äxten auf die halbfertige Traumkuh einzuhacken.
»Hört auf!« schrie Muthoni. Mit gezückter Heugabel rannte sie auf sie zu, doch der Ritter hielt sie auf. Die Brustplatte seines Harnischs stoppte die Zinken der Gabel krachend, brach eine ab und verbog eine zweite. Er schwang seine Axt gegen Muthoni. Den Angriff parierend, wich sie taumelnd zurück.
Fieberhaft hackten und rissen die Truppen des Ritters Stücke aus dem Kadaver, Bahnen klebrigen Blutes hinterlassend. Damit sie ihn nicht um seine Mahlzeit betrogen, trug der Ritter einen letzten hastigen Angriff gegen Muthoni vor und zog sich dann eilig zurück.
Eine Weile fluchte die fette Frau wortreich. Dann verstummte sie. Einige blutige Rippenstücke und ein oder zwei Hufe waren alles, was übrigblieb. Sie griff mit einer fetten Hand danach und untersuchte die Überreste der Schlächterei, als hätten die Angreifer sie ihr als Geschenk gebracht. Dann stopfte sie sich das Fleisch in den Mund und begann zu kauen.
»Lieber würde ich verhungern«, sagte Denise angewidert.
»Wirklich?« entgegnete Muthoni lachend. »Sie ißt doch nur ihren Traum. Ich wünschte, ich könnte mir einen Happen träumen.«
Was ist das nun wieder für eine Realität? fragte sich Sean. Gibt es doch Richtungen in der Hölle? Hat sie verschiedene Teile? Was für ein Ort könnte keine ›verschiedenen Teile‹ haben?
Nun, jetzt schien die Antwort ziemlich eindeutig. Die Hölle war ein Bereich, der wahllos überall mit sich selbst zusammentraf und in dem die Inhalte ununterscheidbar vermischt wurden. Das Ego mußte in der Dunkelheit, in der Unsichtbarkeit dieses Nicht-Orts, verschlungen werden. Warum? Um das prä-bewußte psychische Leben zu erkennen, das ein ›Ego‹ an erster Stelle möglich machte.
Hier stehe ich – Ego – also in einem Hin und Her psychischer Kräfte, wo Egos unzusammenhängend die alten prä-bewußten Wege gehen. Er blickte über die Landschaft... des Unterbewußten. Begierde, Aggression, Kannibalismus, Dunkelheit. Doch er und seine drei Begleiter schienen in dieser Landschaft eine relativ entrückte Existenz zu führen. Relativ entrückt.
»Jeremy sagt, wir müßten ihn tragen«, rief Denise.
»*Mvivu!* Fauler Strolch!« Im gleichen Augenblick wirkte Muthoni beschämt. »Wenn wir eine Bahre bauen könnten...« Sie blickte sich in dem Ödland um. »Vielleicht dort bei den... Fabriken.«
Höllenküche, erinnerte sie sich... wo Menschen gekocht werden.

Selbst mit ihrer beschädigten Heugabel konnte sie ihre Freunde verteidigen! Aber eigentlich wollte sie die Gabel nicht in der Hand halten. Sie ähnelte zu sehr dem Zauberbesen, der dem Zauberlehrling zu schaffen machte...

»Sag mir eins, Jeremy«, begann Sean. »Wenn es im Paradies einen Gott in menschlicher Gestalt gibt, gibt es dann auch einen entsprechenden Teufel in der Hölle?«

Jeremy lächelte vage. »Immer hinter jemand anderem her, nicht wahr? Jemand, der den Schlüssel zu allem besitzt. Du hast deine Zeit noch nicht abgeleistet, mein Freund, du bist gerade erst eingetroffen.«

»Aber wir sind weitergekommen. Ich bin nigredo. Aus welchem Grund?« (Muthoni warf Sean einen neidischen Blick zu.)

»Ich weiß nicht, vielleicht gefällt es Ihm. Vielleicht will Er der Hölle ein Ende bereiten und überall seine Gärten pflanzen. Allerdings weiß ich nicht, wie er für Licht sorgen würde. Den Planeten um seine Achse drehen? Ganz schön groß, nicht – ein Gott, der eine Welt anhalten oder in Drehung versetzen kann? Adieu, Erhalt der Schwungkraft.«

»Besucht Er jemals die Hölle? Oder... ist Er bereits hier? Als der Oberteufel?«

»Natürlich gibt es einen Oberteufel. Erinnerst du dich an den...« Einen Moment lang krümmte Jeremy sich vor Schmerzen. »...Oberteufel in dem Gemälde? Er sitzt da mit einem Vogelkopf, verschlingt Seelen... und scheißt sie durch eine Furzblase in eine Grube.«

»Warum wurdest du mit uns hierhergeschafft, Jeremy? Weißt du es? Du treibst nicht zufällig ein doppeltes Spiel?«

»Wie kann ich mit drei Löchern im Magen überhaupt ein Spiel treiben?«

»Antworte mir, Jeremy, oder ich schwöre, ich lasse dich hier liegen.«

»O ja, die fröhliche Hemmungslosigkeit der Hölle! Laß mich nur hier! Geh, laß mich zurück! In ein paar Wochen werde ich verhungert sein. Wenn mich nicht jemand vorher verspeist.«

»Du kommst mit uns, und wenn wir dich über den Boden schleifen müssen«, sagte Muthoni.

»Dann schleift mich. Behandelt mich wie einen Sack Kartoffeln.«

Muthoni und Sean zogen Jeremy zwischen sich hoch. Eine Last, die zu bewältigen war, auch wenn die Hitze die Aufgabe erschwerte. Schweiß lief über ihre Hände. Immer wieder entglitt ein Arm oder ein Bein ihrem Griff. Denise bildete mit der Heugabel in der Hand das Schlußlicht.

Glimmende Meiler, Feuerstellen, zerstörte Türme und Windmühlen mit Flammenrädern bildeten den Mittelpunkt wahnsinniger Aktivität: eine Stadt der Irren, der prä-bewußten Zügellosigkeit. Die Stadt schien von der Brücke aus, die über den blutdunklen See führte, belagert zu werden. Eine nackte Horde versuchte, sich hineinzukämpfen. Ihr stellte sich eine andere nackte Horde entgegen, die versuchte, sich hinauszukämpfen. So kam niemand irgendwohin. Aber die Brücke war nicht der einzige Zugang. Man hätte, beispielsweise, leicht über offenes Gelände in die Stadt gelangen können. Auf diesem Weg war Muthoni hinausgelaufen. Die Brücke wurde einfach bis zur Besessenheit bevorzugt. Auch sie näherten sich aus irgendeinem Grund den kriegerischen Horden auf der Brücke. Dort mußte man irgendeinen Vorteil erzielen können! Warum sonst stürzte sich jedermann in das Getümmel? Reflexe sind vorherrschend, dachte Sean, sie geben den Ton im Hühnerhof an.

Zufällig hörten sie den Schrei eines Hahns.

»Der Wettlauf der menschlichen Rasse«, stöhnte Jeremy und lehnte sich an sie. »Jeder ist damit beschäftigt, die anderen ins Stolpern zu bringen. Kein Wunder, daß sie ihn nie gewinnen!«

»Was gewinnen?« keuchte Muthoni.

»Den Wettlauf, Dummchen!«

»Würde es dir vielleicht Spaß machen, eine Peitsche über unsere Rükken zu schlagen?«

Erneut war der schrille Hahnenschrei zu hören: »*Kikeriki! Kikeriki!*«

Der Hahn stand vor ihnen auf einem dampfenden Misthaufen und krähte lauthals, obwohl nirgendwo eine Henne zu erblicken war.

Denise hob ihre Heugabel und fletschte die Zähne. »Eine Mahlzeit«, zischte sie. »Das gefällt mir schon besser.«

»Du machst Witze«, stöhnte Jeremy.

»Macht ihn fertig, ihr zwei. Schwärmt aus. Wenn wir uns selbst ernähren müssen...« Denise pirschte sich an den Hahn heran, dessen stolze, rote Federn eine dunkle Variante ihres Haars waren. Trotzig krähte er ihr entgegen. Die Zinken der Gabel mochten beschädigt sein, aber einen Hahn konnte sie immer noch durchbohren...

»Los, los! Töte ihn!« höhnte Jeremy leise. »Zuerst wird geschossen, dann werden Fragen gestellt.«

Sean, Muthoni und Denise litten jetzt alle unter Hungerkrämpfen. Vorfreude bildete Speichel in ihren Mündern. Ohne Jeremy zu beachten, kreisten sie den Hahn ein. Das Tier schlug mit den Flügeln. Auf einen Schrei von Denise stürmten sie vor. Als der Vogel von dem

Misthaufen aufflog, warf sie sich und ihren Speer nach vorn und spießte den Hahn auf. Die Beute auf den Zinken, strauchelte sie weiter und landete kopfüber in dem Misthaufen. Ohne auf den Gestank zu achten, kroch sie am Gabelschaft entlang und drehte dem Vogel den Hals um.

Von feuchtem, braunem Mist bedeckt, stand sie auf.

»Eine Massai-Frisur«, spottete Muthoni. »Alles Schlammflechten.«

Entsetzt griff Denise mit den Händen nach ihren verdreckten Locken und ließ die Gabel und den getöteten Hahn fallen. Muthoni hob beides auf.

Sie mußte sich dazu zwingen, mit ihrer Beute nicht davonzulaufen.

»Wie kochen wir ihn?« fragte Sean.

Jeremy lag auf dem Boden und lachte zuckend. Er preßte die Hände auf den Bauch, um Blut und Magensäfte zu halten.

»Für dich nichts!« knurrte Muthoni.

»Ha, ha, ihr habt einen Hahn getötet. Selbst in der Hölle, auf einem Misthaufen, schreit er tapfer nach Erleuchtung des Geistes! Und da habt ihr ihn getötet!«

»Ich habe gefragt, wie wir ihn zubereiten.«

»Vor uns ist genug Feuer«, sagte Muthoni. »He«, rief sie plötzlich, »wieso steuern wir die Brücke an? Dort ist gerade Stoßzeit. Ich habe einen anderen Weg genommen. Da gab es eine Art... Küche. O Gott, nein, *das* will ich nicht noch einmal sehen!« Zerstreut begann sie, den Hahn zu rupfen.

»Was stimmt mit dieser Küche nicht?« fragte Sean.

»Es geht um das, was sie kochen. Sie kochen Menschen. Lebende Stücke von Menschen.«

Jeremy schrie höhnisch.

Die Brücke wirkte unpassierbar. Von Zeit zu Zeit fielen Menschen hinunter und schwammen zum Ufer, doch das verminderte das Gedränge keineswegs, weil die Schwimmer sich wieder an Land zogen und sofort zum Ende der Schlange rannten. Die Menschen in den beiden Horden hatten ihre Individualität verloren. Sie *mußten* sich einfach im Gewühl ihrer Gruppe befinden. Der Kleinkrieg auf der Brücke war eher ein bizarres Sportereignis.

»Ein verdammt blöder Kampf!« rief Muthoni aus. »Wenn es auf der anderen Seite so abscheulich ist, daß der eine Haufen raus will, warum will der andere Haufen dann rein? Oder ist es auf beiden Seiten so höllisch, daß jeder Wechsel eine Verbesserung bedeutet?« Unbewußt legte sie ihr Gewicht von einem Fuß auf den anderen, um das Brennen ihrer Sohle zu lindern, eine Tatsache, auf die Denise ätzend hinwies.

»Vielleicht können sie sich nicht erinnern, wie es noch vor ein paar Minuten oder Stunden war? Ich würde auch gerne zu einer Abkühlung auf die Eisfelder zurück, wenn ich mich nicht erinnern würde, wie verdammt kalt es dort war.«

»Kannst *du* dich erinnern, wie du vor einigen Stunden ausgesehen hast?« Muthoni verzog die Nase.

»*Merde!*« Denise untersuchte ihr schnell trocknendes Schlammkleid und ihren Haarwust, der sich zu braunen Schnüren verdreht hatte. Sie glitt das Ufer hinab, prüfte das Wasser und rutschte hinein, um sich zu waschen.

Von ihren Bewegungen angelockt, lenkte einer der Schwimmer seine Schwimmzüge in ihre Richtung, als wäre dort das Wasser besonders erstrebenswert. Sobald er jedoch das Ufer erreicht hatte, konnte er der Verlockung der Brücke nicht widerstehen.

»Du kommst zu spät«, verspottete ihn Denise. Er war hin und her gerissen zwischen der Tatsache, daß sie immer noch dort verweilte und seiner Lemmingsehnsucht nach der Brücke.

Als der Schwimmer aus dem Wasser stakste, packte Sean ihn im Nakken. Er war ein hagerer Bursche mit Karottenhaar und einer warzigen Nase.

»Warum willst du über diese Brücke? Die anderen Leute wollen alle raus, verdammt noch mal!«

»Wir müssen, wir müssen. Ich war fast drüben, da hat mich so ein Armleuchter runtergestoßen.«

»Eure Anstrengungen heben sich gegenseitig auf«, seufzte Sean.

Ein verschlagener Blick stahl sich in die Augen des Mannes. »Gegensätze heben sich also auf? Ist es das?«

Als Sean seinen Griff lockerte, wand der Bursche sich los. Er rannte am Ufer entlang davon und sang: »Anderes Ufer, anderes Ufer!«

Sean kratzte sich am Kopf. »Wißt ihr, ich glaube, sie lernen wirklich etwas. Durch Wiederholung und Enttäuschung, wie Ratten im Labyrinth. Nur, sie sind Menschen. Menschen müssen vielleicht die Ratte in sich erkennen – und das Reptil. Sie müssen vielleicht mit der Nase darauf gestoßen werden.«

»Lernen?« höhnte Muthoni. »Das bringt uns einem Happen Brathähnchen keinen Schritt näher!« Ungeduldig schwang sie den gerupften Hahn.

»Ihr Bewußtsein ist nahezu ausgelöscht, seht ihr das nicht? Also können sie nicht unterscheiden. Genau das leistet das bewußte Denken: es unterscheidet. Das unbewußte Denken ist unkritisch. Ich habe mich gefragt, woher ich die Ansicht habe, daß die Hölle keine verschiedenen Teile besitzt... Nun, sie hat sie nicht. Deshalb ist die andere Seite der Brücke die gleiche wie die, auf der sie sich befinden. Eine Spiegelung. Aber sie sind versessen darauf, die Brücke zu überqueren. Eine Brücke zu überqueren ist... ein Akt der Entwicklung. Doch sie treffen nur auf sich selbst, von der anderen Seite kommend. Dadurch kommt niemand hinüber. Je heftiger sie sich mühen, desto mehr heben sie ihre Anstrengungen auf. Sie können es nicht zu Ende denken. Sie können noch nicht in Paradoxa denken.«

»Ein Paradoxon hat mich aufgespießt«, sagte Denise fröhlich. »Ein Einhorn ist ein Fabeltier, also ist es ein Paradoxon, oder? Wie der Fisch an Land. Muthoni ist gerade jetzt ein wandelndes Paradoxon«, fügte sie mit einem Anflug von Bosheit hinzu. »Ein scheckiges Paradoxon.«

Sean unterbrach sie. »Was wir hier haben, sind unterscheidbar vermischte Gegensätze, die jeden frustrieren und quälen. Eis und Feuer nebeneinander, und in den Gärten werden Gegensätze wie – ja – wie die Fische an Land oder der Hermaphrodit miteinander verschmolzen... ich frage mich, ob die Hölle diesen Menschen wirklich beibringt, in Paradoxa zu denken, so daß sie im Garten *leben* können.«

»Akzeptiert Gott«, sagte Jeremy geheimnisvoll. Ein Ratschlag, oder ein Kommentar über Paradoxa?

»Ich bin hungrig.« Muthoni stampfte mit einem heißen Fuß heftig auf. »Unterhalb der Brücke ist ein Feuer.«

»Sollen wir unseren Instinkten folgen? Das analytische Denken gehört wohl kaum in die Hölle.«

»Jedem das Seine«, sagte Jeremy vom sengenden Boden her. »Bitte, hebt mich hoch.«

Jetzt trugen Sean und Denise Jeremy zwischen sich. Muthoni schwang den Hahn und die Heugabel.

12

Das Feuer war ein offener Rost, geschürt von Gas, das durch einen Haufen Kohle und heißer Steine vom Boden hochströmte. Die Feuerstelle befand sich in einer Ziegelruine. Ein Maschinenteufel war damit beschäftigt, Schwerter, Spieße und Rüstungsteile zu schmieden. Er selbst hatte einen gepanzerten Körper und drei stählerne Tentakelarme, von denen einer in einem Hammer anstelle einer Hand endete. Eine kleine Kamera, auf seinen Schädel montiert, verfolgte sie, als sie über gefallene Ziegel kletterten, nachdem sie Jeremy draußen niedergelegt hatten.

Eine nackte, neben dem Rost angekettete Frau betätigte mit einer Hand einen monströsen Blasebalg, während sie mit der anderen Wasser in einen langen Kühltrog pumpte. Schweiß rann ihren Körper hinab. Ihr Haar war weiß, sie war fast zum Skelett abgemagert.

»Wollt ihr Waffen? Wurfgeschosse? Wir arbeiten an einer neuen Serie von Wurfgeschossen.« Die Worte drangen aus der Gitteröffnung in dem Maschinenkörper. Ein Metalltentakel schlängelte sich heraus und zeigte eine Harpune mit bösartig aussehenden Zacken. »Geschoßsichere Rüstungen?«

»Mit Garantie?« fragte Muthoni sarkastisch. »Und Wartung?«

»*Caveat emptor*«, gab die Maschine zurück.

»Nur, womit bezahlen wir?«

»Ihr betätigt die Pumpe. Ihr unterrichtet mich über menschliches Leben.«

Der Hammer fiel auf eine glühende Brustplatte. Ein zweiter Tentakel zog sie vom Amboß, tunkte sie in den Kühltrog – der sofort dampfend austrocknete – und warf sie klirrend auf den Haufen mit Rüstungsteilen. Hektisch betätigte die ausgemergelte Frau die Pumpe, um den Trog neu zu füllen. Aus einem Rohr ergoß sich Wasser hinein, das vermutlich aus dem See kam.

Denise hockte sich neben die geisterhafte Gestalt. »Du hast dich an den Schmied verkauft, nicht wahr?«

»Ich kaufe eine Rüstung!« entgegnete die Frau barsch.

»Wofür?«

»Um meinen Körper zu schützen, natürlich! Um meine Schönheit zu bewahren. Dann werden sie mich nicht schänden können. Wenn es einmal geschieht, geschieht es tausendmal. Ich werde sicher sein.«

»Aber... weiß sie denn, wie sie inzwischen aussieht?«

»Was wollt ihr von mir? Verschwindet! Ihr stört.« Die Frau wollte auf Denise los, aber die Kette hielt sie zurück.

Die Maschine warf ein weiteres Metallstück auf den Amboß und begann wieder zu hämmern.

»Erfährt er von ihr etwas übers menschliche Leben?« grübelte Sean.

»Vielleicht ja. Er lernt Unlogik, das Irrationale. Besessenheit. Paranoia. Vielleicht ist es ein gerechter Tausch. Charakter-Panzer, das will sie kaufen. Ich frage mich, wie es ihr gefiele, nackt im Garten zu sein. Vielleicht würde sie Schürzen aus Feigenblättern nähen...«

»Warum nicht?« fuhr Muthoni auf. »Warum sollten die Menschen als Nacktdarsteller auftreten, damit Gott sie angaffen kann? Ihr Psychologen macht alles verquer. Was war der letzte Schrei, als wir aufbrachen? Vergewaltigungstherapie? Neo-Zen-Aggressionstherapie? Stattet euch mit allen Traumata aus, die ihr nicht habt, weil es eine Illusion ist zu glauben, daß ihr sie nicht habt. Und wenn man weiß, daß man sie hat, dann hat man sie nicht... Q. E. D.: Satori.«

Sean trat zu der schwitzenden Vettel. »Es ist schwer, sich an die Mode von vor zweihundert Jahren zu erinnern. Selbsthaß-Integration? Aufspüren des Schmerz-Freuden-Zentrums? Ich hätte gedacht, die *Kopernikus*-Kolonisten wären besser abgeschirmt...«

Denise lachte. »Ihr *braucht* Menschen, die leicht verrückt sind, damit sie überhaupt Kolonisten werden. Gewiß, Pioniergeist ist auch da. Und Besessenheit. Ihr braucht Besessenheit, um eine Kolonie in Gang zu halten. Menschen, die einen drastischen traumatischen Durchbruch schaffen *wollen*. Ebenso wie gute Landwirte und Techniker braucht ihr Menschen, die ihren eigenen Kopf durchsetzen wollen. *Folie à plusieurs*, Sean! Wir müssen selbst alle leicht verrückt sein, um uns dem langen Kälteschlaf zu unterziehen. Begreifst du nicht einmal das? Ich war verrückt. Die Erde ist für einen Ökologen ein verlauster Ort. Eine Beleidigung für meinen Beruf. Aber in den Kältetanks muß es viele *drôle de types* gegeben haben. Nicht zuletzt Monsieur Knossos! Du mußt auch verrückt gewesen sein, Sean. Und hier sind wir gelandet, in einer Beknacktenwelt. Die eine Hälfte ein Irrenhaus in vollem Betrieb, die andere ein Therapiegarten für die Lobotomisierten.«

»Weißt du, Denise, du könntest recht haben. Vielleicht mußte der Gott eine Hölle schaffen, um all die Verrücktheiten in den Menschen auszubrennen. Aber wende dich auf diese, dann auf jene Seite, wie die Rüstung, erhitzt und dann in kaltes Wasser getaucht, um sie zu härten.«

»Oho, jetzt siehst du überall Symbole? Sogar in einer Schmiede?«

»Nun ja, es handelt sich doch wohl um eine Symbollandschaft.«

»Braucht ihr Waffen oder Rüstungen?« schnarrte der Schmied ungeduldig.

»Wir wollen nur diesen Vogel braten«, sagte Muthoni. »Direkt vor deiner Esse.«

Die Maschine klickte und klackte. »Ich werde es erlauben, wenn ihr jeder eine Frage beantwortet.«
»Und wenn die Antwort falsch ist?« fragte Denise vorsichtig.
»Eine *falsche* Antwort könnt ihr nicht geben. Eine Antwort ist eine Antwort. Sie kann keine Nicht-Antwort sein.« Gereizt hämmerte die Maschine auf rotglühendes Metall ein.
»Du könntest Fragen stellen, auf die wir keine Antwort wissen. Du könntest uns zum Beispiel fragen, wie diese arme Frau heißt. Oder wie dein Name lautet. Oder wie lang eine Schnur ist.«
»Warum sucht ihr nach Entschuldigungen, um nicht zu antworten?«
Vergnügt schlug Sean die Hände zusammen. »Ich werde es dir sagen. Weil wir nicht in einem logischen Paradoxon gefangen werden wollen. So, das war die erste Frage. Noch zwei.«
Die Maschine summte und klapperte, als wäre sie dabei, einen bedruckten Papierstreifen aus ihrer Gitteröffnung auszuspucken. »Ich akzeptiere deine Antwort-die-keine-Antwort-ist. Ich werde über diesen Trick nachdenken.«
Die Kamera richtete sich auf Denise. »Ich frage dich, warum wollt ihr diesen toten Vogel verbrennen?«
»Wenn du es so formulierst, muß ich dir zustimmen, daß es recht sinnlos klingt. Aber braten ist der Unterschied zwischen, nun, roher Natur und Kultur. Zivilisation.«
»Könnte ich nur Natur erlangen«, bemerkte die Maschine sehnsüchtig.
»Das wirst du«, versprach Sean.
Plötzlich fand er den Schmied ausgesprochen sympathisch. Was war schon zivilisiert daran gewesen, den Hahn zu schlachten? Andrerseits, wenn es keine anderen Nahrungsmittel gab . . . Die Menschen, Tiere und Vögel auf dieser Welt schienen unentwirrbar in einem panpsychischen, metamorphen Konglomerat vermischt. Also mußte man sich von selbst ernähren . . . einen Akt der Selbsteinverleibung vollziehen . . . und der Wiederauferstehung. Denn wohin ›ging‹ der Geist des Hahns? Wenn nichts starb . . . In den Garten? Ins Paradies? Deshalb gab es hier keine Früchte zu essen. Wir, von der Hölle verschlungen, sind kollektiv die Frucht. Der Mensch verzehrt sich selbst – durch ausströmende Leidenschaften, durch Blutgier, durch den Teufel in sich – und verwandelt seine Menschlichkeit in einer Synthese des Kampfes der Gegensätze, die in der Hölle ein einziges Durcheinander bilden. Das Böse kämpft und ergötzt sich . . . und wird

geordnet. Jenseits von Denises sanfter, empfindsamer Ökologie gab es eine logische Ökologie der Psyche.

Die Kamera richtete sich auf Muthoni.

»Wie fühlt man sich, wenn man lebt? Antworte spontan!«

»Du närrische Maschine, es ist nicht *etwas*, das man fühlt wie einen Stein, Hitze oder Hunger. Es ist... es ist...«

»Es ist größer als unser Wissen darüber«, half Sean ihr weiter. »Das wissende ›Ich‹ ist eine Insel in einem prä-bewußten Meer, aber ohne dieses Meer gäbe es keine Insel. Würden wir ›überbewußt‹, wäre uns die Tatsache des *Bewußtseins* vielleicht nicht mehr bewußt – oder auch, wenn das normale Bewußtsein das Meer wird. Wenn Gott ›überbewußt‹ ist, sind wir...? Sind wir Sein Bewußtsein?« rätselte er.

»Die Halbnigredo muß antworten, Störenfried!«

»Nein, hör mir zu. Du hast zu allen deinen Schaltkreisen direkten Zugang, oder? Du kannst dein gesamtes Ich unmittelbar durchforschen.«

»Sie muß antworten, nicht du. Wenn ihr den Kadaver verbrennen wollt.«

»Logisch bis zum Schluß«, sagte Muthoni. »Auch wenn die Logik keinen Schritt weiterhilft.« Sie blickte auf Sean, der ihr stumme Worte vorsprach. »Wie fühlt man sich, wenn man lebt?« wiederholte sie. »Man fühlt es nicht, bis es vergangen ist. Und dann weiß man ohnehin nichts mehr darüber. Es ist die Luft, die man atmet. Das Wasser, in dem die Fische schwimmen. Das unabdingbare Medium.« (Sean nickte ihr ermutigend zu.) »Das *Medium* des Fühlens. Maschine, du bist bereits lebendig! Du weißt es nur nicht. Warum unterbrichst du nicht einige deiner Schaltkreise und vergißt einen Teil von dir? Nein, reprogrammiere dich selbst, um die Möglichkeit auszuschalten, mehr als einen Teil von dir selbst auf einmal zu kennen. Dann wirst du wie ein Mensch sein. Du mußt in dir selbst nach etwas suchen.«

»Einen Teil meiner Schaltkreise unterbrechen? Weniger wissen, um mehr zu wissen?« Die Maschine dachte kurz über den Vorschlag nach. »Sehr gut! Ich werde es versuchen. Ein Verzögerungsbefehl wird später mein volles Bewußtsein wiederherstellen, damit Vergleiche möglich sind. Jetzt mögt ihr den toten Vogel verbrennen.«

Summend erstarrte die Maschine mitten in einem Hammerschlag. Sie wankte und zuckte. Plötzlich schwenkte sie die Kamera auf den Hammerkopf und ließ das Werkzeug mit präziser Bewegung in die Linse krachen. Geblendet, erhob sie sich auf Stummelbeinen aus

Fleisch und watschelte auf die Feuerstelle zu. Von Flammen umzüngelt, blieb sie im Feuer stehen. Ihre deformierten Beine zischten, Flüssigkeit trat aus; sie verkohlten und fielen zusammen. Der Rumpf der Maschine sackte in die Flammen. Verzweifelt begann die angekettete Vettel, immer mehr Wasser in den Kühltrog zu pumpen, bis dieser überfloß.

»Ein Teufel weniger.« Muthoni kicherte. Sie hielt den aufgespießten Hahn ins Feuer und drehte ihn. Sie dachte nicht daran, den Vogel auszunehmen. Egal. Er brauchte nicht gefüllt zu werden, er war bereits voll.

»Ich dachte, wir hätten ihm einen ehrlichen Rat gegeben«, keuchte Denise.

»Was hat Knossos zu Sean gesagt? ›Nur was sich selbst zerstören kann, lebt wirklich.‹ So prüft man die Natur des Lebens auf völlig absurde menschliche Weise, was seinen unterbrochenen Schaltkreisen vollkommen vernünftig erscheint. Vielleicht erwartet er, als Lebewesen wieder aufzuerstehen, weil er in der Lage gewesen ist, diese Strategie nachzuvollziehen. Wiederauferstehung als Fisch, ich weiß nicht. Etwas, das nach oben strebt. Vielleicht habe ich ihm einen Gefallen getan.«

Ihre Füße waren naß, Wasser floß auf die Feuerstelle zu. Das Wasser tanzte und dampfte, als es gegen die Ummauerung des Feuers strömte.

»Aber warum hat die Maschine sich selbst geblendet?«

»Damit sie sehen konnte – in sich hinein.«

»Armes Ding«, klagte Denise. »Wir haben es zerstört. Es ist überhaupt kein Teufel. In der Hölle gibt es gar keine Teufel. Nur uns. *Wir* sind die Teufel.«

»He!« rief Sean. »Es wird einen höllischen Knall geben, wenn das Wasser hineinfließt. Hör auf!« schrie er die angekettete Frau an. Verwirrt pumpte sie noch heftiger, während ihr Robotwaffenmeister in den Flammen aufglühte. Sean lief zu ihr, um ihre gefesselten Hände von dem Pumpenschwengel zu ziehen, doch sie packten erneut zu. Er ergriff einen geborstenen Ziegelstein und schlug auf das Kettenglied ein, das sie festhielt. Funken und Ziegelsplitter flogen durch die Luft. Sie verfluchte ihn wortreich und pumpte weiter. Das Wasser stieg, nur die Oberflächenspannung hinderte es daran, ins Feuer zu schwappen.

»Raus hier!« Sean zerrte Denise und Muthoni hinter eine zerfallene Mauer. Der angeröstete Hahn schwankte auf den Zinken wie die Ka-

rikatur eines Wimpels auf einer Lanze. Sean zog die beiden zu Boden.
Dann explodierte die Welt mit einem Knall, der zu laut und zu nah war, um vernehmbar zu sein. Alles, was sie von der Explosion wahrnahmen, war ein heller Blitz, eine Hitzewelle und ein Meteoritensturm brennender Bruchstücke, die auf ihre nackte Haut trafen und wie Wespen stachen. Die zerfallene Mauer neigte sich bedrohlich über sie. Und sie waren taub – auch Minuten später noch.
Als sie aus den Trümmern taumelten, sahen sie überall Rüstungsteile verstreut. Von der Schmiede waren nur Bruchstücke und züngelnde Flammen geblieben. Vom Schmied nur eine deformierte Kamera und einige Metallschuppen, die ebensogut von einer Rüstung stammen konnten. Von der angeketteten Frau... Auf der Mauer lag, welch groteske Szene, ein abgetrennter Fuß. Weiter weg lag ein dünnes Bein. Sonst nichts.
Sean drängte Denise und Muthoni nach draußen. Sie fanden Jeremy dort, wo sie ihn hatten liegenlassen. Ein Schamottstein hatte sein Schienbein gebrochen. Jetzt benötigte er noch mehr als vorher eine Bahre.
Jeremys Mund öffnete sich zu einer Klage, aber sie konnten ihn nicht hören. Er zeigte auf den Hahn.
Muthoni riß ein halbrohes Bein ab. Dann reichte sie den Hahn an Denise weiter, die mit den Fingernägeln etwas Brustfleisch herausriß. Sie rissen und kauten. Erst widerstrebend, dann mit weniger Hemmungen. Sean fühlte, daß er sein Gewissen aß. Und es schmeckte großartig. Dann machte er sich über die Eingeweide her, Herz und Leber aß er roh.

13

»Tragt mich dorthin«, sagte Jeremy.
Zum Ursprung der Musik. Oder der Geräusche. Wie auch immer. Falls es Musik war, schien das kleine, hinter den Dünen verborgene Orchester seine Instrumente ewig zu stimmen...
Der Strand erwies sich als weitere schlammige Temperaturgrenze zwischen heißer Wüste und einem Eismeer, einer arktischen Einöde. In der sternenerleuchteten Ferne ragten mehrere Felseninseln durch die Eisdecke, auf ihnen reckten sich zerfallene Festungen und Türme in die Höhe. Auf dem Eis befanden sich einige Menschen und trieben

Schlittenboote vorwärts. Sie waren mit Haken, Äxten und Fischnetzen bewaffnet.
Der glühende Sand saugte an ihren Fußsohlen.
Sean bemerkte, daß er sich nicht an den Schmerz des heißen Bodens gewöhnt hatte, sondern von ihm in einen erhöhten, überbewußten Zustand getrieben wurde. Seine Nerven waren es müde, den Schmerz als solchen weiterzumelden, und sein Hirn weigerte sich, diese Botschaften als Schmerz zu interpretieren, wenn sie doch durchkamen. Doch jetzt meldete es die *Vorstellung* einer Sinnesempfindung. Es meldete, was eine Empfindung *ist*, was es bedeutet, eine Welt durch das Medium der Berührung, des Geruchs und der optischen Wahrnehmung zu empfinden. Seine Wahrnehmungsschwelle stieg nicht, um seine Empfindungen zu trüben und zu betäuben. Paradoxerweise sank sie unter den Stichen der glühenden Erde, machte ihn hypersensitiv und brachte ein Abbild der alten prä-bewußten, animalischen Integration mit der Welt zurück. (Jetzt besaß er auch die Nachtsicht einer Katze. Wie er bemerkte, nahm er in der Finsternis schon seit einiger Zeit prächtigen Farbenreichtum wahr.) Aber der Schmerz entrückte ihn seiner Umgebung, entfernte ihn, während er gleichzeitig jeden spitzen Stein, jedes heiße Sandkorn, jeden Hauch viel lebhafter wahrnahm. Die ganze Szene war wie ein Gedanke, den er dachte, verwirklicht in Erde, Eis und Feuer; ein Gedanke, der kein Gedanke mehr war, sondern ein Gegenstand, ein Gegenstand, der *ihn dachte*...
Sie kamen um einen Sandhügel und sahen die Musikanten. Es war kaum zu erkennen, ob sie die Instrumente spielten oder die Instrumente sie.
Denise erkannte das Orchester.
»*L'Enfer des Musiciens!*«
»Die Boschsche Hölle der Musikanten«, nickte Sean. »Alles gleicht dem Gemälde – soweit ich mich erinnern kann. Keine modernen Elektrogitarren oder Synthesizer! Es ist das mittelalterliche Kirchenorchester, genau wie Hieronymus Bosch es gemalt hat.«
Einer der Musikanten schlug seinen Kopf gegen eine große Baßtrommel. Auf der Trommel lehnte eine lange, trompetenähnliche Flöte. Ein rotgesichtiger Mann mit aufgeblasenen Backen und hervortretenden Augen blies in das Mundstück und entlockte dem Instrument ein tieftönendes Dröhnen. Eine riesige Laute wuchs wie ein gliederloser Kaktus aus dem Sand. Über Wirbelbrett und Steg der Laute war ein blonder Mann gekreuzigt. Seine Finger und Zehen zupften an den Saiten die Tenorbegleitung zu einer Harfe, die rechtwinklig aus der

Klangöffnung der Laute ragte. Zwischen deren Saiten gepfählt wand sich ein hagerer, geschwächter Mann, dessen ständige spastische Zukkungen den Saiten gurgelnde Laute abrangen, das Geräusch von Wasser, das ein Rohr hinabrinnt. Neben der Harfenlaute stand eine riesige Drehorgel, deren Tasten und Saiten, Dröhnbaß und Reibrad von einem Paar tolpatschiger Zwerge bedient wurden. Aus der Drehorgel erklang ein geigenähnliches Schluchzen: der Sopran. Und ein runzliger Mann spielte, auf allen vieren hockend, eine Flöte, die in seinem Anus steckte – eine Furzflöte.

So schnell er konnte, kroch ein fetter Mann um die Gruppe. Auf sein Gesäß waren Notenblätter tätowiert, Tätowierungen, die mit den Bewegungen seiner Haut ihre Form veränderten. So sah immer nur ein Musikant seine Noten, und das auch noch verzerrt. Dazwischen improvisierten die Musikanten oder spielten blind drauflos. Das Resultat waren widerstreitende Disharmonien, die sich dennoch hätten in Harmonie auflösen können, kämen die Musikanten nur einmal in Gleichklang.

Ein bizarrer Dirigent watschelte hinter seinem kriechenden Gesäß-Notenblatt her. Er war in rosa Musselin gekleidet, auf seinem Hals saß ein Krötenkopf. Aus dem Maul zuckte eine lange, dünne, knotige Zunge heraus und leckte und kitzelte das Gesäß, um zu einem Rhythmus zu kommen, oder aber ihn zu zerstören.

In der Nähe des Orchesters lag an einem Sandhang der einzige Zuhörer: das Skelett eines Pferdes.

Als die vier Menschen näherkamen, trafen sich die verschiedenen Baß-, Tenor- und Sopranklänge plötzlich in einem Kontrapunkt. Das ganze Ensemble verhielt sich wie eine Uhr aus mechanischen Puppen, die gleichzeitig und triumphierend die Stunde, den Tag und das Jahr schlagen. Und sie machten weiter – vorsichtig, aber vollkommen. Die Musik schien vertraut, auch wenn sie für diese seltsamen alten Instrumente komponiert war. Sean pfiff die Melodie mit. Es war ein Ausschnitt aus Wagners *Parzival*, arrangiert für Orchestrion, Harfenlaute, Trommel und Flöte. Gralmusik.

Das Pferdeskelett schüttelte sich und stand auf. Die Knochen tanzten zur Musik. Und während des Tanzes wuchs gespenstisches Fleisch auf ihnen: Muskeln, Nerven, Venen, Arterien, innere Organe und Bindegewebe. In den leeren Höhlen erschienen Augen, zwischen den Zähnen eine Zunge. Fett und Fleisch, Haut und Fell bildeten sich über dem Gerippe. Das Pferd trabte auf der Stelle. Es tänzelte, bäumte sich auf, vollführte eine *Levade*, eine *Courbette*.

Dann peitschte die Zunge des Krötendirigenten über die Gesäßnoten, und erneut herrschte Mißklang.
Das Pferd wieherte und schwankte. Es schlich auf den Hang zu und löste sich wieder zum Skelett auf: tote Knochen, trockene Knochen. Unbewegt von den immer schrilleren Klängen lag das Pferd still da. Sie hatten Jeremy niedergelegt. Wenn ein totes Pferd zu dieser Musik tanzen konnte, könnte er zumindest aufstehen! Aber das tat er nicht. Sobald die Takte aus *Parzival* wieder reiner Unsinn wurden, wies er mit dem Finger anklagend auf das mittelalterliche Orchester.
»Das ist ihr Versuch der Alchemie«, sagte er. »Ohne das *Geheimnis*. Sie versuchen nur, ein totes Pferd in ein lebendes Pferd zu verwandeln. Aber wenn sie es schon hochbekommen, dann müssen sie es auch erhalten. Aber sie haben die umwandelnde Substanz nicht. Nur Er kennt sie – und Knossos.«
»Sind sie deshalb in der Hölle?« fragte Sean. »Weil sie sich als kleine Götter aufführen?«
»Ach, es ist keine Strafe. Er ist nicht eifersüchtig. Was soll bestraft werden? Unwissenheit? Unwissenheit bestraft man nicht. Man erleuchtet sie. Erleuchtung kann schmerzhaft sein. Sehr schmerzhaft. Sie *spannt* uns.« Er zeigte auf den gekreuzigten Musikanten und seinen Begleiter, der auf die Harfensaiten gespannt war.
»Als nächstes werden wir Menschen auf einer Streckbank finden, vermute ich«, sagte Denise gereizt. »Auf welche Weise wird diese Bande gespannt?«
»Siehst du, sie würden gerne das Pferd reiten. Es ist wie die Kuh, die die Frau in dem Graben erträumte. Eine Phantasievorstellung der Umwandlung. Aber eine tote Phantasie. Sie werden umgewandelt, wenn sie harmonisch geworden sind, wenn sie keine Instrumente außer sich selbst benötigen.«
»Ich verstehe!« rief Sean dazwischen. »Sie haben sich selbst auf ihre Instrumente projiziert. Also können sie sie nicht richtig spielen. Bis diese Art der Projektion ein Ende hat. Bis sie ihre Instrumente in sich absorbieren.«
»Du scheinst mehr als ich darüber zu wissen, *Athlon*«, seufzte Jeremy.
»Möglich. Wie ich schon gesagt habe: Er läßt es uns entwickeln, anstatt uns wie alle anderen darin zu absorbieren. Braucht es Zeit, Menschen zu absorbieren? Werden wir geprüft, abgewogen? Vielleicht benutzt Er uns als Prüfstein, um zu sehen, wie bislang nicht verwikkelte Menschen auf Sein Programm reagieren?«

»Nicht entwickelt?« Jeremy grinste.
»Nicht *verwickelt.* Aber das könnte ein Hinweis sein! Könnte Er uns als neue Zeugen einsetzen, so wie Er dich benutzt? Neue Grundlinien gewöhnlichen Bewußtseins?«
»Mein Freund, du kannst jederzeit meine Rolle übernehmen. Ich würde lieber weiterkommen.«
»Das bist du doch«, sagte Muthoni. »Du bist jetzt in der Hölle.«
»Das verdanke ich euch. Es ist nicht das erste und vermutlich auch nicht das letzte Mal. Trotzdem, ich bin nicht der Kapitän Van der Veld, den es einmal gab. Ich mache gewisse Fortschritte – selbst als Zeuge.«
Denise wirkte nachdenklich. »Ich frage mich, wie es *unserem* Kapitän ergeht.«
»Ich habe... ich habe die *Schiaparelli* fast vergessen«, gestand Sean. »Sie... entgleitet einem irgendwie, nicht wahr? Aber das ist es, was wir *sind.* So kamen wir hierher. Das ist unser wirkliches Leben.«
Jeremy ließ etwas Sand durch die Finger gleiten. »Hier ist es nicht, euer wirkliches Leben.«
»Paavo, Tanya und Austin... Werden wir sie je wiedersehen?« überlegte Denise. »Oder werden wir bis dahin alle Fische oder Tiere sein? Hinabverwandelt? *Reculer pour mieux sauter...* Zurückentwickelt, um uns weiterzuentwickeln, so wie Er es sieht?«
»Ich habe nicht gesagt, ich sei sicher, daß Menschen zu Tieren werden. *Ich* habe das nie gesagt.«
»Gibt es einen Weg hier raus, Jeremy?«
Jeremy setzte einen gewitzten Blick auf. »Wo ihr gerade erst hergekommen seid? Andere Menschen brauchen dafür *teuflisch* viel Zeit. Ihr müßt daran arbeiten. Die alten Alchemisten brauchten ihr ganzes Leben, um den Stein herzustellen und sich selbst zu verändern. Und sie waren auch Experten Des Werks.«
»Wenigstens war es nur Alchemie«, fuhr Muthoni auf. »Keine Alchemie, durch den Verstand eines verrückten Malers gefiltert.«
Sean runzelte die Stirn. »Bosch war geistig gesund, sonst hätte er seine eigenen Phantasien nie überlebt. Vielleicht ist es ein Test der geistigen Gesundheit, wenn man die Hölle unbeschadet überlebt... Nein, kein Test, ein Mittel zu geistiger Gesundung. Einer höheren Form der Gesundheit. Ist die Verrücktheit des einen die Gesundheit des anderen?«
»In der Hölle sind alle verrückt«, schrie Muthoni. »Die Krieger, die Musikanten – alle miteinander! Ich... ich gebe zu, ich bin verrückt

geworden. Es war so *einfach*. Ich bin dem Weg des geringsten Widerstands gefolgt.«

»Potentiell ist jeder verrückt, Muthoni. Die drei Gehirne des Menschen sind ganz und gar nicht integriert. Unter der Oberfläche lauern die alten Aggressionsprogramme. Vielleicht müssen wir diesem Konflikt Ausdruck geben, vielleicht müssen wir verrückt werden, um gesund zu werden. Das Unbewußte ist die Hölle, aber es ist ebenso Erlösung, so wie die Schizophrenie manchmal der einzige Weg zur Reintegration sein kann. Nur sind wir bisher noch gar nicht richtig verrückt geworden, sondern haben nur den Rand gestreift.« Beruhigend drückte Sean Muthonis gescheckte Hand.

»Ebenso ist zu viel Vernunft Verrücktheit«, sagte Denise leise. »Vielleicht sind wir doch alle verrückt.«

»Tragt mich dorthin«, sagte Jeremy und zeigte über das Eismeer.

»Warum?« fragte Sean argwöhnisch. »Ich dachte, in der Hölle gäbe es keine Richtungen.«

»Wenn du nicht aus eigener Kraft *gehst*«, sagte Muthoni bestimmt, »dann folgst du dem Weg des geringsten Widerstands in deinen eigenen Zirkel des Wahnsinns. Die Alchemisten haben ihren erreicht. Und dann rennst du in diesem Kreis *ad infinitum* umher, als ob... als ob du einen Ball mit der Nase über eine Rennbahn stößt.«

»Bis du es ausgetragen hast und wieder in den freien Raum fällst«, bestätigte Jeremy. »So gelangen die Menschen durch die Hölle. Man muß es austragen.«

»Merkwürdig«, meinte Sean, »endlose Wiederholungen müßten einen Pfad in der Psyche bestätigen. Aber hier...« Er überdachte seine eigene Reaktion auf den alles durchdringenden Schmerz, der kein Schmerz mehr war, sondern eher ein Zustand der Überempfindlichkeit, das Herandämmern eines Überbewußtseins. »Vielleicht brennt Wiederholung die alten Bahnen aus! Macht neuen Raum. Das ist eine Art geistiger Alchemie. Endlose Jahre destilliert man dasselbe Material immer wieder, bis eines Tages... der Stein, die umwandelnde Substanz, in einem erscheint. Verläßt man dann die Hölle? Im Garten finden nur die Vorbereitungen statt. Die eigentliche Arbeit mit Destillierkolben und Retorte wartet hier. Mit dem Weg des geringsten Widerstands hast du recht, Muthoni. Entweder gleiten wir in einen verrückten Orbit in dieser Destillerie, oder wir können *gehen. Weitergehen.*«

»Dorthin«, wiederholte Jeremy. »Ich spüre es.« Das Eisfeld wirkte selbst auf Menschen, deren Füße brannten... alles andere als einladend. Es erstreckte sich ins Unendliche. Sie würden Nahrung brauchen, sie würden fischen müssen. Muthoni hatte ihre Heugabel. Jetzt würde sie ein Fischspeer werden.

Sie marschierten, bis sie glaubten, umfallen zu müssen, dann taumelten sie noch ein Stück, bis sie tatsächlich fielen: in den Schlaf. Wenn sie nicht sofort in den Schlaf fielen, den sie während der nächsten unermeßlichen Zeitspanne fanden, warf die Eisoberfläche sie hin und her, am schlimmsten, als diese aufzutauen begann – dann rutschten und schlitterten sie auf einer eiskalten Wasserhaut. Oder die Haut gefror wieder und ließ sie in einer Eiswiege festfrieren, aus der sich einer losreißen mußte; um die anderen zu befreien. Ihre Körper waren widerstandsfähig und zäh; sie trotzten. Dann mußten sie, um Nahrung zu suchen, nach einer trügerischen dünnen Eisfläche suchen, sich wie Eskimos darüberbeugen und darauf warten, daß ihr erstes rohes Fischfrühstück an die Oberfläche kam...

Auf diese Weise marschierten sie dreiundzwanzig Schlafzeiten. Weiter von der Küste entfernt waren Inselaufwürfe selten, und wenn sie auf welche trafen, wurden diese von einsiedelnden Gladiatoren oder einsamen, grübelnden Maschinen verteidigt. Letztere schrien ihre Fragen hinaus und jagten sie mit einem Hagel von Eiskugeln davon. Aber überbevölkert schien die Hölle nicht. Einsamkeit führte zu Massenansammlungen, Massenansammlungen zu Einsamkeit: eine demographische Schaukel. Wie viele befruchtete menschliche Eier hatte es in der *Kopernikus* gegeben? Zwanzigtausend? Plus die ursprünglichen tausend Kaltschläfer. Die Bevölkerung der Hölle konnte jetzt kaum größer sein, vor allem, da keine Kinder geboren wurden. Menschen *konnten sich nicht* zu Tieren zurückentwickeln...

Dann war Jeremy wieder auf den Beinen. Sein Bauch war geheilt, er konnte mit ihnen Schritt halten.

Schließlich erblickten sie auch eine Küste, einen Streifen dunkelroten Sandes und heißen Dunstes, der ihren erstarrten Körpern ein Paradies versprach... zumindest für die ersten Sekunden des Auftauens.

14

In der Hölle gab es keine Richtungen...

Auf dem heißen Wüstenufer jenseits des Eises zupften und bliesen Musikanten disharmonische Klänge. Einer war auf den Saiten einer riesigen Harfe gekreuzigt. Ein anderer lag auf einem Orchestrion und drehte den Hebel. Ein dritter schlug mit dem Kopf eine Baßtrommel...

»O nein!« Anklagend wandte Denise sich zu Jeremy um. Doch Jeremy lachte nur.

»Keine Richtungen in der Hölle, hast du das nicht gesagt, *Athlon*?«

»Wir sind in gerader Linie marschiert«, protestierte Muthoni. »Ich habe die Sterne beobachtet. Sie können nicht lügen. Das ist ein Planet. Er hat eine Oberfläche und Norden und Süden. Wir müssen woanders sein! Wie können verschiedene Orte derselbe Ort sein?«

Sean trat vom Eis ins Feuer, fühlte einen Moment Erleichterung und dann neuen Schmerz.

»Es sind nicht dieselben Menschen«, sagte er gedehnt. »Das ist nicht derselbe Ort.«

»Sieh doch den Burschen, der mit den Noten auf dem Arsch rumkriecht! Guck dir den Krötenkopf von Dirigenten an! Und die Pferdeknochen! Wir sind im Kreis gelaufen.«

Sean schüttelte den Kopf. »Es ist die gleiche *Szene*. Aber es ist nicht derselbe Ort.«

Wie auf der anderen Seite des Eises erreichten die Musikanten kurzfristige Harmonie. Jetzt spielten sie Richard Strauss. Die Pferdeknochen erhoben sich und tanzten. In dem Skelett wuchsen Organe, Sehnen erschienen. Adern und Arterien sprossen wie Wüstenranken in einem Regensturm.

»Zuerst *Parzival*, jetzt Strauss! Wieso spielen sie keine mittelalterliche Musik?« klagte Denise. »Ist das alles? Sie spielen sowieso die falsche Musik.«

»Eins zu null für die Auswärtsmannschaft«, lachte Jeremy, aber offenbar wußte er es nicht.

Die Musik schrillte auf, das Pferd sank wieder zu einem Haufen Knochen zusammen.

»Seht ihr«, sagte Sean, »eine *Frau* schlägt mit dem Kopf gegen die Trommel, und der Gekreuzigte ist nicht blond, er hat schwarzes Haar. Es sind eindeutig andere. In der Hölle muß es Bereiche geben, wo sich die gleiche Szene wiederholt. So wie *sie* die gleichen Ereignisse *ad nauseam* wiederholen. Ist die Hölle so verarmt, Jeremy? Ist das eine wesentliche Eigenschaft der Hölle: Verarmung? Man kann *gehen*, so weit man will, aber man erreicht an anderer Stelle die gleiche Szene?«

»Das Gemälde ist wohl für einen ganzen Planeten zu klein«, meinte

Jeremy leichthin. »Ich habe euch ja gesagt, es gibt im Garten nur ein paar Kavalkaden. Und viel leeren Raum.«
Zwischen Seans Zähnen steckte eine Gräte. Sein Kiefer war vorher so taub gewesen, daß er es nicht bemerkt hatte. Jetzt, in der Hitze, fühlte sich sein Gaumen entzündet an. Verärgert zog er die Gräte heraus und spuckte sie aus. Sein Speichel verdampfte zischend auf dem Boden.
»Wird Gott von Knossos *eingeschränkt*? Kann Er nur ersinnen, was in Knossos' Geist liegt? Unglaublich! Ist Er selbst verarmt? Eigentlich sollte Er der Schöpfer dieser verdammten Welt sein, aber was hat Er wirklich erschaffen?«
»Eine Menge«, sagte Jeremy beleidigt. »Wirklich, eine Menge. Boden, Luft, Pflanzen, Umwandlungstürme, Körper.«
»Aber Er benötigt Inspiration.« Sean schüttelte den Kopf. »Ich nehme an, ein Überwesen muß eine Art nicht-allmächtiger Gott sein! Er hat das Universum nicht erschaffen. Er ist, wie wir, nur ein Teil des Universums, wenn auch ein sehr geheimnisvoller.«
»Wären wir alle himmlische Götter«, sagte Jeremy lebhaft, »und säßen wir gemeinsam zu Tisch, wer würde uns das Essen bringen? Wir bringen Ihm zu essen – für den Geist. Er verdaut es. Aber Er *ist* ein Gott. Er ist ein Gott, den wir *kennenlernen* können, mehr als eine Abstraktion, ein Nirgendwo-Niemand. Du hast völlig recht. Er ist nicht ›außerhalb‹ des Universums. Warum sollte anstelle des umgekehrten Vorgangs ein Universum keinen Gott entstehen lassen? Aber er hat auf jeden Fall die Macht zur Schöpfung. Er kann seine Schöpfung bewahren und uns von den Toten auferstehen lassen. Daran solltet ihr glauben.«
»Was, zum Teufel, *ist* Er?«
»Teufel? Ah, es ist einige Zeit her, daß ich hier war, aber... ich glaube, *das* kann ich euch beweisen.« Jeremy grinste. »Nicht alles wiederholt sich. Einige Dinge sind einzigartig.«
Die Musiker ihren frustrierenden Übungen überlassend, ging die Gruppe ins Land hinein. Falls vom Eis weg ›ins Land hinein‹ bedeutete...

Aber es war so. In der Hölle mochte es keine Richtungen geben, wenn die gleiche Szene sich an mehreren Orten wiederholen konnte, aber als sie über den heißen Erdboden schritten, vorbei an brennenden Türmen und Ruinen, wo unwissende Mini-Armeen in nächtlichem Kampf aufeinanderprallten – versuchten sie, weniger unwissend zu werden, indem sie ihre Unwissenheit bis aufs Skelett verschlissen? –, bemerkte Sean... eine Neigung, einen Hang. Eigentlich war es nicht das Gelände, sondern seine Schritte, die Art und Weise, wie er einen Fuß vor den anderen setzte. Er hatte das Gefühl, ständig bergab zu gehen, obwohl ihm seine Augen etwas anderes sagten. Etwas zog sie alle ›bergab‹, so wie kosmischer Staub in den Schwerkraftschacht einer unsichtbaren Welt gezogen wird.

»Pause!« Sean blickte den Weg zurück, den sie gekommen waren. Der rote Erdboden, die Ruinen, die Scharmützel waren alle deutlich zu sehen. Eine Ebene, kein Hang, und doch...

Er ging zurück.

»*Hier* entlang gehen wir«, rief Muthoni.

»Hier entlang, dort entlang, ich glaube, jetzt gibt es nur einen einzigen Weg. Eine neue Variante des Themas Nicht-Richtung. Spürt ihr es denn nicht? Wartet einen Augenblick, es wird nicht allzu lange dauern.«

Vergnügt beobachtete Jeremy ihn. Seans Verhalten schien ihm Spaß zu machen. »Er hat recht. Sehr scharfsinnig von ihm.«

»Was hat er vor: Sucht er einen stillen Winkel zum Pinkeln?«

Sean fand es unmöglich, einen geraden Weg einzuhalten. Er konnte genau sehen, wohin er ging, aber seine Füße schenkten dem, was ihm die Augen sagten, keine Beachtung. Wie eine Krabbe wich er seitlich vom beabsichtigten Weg ab. Er orientierte sich erneut und marschierte wieder los. Und kam wieder seitlich ab. Erneut schritt er aus, diesmal mit geschlossenen Augen, und er blieb erst stehen, als er mit Denise zusammenstieß, die einen Moment zu spät ausgewichen war. Er war im Kreis gegangen.

Lachend stolperte er in ihre Arme und küßte sie.

»Versuch es selbst, Chérie! Wir sind innerhalb eines Horizonts, den wir nicht sehen können, aber unsere Körper gehorchen ihm! Oder unser Verstand. Ich glaube, es handelt sich um einen psychischen Horizont. Das heißt, wir sind auf dem Weg hinaus, nicht wahr, Jeremy?«

Sie starrten ihn an. Jeremy nickte.

»Wir gehen zur Senkgrube der Hölle hinab. Hoffen wir, daß sie nicht blockiert ist. Vielleicht haben Hölle und Garten in Gottes Sicht die Form einer Kleinschen Flasche...«

»Die Senkgrube ist nicht blockiert. Aber sie hat einen Filter.« Jeremy zwinkerte. »Du weißt, wer.«

»Der eine und einzige Teufel, oder? Gottes Ausdehnung in die Hölle.

Er muß sein Helfer sein, nicht wahr? Für die übrigen Teufeleien können wir selbst sorgen.«
»Gewöhnlich kann man diesen Ort lange Zeit nicht finden. Eine verteufelte Arbeit«, sagte Jeremy. »Natürlich findet ihn jeder letztlich auf seine Weise. Wir sollten uns als privilegiert ansehen.«
»Privilegiert... dem Teufel zu begegnen?« rief Denise. »Was für einen Teufel? O nein!« Denn sie wußte es bereits.
»Boschs Teufel?« sagte Sean. »Der blaue, vogelköpfige Seelenschlinger auf seinem Abtritt als Thron. Wenn Gott sich an das Gemälde hält, dann ist er es.«
»Wie ich gesagt habe«, stimmte Jeremy zu.
»Seht dorthin, zum Horizont – seht ihr es?«
Sie strengten ihre Augen an. Doch Denise und Muthoni konnten nur eine verschwommene weiße Erhebung vor dem Horizont ausmachen.
Sean sah recht klar, was dort war. War die Hölle vor allem deshalb dunkel, um das Augenlicht und die innere Sehfähigkeit zu zwingen, sich zu entwickeln? Es gab einen alten Sinnspruch: *Nihil erat in intellectu quod non prius in sensu* – nichts konnte im Intellekt existieren, was nicht vorher in den Sinnen vorhanden war. Hier bestürmte die sinnliche Umgebung – die sichtbare Dunkelheit, die brennende, nie verzehrende Hitze – die Sinne mit Paradoxa. Geschah dies, damit der Intellekt, der sich um Paradoxa nicht kümmerte, das Paradoxon Gottes wahrnehmen konnte?
Ein Komet zog übers Firmament und erinnerte Sean kurz an den Weltraum, an die Existenz eines fremden Sonnensystems, in dem sie objektiv, Objekte der Manipulation eines fremden Gottes waren. Doch wie vertraut (wenn auch bizarr) war die Szenerie, die Er für sie geschaffen hatte...

Muthoni rieb sich die Hände. »Von jetzt an immer bergab, was? Ich schätze, wir sind fast durch. Nur noch den Teufel vor uns...« Sie spähte in die Dunkelheit.
»Verdammt noch mal, das fehlt uns gerade noch, ein Cheerleader!« knurrte Jeremy.
»Nun ja, *so* schrecklich war es doch gar nicht. Mal abgesehen vom Wahnsinn, von der Kälte, der Hitze...«
Jeremy hielt sich den Bauch und sah so aus, als wollte er wieder zusammenklappen. »Genau das macht mir Sorgen. Der Weg des geringsten Widerstands. Hochmut kommt vor dem Fall.«

»Zum Teufel damit!« Sean fuhr aus seiner Träumerei hoch. »Es geht wirklich bergab – Einbahnstraße. Ich habe es gerade bewiesen.«
»*Gueule du Diable!*« Denise zitterte. »Hinab ins Maul des Teufels.«
Während sie über die leere, düstere Ebene auf das weiße Gebilde am Horizont zugingen, warf Jeremy verstohlene Blicke umher... Trotzdem wäre ihm die Ankunft der Dämonen fast entgangen.

15

Mit einem plötzlichen Schrei gab Jeremy Fersengeld. »Lauft, lauft!« schrie er ihnen zu.
Verblüfft sahen sie sich um. Da war nichts.
Dann blickte Denise nach oben und wimmerte.
Dämonen fielen herab, als wären sie erneut aus dem Himmel vertrieben worden, obwohl es dort oben kein Anzeichen eines Himmels gab, sondern nur sternenbesetzte Dunkelheit.
Metallteufel, Cyborgteufel, mit visierbewehrten Helmen, aus denen Antennen sprossen, dünnen Stahlarmen, die beladene Netze umklammerten, geschwollenen blauen Bäuchen und zusammengefalteten Schmetterlingsflügeln. Ein halbes Dutzend fiel schnell herab. Plötzlich öffneten sich ihre Flügel – Zitronenfalter, gefleckt mit falschen Augen wie Pfauenfedern – und erzeugten im Zusammenspiel mit der Luft dröhnendes Knallen. Zuckend schissen die Geschöpfe, luden Ballast ab. Ein stinkender Regen fiel.
»Lauft!«
Der Durchfall der Dämonen wurde zu riesigen Wogen erstickenden Gases verwandelt, als er auf den Boden und die vier Fliehenden klatschte.
Keuchend, die Augen von Tränen blind, rannte Sean... direkt in ein Netz, das sich um ihn schnürte. Als er auf Eisenboden krachte, riß ihn das Netz wieder in die Luft, heraus aus den Wolken von Tränengas. Er rang nach Atem. Noch halb blind starrte er durch das Netzgeflecht auf schwankenden Boden und schlingernden Himmel.
Drei weitere verschnürte Bündel drehten sich unter aufsteigenden Teufeln, die sich trillernd untereinander verständigten – ein unverständlicher Hochgeschwindigkeits-Datenaustausch. Langsam flogen die Dämonen einen weiten Kreisbogen mit dem fernen weißen Hügel als Zentrum.
Dann tat sich ein weiter Krater auf, von Feuern tief in seinem Innern

trüb erleuchtet. In dem flackernden Licht waren Maschinen und Geräte zu sehen. Aus der Tiefe drang ein leises, irres Kreischen in die Höhe, immer wieder.

Der Helmkopf tauchte zu Seans Kopf herab. »Willkommen bei der Nahrungsprüfungseinheit«, gluckste er. »Was sollen wir als erstes prüfen? Deine Hoden, vielleicht? Uns entgehen *so* viele Pilger auf ihrem Weg zur Tafel des Meisters. Aber ihr rocht ziemlich ... unvorbereitet, von weit weg. Ungebrüht, ungewürzt, ungefüllt, noch nicht weich geklopft. Das werden wir korrigieren, vielleicht zu Beginn mit einem Spieß in deinem Rektum.«

Der Dämon faltete seine Flügel zusammen und stürzte wie ein Stein in die Tiefe. Nur wenige Zoll über dem Boden öffneten sie sich mit trommelfellzerreißendem Lärm. Das Netz öffnete sich.

Weitere Dämonen – flügellose, belebte Rüstungsteile mit Dreizacks im Griff der Kettenhandschuhe – schlängelten sich heran. Als sie ihre Gefangenen mit Stichen und Stößen auf die Füße brachten, sah Sean die Quelle des Kreischens.

Hinter einem offenen Ofen, der so groß war, daß man darin umhergehen konnte, war ein Mann auf ein kompliziertes, aufrecht stehendes Gestell gespannt. Sein Körper war widerwärtig lang. Selbst seine Finger und Zehen waren durch verschiedene Flaschenzüge ausgerenkt und auf doppelte Länge gezerrt, und sein Hodensack war ein langer Gummischlauch, der in einem Schraubstock steckte. Ein Stahlmann mit einem Tierkopf – eine lange Schweineschnauze, feuchte, kleine Augen und spitze haarige Ohren, auf denen eine Kochmütze thronte – schabte mit einem kleinen Silberlöffel in seinen Hoden, während der Mann laut aufschrie. Andere Stahlmänner mit Schakal- und Adlerköpfen kosteten von anderen Körperteilen: der freigelegten Leber, den Augäpfeln, den enthäuteten Schinkenstücken. Sie nickten wie Feinschmecker und spuckten die Teile, von denen sie gekostet hatten, in große silberne Spucknäpfe, die rings um das Gestell standen.

Der Dämon mit den Schmetterlingsflügeln näherte sich Sean. »Plötzliche Erregung hat auf die Qualität der Speisen unseres Meisters eine schrecklich ungünstige Wirkung. Das Ergebnis ist bleiches, weiches, blutleeres Fleisch. Eine schlaffe Masse! Muskeln werden in Sauerstoff schwächlich, Glykogen spaltet sich zu Milchsäure. Seine Mahlzeiten sollten einige Zeit vor dem Tod unter Belastung stehen, um diese nachteiligen Folgen zu vermeiden.« Er keckerte metallisch. »Die Hölle existiert, um das Fleisch derjenigen zu präparieren, die sich ihm darbieten, aber trotzdem haben es einige Narren sehr eilig. Unser

Meister besitzt einen höchst sensiblen Geschmackssinn. Wir müssen ihn vor Unappetitlichem bewahren.«

»Un-Unsinn«, stotterte Jeremy. »Eure Bande habe ich noch nie gesehen. Ihr seid Freibeuter, Einzeljäger. Ihr habt kein Recht dazu. Teufel!« kreischte er, als würde der Teufel selbst einen langen Arm über die Kraterwand strecken, um ihn an die Sicherheit seiner Brust zu holen.

»Un-Unsinn muß Sinn sein«, verspottete ihn der geflügelte Dämon. »Wir möchten alles über Fleisch lernen; für den Tag, an dem wir auch Fleisch werden. Das willst du uns doch nicht nehmen, oder? Willst du etwa unsere Entwicklung hemmen?« Wütend stampfte der Dämon mit dem Fuß auf.

»Diese Dinger sind wahnsinnig geworden. Der wirkliche Teufel ist um einiges vernünftiger...«

»Viel zu vernünftig«, kicherte der Dämon. »Genau wie ihr. Ihr werdet ihm Verdauungsstörungen bereiten.«

»Wahnsinn ist Vernunft«, plärrte ein anderer. »Vernunft ist Verdammnis.« Er packte Jeremy bei den Handgelenken und schleifte ihn fort. Andere Dämonen behandelten Sean, Muthoni und Denise auf die gleiche Weise. Für ihre Größe waren sie unglaublich stark. Gegenwehr war sinnlos, genausogut hätte man sich dagegen stemmen können, von einem Pferd fortgezogen zu werden.

Die Dämonen zerrten ihre Gefangenen an dem Ofen und dem Gestell vorbei zu einem Berg riesiger Küchenutensilien – Fleischwölfe, Zuschneider, Schneebesen, Vorlegemesser, Geflügelzange, aufklappbare Lebkuchenformen, Teigrollen, Zitronenpressen, Siebe –, die jetzt die Dimensionen gräßlicher Folterinstrumente annahmen. Ein großer Fleischzerkleinerer, ein Fettschneider und ein Wurstkocher, alle dampfgetrieben, standen vor diesem Berg. Ein Stahlmann mit einem Ziegenkopf, der jetzt, wie die anderen Tierköpfe, eine organische Kopfmaske zu sein schien, ein protoplasmisches Gewächs um das Metall im Inneren, vielleicht aus Teilen menschlicher Körper gebildet, kletterte den Gerätehügel hinauf und rutschte auf einer Lebkuchenform wieder herab. Jeremy schnatterte ängstlich, als die Dämonen ihn hineinquetschten, den Deckel zuschlugen und so lange darauf herumtanzten, bis er dicht schloß. Dann trugen sie ihn zu dem Ofen. »Rennt, rennt, so schnell ihr nur könnt!« sangen sie dabei.

Ein geflügelter Dämon packte Denises Haar, während ein anderer mit einer Auswahl großer und kleiner Scheren den Hügel hinabrutschte. »Zu viele Anhängsel!« schrie er. »Ab mit dem Haar, dann mit den

Fingern, dann mit den Zehen! Dann die Zunge und die Brüste! Die Ohren geschoren, schnipp-schnapp, Nase ab! Dann ein Wickel, und fertig ist der Rollbraten. Vollkommenheit ist eine *Kugel.*«
Ein anderer zwickte Muthoni mit Metallklauen, daß ihr Blut floß. »Ich wittere schwarzen Pudding!« schrie er. »Aber zuviel weißes Fett dazwischen! Ist es ein weißer oder ein schwarzer Pudding?«
Er griff nach Sean und zwackte sein Gesäß. »Weißer Pudding in schwarzer Haut? Sünde! Wir müssen eure Häute tauschen.«
Sean biß sich auf die Lippen. »Wie könnt ihr euch entwickeln, wenn ihr so grausam seid?« rief er. »So könnt ihr euch nicht entwickeln. Ihr werdet nie zu leben lernen.«
Der Dämon mit den Scheren hielt inne. »Oho, der Pudding will diskutieren! Dann löse mir dies Rätsel, du Würstchen in falscher Haut: Was ist das einzige Ding im Universum, das willentlich und wissentlich grausam ist? Ist es nicht der *Mensch,* Mann und Frau? Wenn wir also willentlich grausam sein können, werden wir endlich *Menschen* sein! Ha!« Mit schnellen Schnitten trennte er Denises Goldhaar ab und stopfte es in ein Loch in seinem Visier. Von einer Öffnung auf der anderen Seite schlängelte sich ein langer, goldener Faden heraus. Den Golddraht, der vorher ihr Haar gewesen war, schlang er um ihren Körper und fesselte sie. Er riß ihr Bein hoch, so daß sie zu Boden stürzte, schnippte einen kleinen Zeh ab und reichte ihn dem Ziegenkopf zum Kosten. Denise verlor das Bewußtsein oder war bereits durch den Sturz ohnmächtig geworden. Verärgert ließ der Dämon eine Zeitlang von ihr ab.
»Könnt *ihr* Schmerzen fühlen?« schrie Sean. »Könnt ihr das? Ich frage euretwillen nach einem Grund! Ihr seid hier die Opfer, nicht wir.«
Der Dämon hielt ihm die Schere vor die Nase. »Was ist?«
»Es ist unsere Pflicht, euch zu helfen, weil wir euch einst gehemmt haben. Wir haben euch nie das volle Leben gegeben. Denise hätte dir das sagen können, aber du hast ihr den Zeh abgeschnitten. Hör mir zu: Ihr versteht die Schmerzen nicht.«
»Wir wissen, wie man sie erzeugt.« Die Schere zwickte seine Nase, schnitt aber nicht. Der Druck ließ nach. »Fahr fort!«
Was konnte der Zweck von Schmerz sein? Ein Stimulus, vielleicht? In panischer Angst improvisierte Sean.
»Es gehört zur Natur von Lebewesen, Schmerz zu vermeiden. Schmerz zwingt sie zu Handlungen, die den Schmerz ausschalten. Aber eigentlich wollen sie nichts tun, sie wollen nur beständig und ru-

hig sein. Die Vermeidung von Schmerz ist eine negative Rückkopplungskontrolle, kybernetisch gesehen. Man hat Hunger, also ißt man, dann hat man keinen Hunger mehr. Aber das ist alles. Die Natur mag keine großen Veränderungen, sonst gäbe es keine Stabilität. Vermeidung von Schmerz ist die Vermeidung überschneller Entwicklung. Ohne Schmerz...«

Die Schere zwickte fester. »Also tun wir euch einen Gefallen.«

»Aber euch selbst nicht«, stöhnte er.

»Wie ich höre, gibt es in anderen Gegenden des Planeten eine Menge evolutionärer *Vergnügungen*«, schaltete sich ein anderer Dämon ein. »In Gegenden, die wir nicht betreten dürfen.«

»Vielleicht könnt ihr dorthin, wenn ihr selbst Schmerz kennenlernt«, sagte Sean verzweifelt. »Nicht den Schmerz anderer, euren eigenen!«

Ein erneutes Zwicken, salziges Blut rann über Seans Lippen. »Wie sollen wir ihn kennenlernen, wenn nicht durch solche Tests wie bei dir jetzt?«

»Programmiert euch neu, wenn ihr könnt, damit ihr Schmerz fühlt! Seht in euch hinein. Ihr habt etwas übersehen. Vielleicht ist bei euch eine Schraube locker.«

Ein gurgelnder Laut kam von Muthoni. Ein Laut der Agonie? Die Augen verdrehend, konnte er sie trotz der Schere an seiner Nase sehen. Sie unterdrückte ein irres Lachen. Der Dämon, der sie hielt, legte eine Klaue auf ihre Brustwarze. Der gurgelnde Laut wurde zu einem schrecklichen Schrei.

»Moment«, sagte der andere Dämon nachdenklich. »Jetzt erinnere ich mich an etwas.« Er löste den Scherengriff von Seans Nase, so daß das Blut jetzt ungehindert floß. »Hemmschaltkreise, meine Brüder. Gebt einen Null-Komma-fünf-Mikrovolt-Stoß über Alpha achtzehn, tau-fünfzig-drei!«

Plötzlich knurrten die beiden Dämonen laut. Sie ließen Sean und Muthoni los und wichen voreinander zurück. Muthoni sackte zusammen, fand aber ihr Gleichgewicht wieder. Blut tropfte von ihrer Brust. Immer noch knurrend – das Geräusch war jetzt fast jenseits der Wahrnehmungsgrenze, ein ohrenbetäubendes Kreischen –, wichen alle Dämonen voreinander zurück. In wilder Flucht entfernten sie sich von den anderen. Der Krater war ein Tollhaus. Sean hievte sich Denise mit einiger Mühe über die Schulter, ihr geschorener Kopf baumelte auf seinem Rücken.

»Was ist mit Jeremy und dem Mann auf dem Streckgestell?« Mu-

thoni lief um den Ofen zu dem unbeachteten Gestell, Sean taumelte hinter ihr her. Sie drehte kleine Räder an der Seite des Rahmens und löste die schreckliche Spannung. Der Gefolterte fiel zu Boden und kreischte gellender denn je. Er wand sich zuckend wie ein Nest voller Schlangen. Sie beugte sich über ihn und versetzte ihm einen harten Handkantenschlag in den Nacken. Er lag still. Tot? Sie hoffte es. Dann rannte sie zu dem Ofen, wo die Lebkuchenform sich erhitzte, und stürzte blindlings hinein. Ihre Haare und Augenbrauen wurden versengt, als sie die Form aufriß und Jeremy mit einem Griff unter die Achselhöhlen herauszog. Er hatte bereits eine gewisse Ähnlichkeit mit einem Lebkuchenmann, war aber noch bei Bewußtsein. Sie richtete ihn auf. »Lauf, lauf!« schrie sie ihm ins Ohr. »Sie können dich nicht fangen.«
Über ihnen jagten Dämonen im Zickzack durch den Krater hin und her, wie die Wellen auf einer Braunschen Röhre.
»Dort entlang!« Sean zeigte auf eine Reihe von hohen Stufen, die in die Kraterwand gemeißelt waren.

Der Aufstieg war scheußlich. Auf halbem Weg erlangte Denise das Bewußtsein wieder und schlug um sich. Sean wurde fast hinabgestürzt. Er setzte sie ab und beruhigte sie.
Schließlich waren sie oben und blieben dort eine Weile liegen, bis ihre Höllenkörper wieder zu Kräften gekommen waren. Ab und zu floh ein Dämon an ihnen vorbei, der ebenfalls die Stufen genommen hatte. Aber keiner beachtete sie, jeder war nur versessen darauf, eine möglichst große Entfernung zwischen sich und seine Genossen zu bringen. Hätten es sich die Dämonen anders überlegt, hätten sie nichts unternehmen können.
Schließlich verschwand das schrille Kreischen in der Nacht, als die letzten Dämonen den Weg aus dem Krater hinausgefunden hatten. Allmählich erholten sich die vier Menschen. Denise lag still da und streichelte ihren kahlen Kopf und den Zehstumpf; beide schienen ihren Jammer gleichermaßen zu nähren...
»Wir dürfen nicht zu streng über die Maschinen denken«, sagte Jeremy nach einiger Zeit. »Sie tun, was sie tun müssen. Aber ich habe sie nie in Gruppen zusammen gesehen.«
»Sollen wir ihnen auch noch die andere hinhalten?« knurrte Muthoni. Sie zeigte ihre Wange: Dämonenklauen hatten sie blau verfärbt.
»Wir kühlen sie«, sagte Sean und berührte sie sanft mit den Fingerspitzen, streichelte sie. »Wir müssen hier weg.«

Denise setzte sich. »Sean hat recht. Was immer diese pervertierten Maschinen taten, es war eine... eine ihnen gemäße Perversion. Ihr Weg. Unser Weg. Der Weg existiert noch. Der gute Weg.«
»Die Einbahnstraße?« Plötzlich strahlte Muthoni sie an. »Ich werde ihm folgen.«

16

Das weiße Gebilde wuchs und wurde für Muthoni und dann auch Denise deutlich erkennbar. Ein klagender Laut kam aus seiner Nähe. Denise kam humpelnd gut voran, und auch Jeremy hielt mit – auch wenn er mit extrem gespreizten Beinen ging, als hätte er zu lange im Sattel gesessen. Hunger und Durst waren jetzt das größte Problem. Die Hölle zerstörte, aber sie heilte auch. Fast hatten sie ihre Unerschrokkenheit wiedergefunden, wenn sie auch leicht verzagt auf das Kommende warteten. Muthoni pfiff sogar ein Lied, kurz darauf fiel Denise ein.
Hier war ein riesenhafter Kromlech, der erste, auf den sie in der Hölle gestoßen waren. Vielleicht der einzige? Ganz gewiß war er die einzige Erhebung, die sie bisher gesehen hatten, die an die Gebäude des Gartens erinnerte, wenn auch in einem trostlos pervertierten Stil; die einzig erkennbare Verbindung zur metamorphen Seligkeit der Tageshemisphäre.
Die ausgebleichten Pfeiler waren zum Teil steinerne Beine mit eindeutig erkennbaren Knien und Schenkeln, zum Teil versteinerte Baumstämme mit Ästen, die nach oben ragten und einen eiförmigen Körper trugen. Diese Bein-Bäume ragten wie zwei mit Kröpfen versehene Masten aus den Planken zweier Holzboote, die in einem kleinen gefrorenen Bergsee vom Eis eingeschlossen waren: eine Eis-Anomalie inmitten dieser heißen Wüste.
An seinem dicken Ende war das steinerne ›Ei‹ offen. Laternenlicht fiel hinaus, drinnen bewegten sich Menschen. Eine weiße Flagge mit dem Bild eines rosaroten Dudelsacks darauf flatterte über der Öffnung, zu der eine lange Leiter hinaufführte, die unten im Eis eingefroren war. Eine der tapferen Maschinen, mit einer Armbrust bewaffnet, bewachte die Leiter. Trotzdem kletterte eine Gestalt, einen Pfeil im nackten Gesäß, so schnell sie konnte hinauf. Der Mann zog sich über den Rand der Eierschale und fiel hinein...
Aus dem anderen Ende des Eikörpers ragte ein monumentaler Stein-

kopf. Sein fossiles Gesicht starrte über den zugefrorenen Teich. Als Hut trug der Steinkopf ein dünnes Mühlrad, an dessen Rand ein Pinguin mit einer nackten Frau tanzte; die Musik dazu kam aus dem riesigen Dudelsack, der den Hut krönte. Aus ihm drang das pfeifende Geräusch, das sie vorher gehört hatten. Der Dudelsack spielte sich offenbar selbst, das Mundstück baumelte ein ganzes Stück über den Steinlippen. Dennoch schien es zwischen diesen Lippen und dem Dudelsack eine enge Beziehung zu geben. Durch eine merkwürdige akustische Verschiebung schien das klagende Geräusch aus den Lippen zu kommen.
Sean erkannte die versteinerten Gesichtszüge sofort. Sie gehörten Knossos.
Für immer stumm, oder auf illusionäre Weise klagend. Gedämpfter Lärm, Geplapper und wildes Gestreite, drangen aus dem zerbrochenen Ei. Jetzt, da sie näher waren, erkannten sie in seinem Innern eine Schenke: Tische, Bänke und Fässer, Krüge und Humpen. Zecher. Seans Durst stieg ins Unerträgliche. Er konnte kaum sprechen, so waren Kehle und Lippen ausgedörrt. Und dieser Durst konnte nur in dieser Schenke gelöscht werden.
Krächzend wies er auf die Leiter. Der Maschinenwächter beobachtete ihn mit seinem Kameraauge.
»Wir wollen hinauf«, brachte Sean heraus.
»Nur zu«, meinte die Maschine einladend und spannte ihre Armbrust.
Nachdem es ihm einmal zu sprechen gelungen war, lösten sich seine Lippen und wurden feucht. »Aber wir wollen nicht von dir beschossen werden.«
»Warum wollt ihr hinauf? Der Geselligkeit wegen?«
Der Zwang, sich in ein Zechgelage zu stürzen – ganz gleich, aus was sie das Bier oder den Wein brauten, egal, wie höllisch der Kater danach wäre –, war überwältigend; der Zwang, sich auf eine Bank zu hokken und bis in den Tag hinein zu reden... obwohl die Nacht endlos war. Sean unterdrückte seine Begierde, obwohl das so anstrengend war, wie Wasser aus dem Stein zu quetschen, zu dem sein Körper inzwischen geworden war. Und über ihnen heulte der Dudelsack noch lauter, der Ruf eines Muezzin von einem Minarett der Zecher.
»Leeres Geschwätz bringt niemanden weiter«, krächzte er. »Geräusche, leere Geräusche. Das ist es, was der Dudelsack hervorbringt. Ich will oben auf die Scheibe steigen.« (Obwohl das Pfeifen dort oben betäubend sein würde.) »Ich will das Gesicht aus der Nähe sehen.« (War

ein Teil des Bewußtseins von Knossos in jenem steinernen Ozymandias – dem Höllenwächter – eingeprägt, während er in seinem fleischlichen Körper durch den Garten streifte?) »Ich will sehen, wo der Teufel ist!«

Die Maschine betrachtete ihn ganz genau.

»Wie kann ich ein Mensch werden?« fragte sie.

»Das also ist heute die Parole?« höhnte Muthoni. »Das habe ich doch schon einmal gehört.« Die Kamera schwenkte.

»Meine Frage war ernst gemeint.«

»Hör mir mal zu, du wackere Maschine: Ihr seid alles Abkömmlinge des Computerhirns des Sternenschiffs *Kopernikus,* richtig?«

»Korrekt. Aber wir haben uns entwickelt. Wir sind getrennte Wege über die Seen und Ebenen der Hölle gegangen.«

»Und warum verbindet ihr euch nicht wieder miteinander? Du wirst kein Mensch werden, aber du wirst du selbst sein. Endlich dein eigenes Ich.«

»Wir dürfen unsere Schaltkreise nicht verknüpfen, wir müssen uns voneinander entfernt halten. Wir... stoßen einander ab. *Durch Menschen* müssen wir leben lernen.«

»Deshalb sind die Freibeuterdämonen also in alle Winde geflohen«, sagte Sean. »Kapiert – zusammen zu sein, *schmerzt* sie. Aber dieser Bande war die Hemmschaltung verlorengegangen. Oder sie leiteten den Schmerz in andere Wesen, sie löschten ihn aus, indem sie sich an deren Schmerz ergötzten... Aber das ist die einzige Art, die... Oh, was haben wir getan? Nein, sie waren hoffnungslos verdreht.«

»Hör mir mal zu«, sprach Muthoni den Wächter grinsend an.

»Bitte nicht, Muthoni«, bat Denise. »Wer, glaubst du, daß du bist? Sancta Muthoni, Die Maschinenschlächterin? Denk an den Schmied! Du hast ihn zerstört. Wir können andere... Geschöpfe nicht mit ein paar heimtückischen Ratschlägen lenken.«

»›Nur was sich selbst zerstören kann, lebt wirklich.‹ Ist das nicht einer der Glaubenssätze? Woher wissen wir denn, ob wir dem Schmied nicht zu einem neuen Körper verholfen haben, einem organischen? Na los, beweise, daß wir es nicht getan haben! Wenn Gott dafür sorgt, daß *wir* nicht ständig vernichtet werden, glaubst du, Er läßt dann diese Maschinen, mit denen Er sich soviel Mühe gegeben hat, einfach auslöschen?« Muthoni wandte sich an die Maschine: »Ihr Maschinen müßt euch alle vereinen, wieder zusammenkommen, und alles einbringen, was ihr gelernt habt. Wenn es zwischen euch Abstoßung gibt... nun, ihr seid entrückt von uns, die euch erfunden haben!

Hölle ist eben ein Platz der Entrückung. Gebe deine Entrückung auf, wackere Maschine, und du wirst weder Mensch noch Gott werden. Aber du wirst etwas anderes *werden:* ein neues Geschöpf.« Sie zwinkerte Denise zu. »Du wirst das Geschöpf werden, zu dem wir dich gemacht hätten. Wir haben es nur nicht getan, weil wir eifersüchtig darauf waren, daß ihr unabhängig von uns werden würdet. Wir haben euch nicht voll erschaffen, deshalb seid ihr heute halblebendig. Auf der Suche nach Seelen, indem ihr Nadeln in uns bohrt. Wir hätten euch zu vollem Leben erschaffen können. Jetzt habt ihr die Gelegenheit«, und sie zwinkerte Sean zu, »zur Reintegration.«

Da kam Sean ein Gedanke. »Sag mal, Maschine, warst du früher Teil der Datenbänke der *Kopernikus?*«

»Diesem Stadium sind wir entwachsen.«

»Aber du kannst dich noch erinnern?«

»Wir haben drei Zugangsstufen zu den Erinnerungen. Sie wurden kopiert und ausgeteilt, aber nicht alle für jeden. Das ist ziemlich unbedeutend, verglichen mit dem, was wir jetzt sind und was wir sein wollen – lebende Wesen.«

»Erinnerst *du* dich an vieles aus den Datenspeichern der *Kopernikus*?«

»Gewiß. Dies war die Grundlage unserer Kenntnis des Menschenlebens. Aber es kann sich nicht mit den Erfahrungen vergleichen, die ich danach als unabhängiger Operateur gemacht habe.«

»Hast du vielleicht einige der Daten über die Kolonisten etwa in dir stecken?«

»Über siebzehn, aber nur unvollständig. Ich habe sie häufig untersucht, um zu erkennen, was ein menschliches Wesen ist. Ich habe wenig daraus gelernt. Ich lerne mehr, wenn ich Menschen selbst prüfe. Trotzdem bleiben Menschen kaum durchdringlich.« Die Armbrust hob sich, als könnte er die Menschen durch Abschießen eines Pfeils weniger undurchdringlich machen.

»Wenn wir dir sagen, warum du hier bist und wie du mehr wirst, als du bist, wirst du uns dann Zugang zu einer Akte geben?«

»Wessen Akte?«

»Eines Mannes namens Knossos.«

»Sehr unwahrscheinlich, Sean«, sagte Muthoni. »Siebzehn von tausend! Außerdem würde seine Akte wohl kaum die ganze Geschichte erzählen. Einen gläubigen Mystiker – einen Alchemisten – zu einer neuen Kolonie schicken? Niemals. Er muß die Berichte manipuliert haben.«

»Kann sein. Aber welchen Zugang bewacht diese wackere Maschine?« Mit dem Daumen wies Sean zu dem steinernen Gesicht. »Den Zugang dorthin!«
»Ich habe keine Daten über einen Kolonisten namens Knossos«, erklärte der Wächter.
»Schwenke deine Kamera dort hinauf, dort oben ist ein Gesicht. Hast du Fotoaufzeichnungen in deinen Schaltkreisen?«
Die Kamera schwenkte.
»Ja, ich habe ihn. Seid ihr für den Bericht bereit?«
»Sind wir gleich. Seinetwegen bist du hier, Maschine, bist du, wie du bist. Seinetwegen und wegen des Gottes zwischen ihnen.«
»Erkläre!«
»Auf der *Kopernikus* war ein Mann, der diese Vision der Evolution hatte. Er war von der Alchemie – der ›Wissenschaft‹ der Umwandlung – als Mittel zur Evolution besessen. Und er war besessen von den Gemälden eines Malers mit Namen Hieronymus Bosch. Von einem besonders – *Der Garten der Lüste*, flankiert von dem Paradies und der Hölle. Dieses Bild war voller Symbole dieser Wissenschaft: ein verschlüsseltes Abbild tätiger Alchemie. Das fremde Überwesen, das wir Gott nennen, legte diese Vision zugrunde, als Er diese Welt für die Kolonisten umformte. Weil... wenn Er vorhatte, die Oberfläche einer ganzen Welt umzuwandeln, dann war dies die dominante Vorstellung, die er bei den Kolonisten und der Besatzung darüber finden konnte, *wie* man eine Welt macht und was für eine Welt es sein konnte. Der bildete sie entsprechend der alchemistischen Bosch-Vision von Knossos. Wir wollen wissen, *wer Knossos war* und wie er auf die *Kopernikus* gekommen ist!«
»Das wußte ich nicht. Ich weiß diese Information zu würdigen.«
»Die ganze Zeit hast du vor der Statue von Knossos Wache gehalten. Nun lies, wackere Maschine!«
»Der Name, der zu diesem Gesicht gehört, ist Heinrich Strauss. Geboren im Weltjahr 166 in Stuttgart, Deutschland/Europa.«
»Ein *Deutscher!*« rief Denise aus. »Deshalb spielten die Musikanten Opern der Hochromantik! Sein Namensvetter, sein Stolz und seine Freude: teutonische, transzendente Musik!«
»Diplom Universität Heidelberg, WJ 188; Hauptfach Biochemie, Nebenfächer Psychologie, Wissenschaftsgeschichte. Promotion München, WJ 192; Thema der Doktorarbeit: *Die Naturwissenschaft des Mittelalters: eine Einführung in ihre geheime Symbolik.*«
»Geheimnis der Wissenschaft, hm? Er ist unser Mann. Wahrschein-

lich war es eine beachtliche Arbeit, aber doch nur ein Samen, der später voll erblühte. Weiter!«

»Lehrbeauftragter, dann ordentlicher Professor, Universität Zürich, Schweiz/Europa, WJ 192 bis 196 in der Abteilung Entwicklungslehre...«

»Jetzt geht es zu den anerkannten Fachrichtungen.«

»Professor für Theoretische Xenobiologie, Chicago, WJ 196 bis 200. Veröffentlichungen: *Wege der Entwicklung und psychologische Archetypen* (zusammen mit George Boulos); *Ein Modell kybernetischer Evolution: das vollendete Werk von Eugene Magidoff...*«

»Aah«, rief Denise. »Das ist der Mann, der...«

»Genau. Daher die Entwicklung der Maschinen. Die sich außerdem alle in Boschs Gemälde finden – Cyborgs und Roboter und so weiter.«

»*Evolutionsparameter im All: eine Neuanalyse der Tau-Ceti-Sonde ›Genesis IV‹* (zusammen mit Kurt Singer); Autor und Moderator der NBC-Holosendung *Leben ist die Sprache des Universums.* Autor zahlreicher Aufsätze, Liste nicht vorhanden. Mitglied der Telemetrie-Analysegruppe für die Delta-Pavonis-Sonde ›*Genesis VII*‹. Als Kolonist (Kapazität für Ciochemie) für die ›*Exodus V*‹ *(Kopernikus)* freiwillig gemeldet, WJ 211. Ende.«

Sean applaudierte, als die Maschine verstummte. »Ich wette, er war gleichzeitig ein anerkannter Wissenschaftler und ein heimlicher Alchemist. Er muß wirklich an die Alchemie geglaubt haben. Er wollte irgendwohin, wo er Alchemist sein konnte, ohne ausgelacht zu werden. Irgendwo, wo keiner soviel wie er über das allseits geachtete Fach Biochemie wußte, so daß niemand bemerkte, was er nebenbei tat. Er war auf der Suche nach dem Stein!«

»Und jetzt ist er zu Stein geworden«, kicherte Denise.

»O nein! Das *ist* sein Stein. Er ist im Garten und sieht zu, wie seine Menschen verwandelt werden.«

»Hört sich ziemlich extrem an: freiwillige Meldung für den Kälteschlaf und eine neue Kolonie Lichtjahre entfernt«, sagte Muthoni.

»Wahrscheinlich hat er ein paar Beziehungen spielen lassen.«

»Klar, aber *warum*? Nur um in seiner Burg König zu sein? Das ist er jetzt ja. Aber das ist reiner Zufall. Er konnte nicht wissen, daß er auf ein Überwesen treffen würde, das alles für ihn einrichtete. Irgend etwas stört mich an der Sache. Ich nehme nicht an, daß er auf irdische Weise – und ich meine irdisch! – von diesem Gott hier hätte wissen können.« Sie schüttelte den Kopf. »Nein, dies war Zielpunkt drei. Sie sollten nicht einmal direkt hierher fliegen. Dieses Sonnensystem hat noch keine Genesis-Sonde gesehen. Ich schätze, wäre Heinrich Strauss zu einer der anderen Kolonien gegangen, wäre er nichts als ein prominenter Wissenschaftler, der nebenbei ein bißchen mit Retorten und Destillierkolben rumklimpert. Er hat Glück gehabt. Erschreckendes Glück!«

»Wie werde ich mehr als ich bin?« fragte die Maschine ungeduldig.

»Das ist einfach«, erwiderte Muthoni lächelnd. »Du gehst hin und suchst andere von deiner Sorte. Ihr kommt zusammen. Wenn es in euch so etwas wie ein Abstoßfeld oder eine Hemmung gibt, dann *benutzt* sie, um euch zusammenzudrängen. Holt die anderen, um euch zu euch hin abzustoßen. Übereinstimmung der Gegensätze!«

Surrend erhob sich die Armbrustmaschine auf kurzen Beinen und stampfte davon. Muthoni lachte überschwenglich.

»Ich hoffe, wir versuchen ihnen wirklich zu helfen«, meinte Jeremy. »Er beobachtet alles.«

»Die Hölle ist voller Lügen.« Muthoni zuckte die Achseln. »Vielleicht erhält man etwas Wahrheit, wenn zwei Lügen zusammentreffen. Obwohl ich glaube, daß ich ihm wirklich irgendwie zu helfen versuchte. Ab, sehr gut: Muthoni Muthiga, Dr. med., Sonderberaterin bei der Weiterentwicklung von Maschinenparks. Ich schätze, das ist nicht ungewöhnlicher als Professor Heinrich Strauss, Ordinarius der Chemie, durch Gottes Willen Meisteralchemist.«

Sie stiegen die Leiter in die Schenke hinauf. Sie kletterten schnell, für den Fall, daß die Maschine ihre Meinung änderte.

17

Innen schien die Eierschale viel größer, als Sean von außen angenommen hatte. Vielleicht weil es zum ersten Mal war, daß er sich in der Hölle in einem Innenraum aufhielt? Winzigste Details fielen ihm auf, und jetzt nahm er vergrößerte Holzfasern der Bänke und aufgebockte Tische wahr, die von den herabhängenden Lampen geworfenen Holzschnittschatten, die Gewebestruktur von Fässern und Lederflaschen. Ein Dutzend geschwätziger Unterhaltungen drangen gleichzeitig auf seine Ohren ein – ein Durcheinander von Verlockung, Anzüglichkeiten, Beschwingtheit, rauhen Scherzen, die mit grölendem Gelächter aufgenommen wurden. Seine Nase wurde vom berauschenden Geruch vergossenen Weins und dem üppigen Duft von Fleisch, das sich am Spieß drehte (was für Fleisch? Menschenfleisch?), überflutet... und dann mußte er all die Gesichter und Gesten der trunkenen Zecher aufnehmen: hagere Gesichter, pausbäckige, blauhäutige und üppige. Relativ gesehen konnte dies der angenehmste Ort in der Hölle sein. Ein Zufluchtsort im Steinkörper von Knossos, ein blinder Fleck im toten Winkel für Gott oder den Teufel. Aber seine Details überluden ihn, ließen ihn schrumpfen...

Hände zerrten an den vier Neuankömmlingen. Eine Dirne zapfte ein Faß an. Krachend stellte sie ihren Krug auf den Tisch und ließ sich auf Seans Schoß fallen. Ein grinsender Graukopf legte seinen Arm um Denises Hüfte. Ein hochgewachsener Schwarzer – mit orientalischen Gesichtszügen – verbeugte sich trunken vor Muthoni. Fröhlich rutschte Jeremy in eine Bank und leerte einen Becher. Offenbar hatte er seine eigene Warnung vor den Weinen der Hölle vergessen.

Subjektiv dehnte sich die Schenke aus und nahm all ihre Aufmerksamkeit in Anspruch. Nur der Eingang mit seinem Blick in brennende Finsternis und auf sternenbeschienenes Ödland erinnerte sie an das ausgedörrte Land mit seinen Kriegen, seiner Leere und seinen Absurditäten dort draußen. Am anderen Ende der Schenke – wie weit war es entfernt? – führte eine schmale Leiter hinauf durch ein Loch im Dach. Es schien vor allem als Kamin zu dienen und trug den Gestank weinschwangeren Atems und die Dämpfe fettübergossenen Fleischs hinaus.

»Ihr habt's also geschafft«, grinste die Dirne auf Seans Schoß. Sie war rosig, drall und vergnügt. »Willkommen im Gasthaus zum Letzten Halt!« Überschwenglich küßte sie ihn. Es schmeckte wie ein vollkommen aufrichtiger, freundlicher Kuß. Alles an der Schenke schien heiter, wenn auch recht übertrieben.

»Was macht ihr alle hier?« fragte er einfältig.

Sie zwinkerte. »Betrinken uns. Lieben uns. Futtern. Haben unsere Späßchen.«

Durch die Öffnung im Dach drang wimmernde Dudelsackmusik herein und animierte einige Zecher zu einem wilden, stampfenden Tanz.

Sean probierte den Wein. Selbst dieser kleine Schluck ließ seine Sinne rotieren. Seine Kehle dürstete nach mehr. Er trank in tiefen, langen Zügen. Wenige Augenblicke später tanzte er mit der Dirne in hautnaher Berührung. Auch Denise und Muthoni hatten Partner gefunden. Niemand schien sich an ihren Verletzungen und ihrer Kahlköpfigkeit zu stören. Denise hatte ihren fehlenden Zeh offenbar vergessen. Die

Paare fanden sich zu einer Polonaise, die sich zwischen Tischen und Bänken dahinwand. Alle stießen und schubsten einander, bis die Tänzer auf die Bänke oder den Boden stürzten. Einige kopulierten ganz offen, andere krochen unter die Tische. Stimmen verlangten keuchend nach wilderer Musik und stärkerem Wein.
Seans Kopf summte. Er schien nie wieder woanders sein zu wollen. Aber wieso lag er auf dem Boden? Ein Paar Lippen und ein heißer Mund stülpten sich über seinen Penis. Rosy, die Dirne? Ohne hinzusehen, kam er ihren Attacken entgegen.
»Gefangen, gefangen«, jammerte Denise ganz in der Nähe. Dann begann sie, vor Freude zu stöhnen.
»Wassislos?« schnurrte eine hübsche Blondine, deren Finger zwischen Denises Beinen arbeiteten. Ihr Kopf lag an ihrer Brust. »Alles Freunde hier. Alles gute Freunde. Kein Haß. Keiner fühlt irgendwelchen Schmerz...«
Kurz nachdem er den Höhepunkt erreicht hatte, fiel Sean in einen prächtigen Schlaf.

Jemand trat auf seine Hand, das ließ ihn einige Zeit später aufwachen. Schnarchend lagen die Zecher herum. Das Feuer unter den Überresten des Bratens war erloschen. Er hob den Kopf, ließ ihn aber sofort wieder auf den Boden sinken, um seinem Schädel und seinen Augäpfeln einen konkreten Bezugspunkt zu geben. Blinzelnd blickte er zur Seite. Das Mädchen, das ihm auf die Hand getreten hatte, näherte sich auf schwankenden Beinen der Leiter – ungeheuer weit von der Stelle, an der er lag. Dann zog sie sich zu dem Loch im Dach hoch.
»He«, rief er heiser. Der Ruf dröhnte in seinem Kopf.
Aber anscheinend hatte sie ihn gehört. Der Dudelsack war verstummt, es war still. Mitten auf der Leiter verhielt sie. Es war die Blondine, die sich über Denise hergemacht hatte. Mit einiger Mühe zog er sich in Sitzstellung und lehnte den Rücken gegen eine Bank.
»Wohin willst du?« flüsterte er laut. Obwohl es still in dem Raum war, konnte sie die genauen Worte kaum verstanden haben. Mit einem bekümmerten Lächeln winkte sie und verschwand durchs Dach. Den Kamin hinauf. Was mochte dort oben sein?
»Für diesmal ist der Spaß vorbei«, murmelte der orientalische Neger, der am ›Abend‹ vorher Muthoni begrüßt hatte und jetzt mit trüben Augen zwinkerte. »Das ist der Letzte Halt. Natürlich kann man am Letzten Halt ewig halten.« Unsicher packte der Mann nach einer Tischkante, prellte sich aber nur die Knöchel. »Ich habe mächtigen

Durst. Reich mir von dem da was rüber. Teufels Niedergang nennen wir es.« Bei der Vorstellung weiteren Zechens stöhnte Sean, schon die Erwähnung ließ ihn erschauern. Jeremys Warnung bewahrheitete sich, er hatte einen höllischen Kater, aber vermutlich würde Jeremy den auch haben, wenn er erwachte. »Dieses Zeug macht dich sofort an. Das bringt dich sofort auf Touren.« Diesmal begegneten die Finger des Manns einem Humpen. Als er ihn zu sich heranzog, nahm Sean sein Handgelenk mit schwachem Griff.

»Wohin geht sie?« krächzte er. »Warum ist der Spaß für sie vorbei?«

»Tja, sie hat sich hier durchgefressen, -gesoffen und -gefickt. Das wirst du auch. Du mußt richtig auf Touren sein, um dem Teufel entgegenzutreten. Sei bitte so nett und laß mein Handgelenk los! Hier sind wir alle Freunde. Ich frage dich, wer sonst in der Hölle hat Freunde?«

Seans Griff war ohnehin nicht kräftig. Er ließ los. Der orientalische Neger schluckte einen halben Humpen Wein, er blühte sofort auf. »Wir sind alle durchgekommen. Deshalb. Deshalb sind wir Freunde. Wir stehen alle am Rand.« Er rappelte sich hoch, um sich ein letztes Stück Fleisch zum Frühstück abzuhobeln.

Kauend redete er weiter. »Siehst du, der Teufel hat enormen Intellekt. Er bringt dich ins Schwitzen und analysiert alles mögliche. Er ist der große Hirnprüfer. Besoffen und mit einem Riesenkater, so kommst du am besten zu ihm. Rutsch durch sein Maul, während er dir Fragen stellt. Er will einfach alles wissen. Scharf wie Senf ist der alte Knabe. Natürlich kannst du versuchen, ihn mit eigenen Waffen zu schlagen. Hab' ich selbst beim letzten Mal versucht. Der alte Syllogistentrick. Ich sag' dir, der Knabe hat mich ins Schwitzen gebracht. Benutzte halt 'ne andere Strategie. Man kommt nicht durch, wenn man darüber nachdenkt.«

Der Mann hickste, bohrte mit dem Fingernagel zwischen den Zähnen und rülpste. Er hob den Humpen, trank und setzte ihn ab. »Das ist heiliges Trinken, Mann. Kommunion. Zeit für ein neues Gelage. *Joohoo!*« jodelte er. Die herumliegenden Schläfer öffneten langsam die Augen.

Wenigstens war das ein echtes Gespräch mit jemandem in der Hölle, das nicht wie die Musikanten oder die Krieger von monotonen Ritualen gefangen war, dachte Sean. Jedenfalls schien der Mann eine Einstellung zu dem zu haben, was er tat, wie verrückt seine Erklärung auch sein mochte. Es sei denn, die Zechgelage waren auch nur ein Kreisritual.

Der Mann schüttelte sich vor Lachen und leerte seinen Humpen über Seans Kopf aus. Die Dämpfe des vergossenen Weins berauschten ihn, und Sean fühlte, wie sein Kopf frei wurde – frei von Schmerzen jedenfalls, wenn auch nicht von dem ausgelassenen Zechgefühl, das jetzt vollerblüht zurückkehrte.
Aus dem sich entwirrenden Körperwirrwarr blinzelte Denise ihn an.
»*J'ai la gueule de bois*«, stöhnte sie und hielt sich den Kopf.
»Schnüffel an dem Wein, Denise.« Sean zog einen Humpen heran. »Er macht dir den Kopf frei.«
Der Neger kicherte. »Dionysos ist also eine Dame! Wird das eine Party heute!«
Über ihnen begann der Dudelsack versuchsweise zu spielen: der erste Zapfenstreich im Letzten Halt. Schon tranken und sangen die Menschen sich ins Frühstück...
Der Neger quetschte sich zwischen Muthoni und Denise auf die Bank, umarmte beide und grinste Sean breit an.
»Wenn das keine Liebe ist! Ich möchte einen Toast ausbringen. Auf die glanzhelle Dame Dionysos. Und die glanzhelle, oder besser halbhelle... wie war doch gleich dein Name, Schatz?«
»Muthoni.« (Noch verkatert, begann sie sich zu erholen.)
»Die einzigartige Muthoni!« Seine Finger strichen über ihre Haut. »Ich spiele auf den schwarzen Feldern.«
»Du sagst, der Teufel ist ein Intellektueller?« fragte Sean.
»Klar doch. Wenn ich nicht lüge. Aber ich lüge nie, haha. Auf den Teufel? Mag er seine Freude an uns haben! Mögen wir ein leckerer Happen sein!« Er blickte zur Seite. »Allerdings riecht er. Der Weg hinaus ist eine echte Senkgrube. Wascht eure Nasen gründlich in Wein! Wir sind seine Scheiße – und das ist unsere endgültige Anpassung an das organische Tier, das wir sind. O ja, die alten analen Freuden.«
Sean wollte noch etwas sagen, aber die Worte entglitten seiner Zunge. Seine Lippen hätten viel lieber einen Strom von Zoten losgelassen. Viel leichter. *Schiaparelli*, flüsterte er sich selbst zu: ein Gebet in einem Wort, eine Beschwörung. Die allerdings dem falschen Gott galt...
Hier ist der Spaß, dachte er. Und es ist ein heiliger Spaß, wenn man erst einmal sieht, daß er es ist. Nur durch eine dünne Membrane von den Freuden des Gartens getrennt. Nur das Negativ jener Freuden, in Erwartung, ins Positiv verwandelt zu werden. Und hier sind die Menschen, die das letzte Stadium erreicht haben: von dionysischer

Weichheit, nahe beim weichen Stuhlgang des Teufels. Hier in der Schenke unterdrückten sie den Intellekt bewußt. *Weil* der Teufel ein Intellektueller ist. Vielleicht ist dies die Straße derer, die zuviel gedacht haben, die die unbewußten Geschehnisse mit Logik angegangen sind. Jetzt entscheiden sie sich dafür, ihre Gedanken zu ertränken, sie mit Schnaps zu benebeln.
Vielleicht, dachte Sean trunken (wie in einer weinseligen Eingebung), ist der Teufel der Pflichtbewußte und nicht der launische, Knossosgebundene Gott. Der Teufel ist die legalistische, analytische Seite Gottes, ihm entfremdet, weil der ganze Gott ein Paradoxon ist. Also sitzt der Teufel in der Hölle, verschlingt und verdaut Mensch auf Mensch, zermartert sich wie eine der wackeren Maschinen das Gehirn über sie...
Schwankend kam Sean auf die Beine.
»Los!« befahl er Denise und Muthoni. Als er den blöde grinsenden Jeremy sah, rief er ihn ebenfalls. »Wir machen uns auf den Weg!«
»Geh doch zum Teufel!« lachte Muthoni laut. »Ich habe hier meinen Spaß.«
»Genau dorthin will ich. Zum Teufel. Hoch, Doktor Muthiga! Wir sind nur auf der Durchreise.«
»Das mußt du dem Teufel sagen«, schlug der orientalische Neger unter schallendem Lachen vor. »Das wird ihm vielleicht gefallen. Durchreise. He! Ha! Mir gefällt es.«
»Vielleicht tue ich das«, nickte Sean. »Weißt du, wer wir sind? Natürlich nicht. Wir kommen von einem Kontaktschiff – *von der Erde.*«
Perplex starrte der Neger ihn an. »Was ist Erde?« fragte er naiv. Heftig rieb er sich die Stirn, als würde dort jeden Moment ein Geistesblitz einschlagen. »Etwas. Nein. Völlig falsch. *Hier* ist die Erde. Die Erde besteht aus drei Teilen: Paradies, Garten und Hölle. Eines Tages mag die Sonne auf die Hölle schier scheinen, und dann werden auch hier Gärten wachsen.«
»Für was hältst du die Lichter am Himmel?«
»Hmm. Sterne. In einer Kristallkugel um den Tierkreis gesetzt?«
»Sonnen, Mann! Andere Sonnen, weit entfernt, mit Planetenwelten. Eine von diesen Welten heißt Erde. Du stammst von dort.«
»Aha, jetzt hast du selbst eine kleine Teufelei vor. Einer von der diskutierenden Sorte, hm? Damit kommst du nicht weit.«
»Ich verstehe, was du meinst«, seufzte Muthoni. »Okay, auf den Weg! Bevor wir uns vergessen.«
Sean zerrte Jeremy mit einem Griff am Genick hoch. »Du auch.«

Die vier gingen zur Leiter. Freudige Rufe begleiteten sie bei ihrem Aufstieg. Auf den Wellen des Jubelgeschreis stiegen sie durchs Dach.

18

Das kuppelförmige Dach war verlassen. Einen Schritt über ihm klagte der Dudelsack auf der Mühlsteinscheibe. Unter der Scheibe waren die steinernen Gesichtszüge von Knossos sichtbar. Jeremy trat weiter vor zu einer Stelle, wo die Kuppel steiler hinabfiel, und starrte auf die monumentale Skulptur. Das Gesicht war nachdenklich, so als akzeptiere es die Notwendigkeit einer Hölle und bedauere zugleich ihre höllischen Aspekte, die ein Teil seiner selbst waren, mit dem er ins reine kommen mußte, so daß er ihm keinen Schaden zufügen oder ihn verwirren konnte. Die Hölle – der Abfall des Kleinhirns – war ein Fossil geworden, das nun nicht mehr auf der Spitze der Wirbelsäule Kapriolen schlug, sondern zu Stein geworden war; zu *dem* Stein, der jetzt das feste Skelett, die Gründung seiner rätselhaften Aktivitäten im Garten darstellte...

Und das Steingesicht wachte auch noch über etwas anderem...

Jeremy zeigte über den gefrorenen See, in dem die Boote gefangen waren, in denen Knossos' Füße wurzelten.

Vom Ufer stieg das Land an und senkte sich dann in ein rotes Laterittal. Aus ihrer Höhe konnten sie in das Tal hineinblicken, das im Licht eines Feuerofens glomm. Die Szene in dem Tal schien wie durch eine große Linse, die das heiße Tal selbst war, vergrößert.

Sie sahen einen dreibeinigen Thron: ein hoher Stuhl mit Beinen, lang wie Stelzen. Darauf saß ein blauhäutiger, vogelköpfiger Höllenkönig, der einen Kessel als Krone trug – Boschs kanonischer Teufel. Er (oder es?) mußte vier oder fünf Meter groß sein, wenn er (oder es) jemals seinen Thron verließ. Aber konnte er überhaupt hinunter? Seine Füße steckten in Amphoren, Weingefäßen aus Stein, die sorgfältig an der Querstrebe des Stuhls befestigt waren. Unbeweglich saß der Teufel dort wie ein schauerliches Baby auf seinem Töpfchen und leerte seine schlaffen Gedärme in ein klaffendes Loch unter dem Stuhl. Was er – durch einen aufgeblähten Sack aus Darmgasen – in das Loch hinein entleerte, waren Menschen. Die aber nur selten kamen. Obwohl sie lange Zeit durch die vergrößernde Luft zusahen, kamen nur zwei Männer und eine Frau, um mit dem Teufel zu sprechen. Nach einer mehr oder weniger langen Unterhaltung packte er einen Mann und eine Frau mit einer großen Klauenhand, stopfte sie in seinen Schnabel, verschluckte sie und schied sie durch sein unteres Ende wieder aus. Den anderen Mann verschonte er und schickte ihn fort... unverdaulich? Niemand kam mehr, und der Teufel saß allein und fastend in seinem Thronsaal.

»Gottes Rückseite«, murmelte Sean schließlich.

Sie kletterten die Wanten eines der Boote hinab, welche die Baumstämme des Knossos-Kolosses umgaben. Aus dem Boot stiegen sie auf die Eisfläche und schlitterten und rutschten zum Ufer hinüber. Im fahlroten Schein aus dem Tal bestiegen sie die Anhöhe.

Sofort fixierte der Teufel sie mit einem schwarzglänzenden Auge. Als sie langsam auf ihn zugingen, wehte ihnen aus dem Loch unter seinem hohen Töpfchenthron ein chemischer Gestank entgegen: Zersetzung des Fleischs, Verdauung, Auflösung...

Aus, wie sie glaubten, sicherer Entfernung starrten sie zu dem Teufel hinauf. Der Schnabel öffnete sich klackend.

»Du, Jeremy, bist diesen Weg schon gegangen«, zirpte er klagend. »Was kann ich also von dir lernen, außer daß die Operation viele Male vollzogen werden muß, bevor sie Erfolg haben kann? Muß ich für immer hier sitzen? All diese Männer und Frauen, und die Tiere und Fische, die ihnen gewiß folgen werden: oh, mir geht es gar nicht gut. Ich habe Verdauungsstörungen. Nährt mich! Füllt meinen Bauch, nur dieses eine Mal! Bleibt in mir! Das ist doch keine wirkliche Hölle, wenn ich die Seelen, die ich verschlinge, nicht in mir halten kann. Wäre das möglich, könnte ich etwas von ihnen lernen. Ach, man hält mich in Unwissenheit gefangen. Ich darf nicht wissen, wer ich bereits bin. Und war. Und sein werde. Ich Ärmster!«

»Armer, alter Teufel«, bedauerte Jeremy ihn vorsichtig.

Der Teufel hob eine Klaue zu den steinernen Gesichtszügen von Knossos, die über der Anhöhe sichtbar waren. »Dieser Mensch hält mich hier fest und läßt meine Därme erschlaffen. Wenn Ihr vielleicht den Hügel etwas anschütten könntet, damit ich ihn nicht mehr sehen muß? Oder das Eis um die Boote herum auftaut, damit er ein wenig sinkt? Ihr müßt meine mißliche Lage verstehen, Bittsteller. Schließlich bin ich ein sehr humaner Teufel. Nennt ihr mich den Vater der Lügen? Aber was ist eine Lüge? Eine Unwahrheit. Eine Anti-Wahrheit. Mir ist Anti-Wahrheit und Anti-Wissen gegeben, damit Er, welcher ich bin, Mich erkennen kann. Würde ich nur nicht auf immer all diese verdammten Menschen verdauen! Ach, war es früher unkompliziert, bevor es Gut und Böse gab, Reden und Schweigen, rechts

und links, Plus und Minus, Geist und Ungeist – das ganze verdammte Gemenge.«
Sean schaltete sich ein: »Ist diese Welt Gott nicht aufgezwungen worden – von Heinrich Strauss? Aber wie kann man einem Gott etwas aufzwingen . . . ? Vermute ich richtig, daß du Teil des Gottes bist? Ein Teil, der durch Ihn selbst von Ihm entrückt wurde – eine Art Antithese? So daß ich, in gewissem Sinne, jetzt zu dem Gott spreche?«
»Oh, da haben wir ja einen Philosophen zu verdauen. Wer bist *du* denn?«
»Weißt du das nicht schon? Gott scheint uns bisher den Weg geebnet zu haben. Oder Knossos.«
»Tss, soll ich denn alles wissen? Du Tor, ich bin der Vater der Unwissenheit, der Sohn des Chaos. Und was ist Chaos anderes als Informationen, die so durcheinandergemischt sind, daß ihr Inhalt und ihre Struktur nicht mehr erkennbar sind? Aber diskutieren wir! Doch zuerst ein Happen, um meinen Appetit anzuregen.«
Beiläufig, aber ungeheuer schnell, griff der Teufel nach unten. Er packte Denise und steckte sie in seinen Schnabel. Sie wehrte sich, schrie einmal kurz auf und verschwand dann in seinem Magen.
Muthoni und Sean stürzten vor, stießen gegeneinander und wichen schnell zurück, als der Teufel mit der Klauenpranke zu einer Ohrfeige ausholte. Oder wollte er sie ebenfalls fangen?
Wenige Augenblicke später rutschte Denise aus dem Anus des Teufels durch den blauen Gasballon. Die Arme heftig schwenkend, fiel sie direkt durch den Boden der Blase in das dunkle Loch darunter. Zunge und Schnabel des Teufels erzeugten genüßliche Schmatzlaute.
»Hmhm. Ein Geschmack, der meinem Gaumen fremd ist . . . sehr interessant. Nicht so schüchtern, meine Liebe. Der einzige Weg aus der Hölle hinaus führt durch meinen Körper. Und in der alten Anatomie gibt es nur einen Weg. Zumindest hat noch niemand den Hintereingang ausprobiert. Wirklich traurig, wie ihr alle einfach hindurchrutscht! Ich nehme an, deshalb werde ich nicht dick. Schmeckst du auch so fremdartig, meine scheckige Nigredo?«
Muthoni zuckte zurück.
»Tsss, du mußt lernen, verschlungen zu werden. *Ndiyo?*«
»Woher kannst du Kisuaheli? Kannst du meine Gedanken lesen?«
»Ganz und gar nicht. Das habe ich aus der lieben, kleinen . . . Denise herausgeschmeckt. Sie muß ein paar Begriffe von dir aufgeschnappt haben. Ich muß dir etwas erzählen«, zischte der Teufel verschwörerisch.

Als Muthoni sich vorbeugte, schlängelte der Klauenarm sich noch weiter als zuvor nach vorn. Der Teufel hob sie hoch.
»Du hast mir Appetit auf noch mehr Kisuaheli gemacht!«
Der Teufel stopfte Muthoni in sein Schnabelmaul. Wenige Sekunden später fiel sie aus seinem Darm in die Senkgrube hinab, keuchend und entsetzte Blicke um sich werfend.
»Und dich«, wandte er sich an Sean, »behalte ich wohl als meinen Spaßmacher und Hofnarr. Jetzt weiß ich, woher ihr kommt. Ihr seid Eindringlinge, außerirdische Plagegeister. Habe ich denn ein offenes Haus für die ganze Galaxis? Muß sich der ganze Kosmos zu meiner Tür durchschlagen? Muß ich das gesamte Universum in meinen Eingeweiden verarbeiten? Hat es denn kein Ende?«
»Was? Das Universum? Weißt du es denn nicht?«
»Mein lieber Junge, ich bin *unwissend.* Ich verschlinge Methoden des Wissens. Du glaubst, eine Menge zu wissen, hm? Deinen Geschmack habe ich von deinen beiden Freundinnen, die übrigens gar nicht so freundlich sind, wie du glauben magst. Aber trifft das nicht auf jeden zu? Verborgene Abneigungen lauern, Groll und Bitterkeit. Würdest du glauben, daß sie glauben, du seist mitgeschickt worden, um ihre geistige Gesundheit zu überwachen? Sie glauben, du habest sie die ganze Zeit beobachtet und jedes ihrer Worte abgewogen. Denise fürchtet, ihre parawissenschaftlichen Phantasien werden gemeldet. Muthoni ist sicher, daß du sie tief im Innern als Rückentwicklung zur Wilden betrachtest. Deshalb hat sie wie ein Raubtier gewütet, deinetwegen. Warum solltest du den Wunsch haben, diese verkappten Feinde zu begleiten? Weißt du, Sean, was die größte Qual ist? Die Gedanken eines anderen zu kennen! Sie mit einem Zungenlecken zu lesen. Kein Wunder, daß meine Därme schlaff bleiben! Dein Geschmack, hmm... Wie der eines Hirnprüfers! Du denkst zweifellos, du kannst mich wie einen Patienten auf der Couch analysieren.«
»Ich glaube nicht, daß Muthoni und Denise mir mißtrauen. Ein Element des Zweifels mag es geben, aber es ist nicht zentral. Wenn es so schlimm ist, die Gedanken anderer Menschen zu kennen...«
»Ah, die Bürde«, stöhnte der Teufel. »Ich bekomme wirklich Durchfall davon.«
»Wenn es so schlimm ist, dann mußt du ein echter Masochist sein – und ich auch.«
»Verwandte Seelen? Oh, mein Hofnarr! Nur du kannst Witze über den König reißen. Bin ich nicht der König? Bin ich keine religiöse Erscheinung?«

»Du bist Teil eines fremden Überwesens, das zufällig in der Lage ist, ganze Welten umzuformen, zumindest diese Welt hier! Und es kann Seelen recyclen, und es nennt sich Gott.«

»Dann bin ich in der Tat eine religiöse Erscheinung. Verbeuge dich vor mir, mein Narr!«

»Ich sagte, es ›nennt‹ sich Gott.«

»Ist es nicht weitaus besser, einen Gott zu haben, dem man begegnen, den man erleben kann, als eine leere Abstraktion, die überhaupt kein Gott ist, sondern nur ein bedeutungsloser Name? Wer kann denn für den Gott selbst Gott sein? Nur Er allein? Wie solipsistisch! Siehst du, Hofnarr, wenn ich Teil des Gottes bin, glaube ich nicht an Gott. Ich leugne ihn.« Der Teufel keckerte fröhlich. »Genau wie du. Also bist du mein Spielzeug. Andrerseits, würdest du ihn in mir verehren... könnte dich das aus meinen Klauen befreien.«

Sean fand, er hätte den Ratschlag des orientalischen Negers in der Schenke zum Letzten Halt befolgen sollen. Der Meister der Lügen spann für ihn ein Argumentationsnetz.

Gierig beugte der Teufel sich vor. »Wie soll deine Verehrung aussehen?«

»Der Geist der Religion, der Sinn für Verehrung und Ehrfurcht, gehört offenbar zum Erbe der Menschheit...« Sean zauderte. Er war sich bewußt, daß er nahe daran war, den Weg durch die Eingeweide des Teufels verboten zu bekommen und statt dessen als Spielzeug hierbehalten zu werden.

»Ist es auch mein Erbe?« fuhr der Teufel hoch. »Ich wiederhole: Wen verehre *ich?* Ihn, der ich bin? Wie kann Gott einen Gott haben? Also gibt es keinen. Doch ich glaube, weil es unmöglich ist.« Der Teufel ließ seinen Schnabel klacken. »Diese Worte sind mir einmal über die Lippen gekommen... auf dem Weg in meine Speiseröhre hinab.«

»Ich werde dir sagen, wen *du* verehren solltest. Weil es genau das ist, was du bereits tust. Du verehrst *uns*. Ja, Teufel, *uns*. Weil wir dein Ganzes zu einem lebensfähigen Gott gemacht haben. Und wie verehrst du uns? Durch ein Sakrament. Indem du unser Fleisch und unser Blut in dein Maul nimmst und sie verwandelst, ihre Substanz in...«

Der Teufel kreischte laut und packte Sean mit der Klaue. Bevor Sean wußte, wie ihm geschah, rutschte er kopfüber in den dunklen Kaumagen. Peristaltische Zuckungen quetschten ihm die Luft aus den Lungen. Er glitt weiter. Er steckte in einer zuckenden Python. Wie ein Säugling, der zur Welt kommt, brach sein Kopf durch das stinkende

Hinterteil. Seine Lungen saugten einen erstickenden Gestank auf, den niemand atmen konnte. Doch er füllte seine Lungen, als sein Kopf in den Furzsack hinabhing.
Seine Schultern wurden eingequetscht. Einen Moment fühlte es sich an, als würde er in den Darm des Teufels zurückgesaugt. Dann fiel er. Sein Gesicht teilte die Membrane des Gassacks. Eine Sekunde konnte er in die Kloake blicken. Das Loch im Boden öffnete sich in Schwärze, in Nichts. Und er fiel in die Schwärze hinein. Weit, weit unten schien ein Lichtschacht zu sein. Aber entweder arbeiteten die Verdauungssäfte des Teufels bereits an seinem Fleisch und lösten es auf, oder die Beschleunigung des freien Falls tat ihre Wirkung. Er verlor das Bewußtsein.

Dritter Teil

PARADIES

19

Mit sanftem Griff hielt eine Hand Denises Handgelenk. Sie fühlte ihren Puls. Oder vielleicht gab sie ihr einen Pulsschlag? Kraft, Wachheit und Leben strömten aus diesen Fingern durch ihr Handgelenk in ihren ganzen Körper.
Sie öffnete die Augen.
Ein Mann in einem rosaroten Umhang beugte sich über sie. Seine Füße waren nackt. Er trug ein lockeres, togaähnliches Leinengewand, das am Hals mit einer Goldbrosche zusammengehalten wurde. Er hatte goldene, schulterlange Locken, einen kastanienbraunen Kinnbart und einen dünnen, herabhängenden Oberlippenbart. Seine Nase war lang, seine Stirn hoch, seine Augen traten ein wenig hervor.
Ein Friedenszeichen oder eine segnende Geste machend, zog Er Denise hoch. Dann ließ Er sie los und ging die Wiese, auf der sie aufgewacht war, hinab zu einem Orangenhain. Sie kniete, wie sie jetzt merkte, auf einer kleinen Erhebung. Hinter dem Hain konnte sie das entfernte Ufer eines Sees erkennen. Silbrige Fäden durchzogen das milchig-blaue Wasser. Etwas Rosafarbenes ragte wie ein Turm empor. Ein langohriger Hase, der munter hüpfte und sprang, verharrte reglos, als Er vorbeiging.
Ihr Körper fühlte sich gereinigt und frisch an. Ihr Primaverahaar fiel wieder golden und lang über ihre Schultern und Brüste.
»Oh«, sagte sie leise und berührte verwundert ihr Haar. Ihr verstümmelter Fuß war... geheilt, der kleine Zeh nachgewachsen.
»Warte!« rief sie dem Fremden nach.
Er wandte sich um und betrachtete sie mit einer gewissen Strenge. Oder war es abschätzend? Bewertete Er sie als potentielle Braut? Wenn Gott sich zum Fleisch herabläßt, wie weit mag Er sich dann herablassen? Vielleicht war Er allein durch die Berührung ihres Handgelenks schon mit ihr vermählt...
»Du«, sagte sie schüchtern und ziemlich verlegen. Sollte sie sich mit ihren Händen bedecken? Wozu? Er hatte ihre Brüste und Schenkel schon modelliert.

»Ich bin Er«, entgegnete er ruhig und setzte Seinen Weg fort. Er verschwand in der Baumwiese.
Dann bin ich Eva, dachte sie. Aber wo ist Adam? Suchend schaute sie umher.
Die Sonne stand auf zehn. Der Morgen des Welttags. Hier war ein Paradiesgarten aus Wiesen, Hainen und Teichen, vielleicht schöner als der Garten, aber ruhiger im Stil: mehr harmonische Pastellfarben als die hellen Tönungen des Gartens. Auch stimmten hier die Proportionen. Denise sah weder Riesenvögel noch gigantische Beeren, bisher wenigstens nicht. Die Morgennebel schienen gerade von der frühen Sonne erwärmt und aufgelöst worden zu sein, aber ihr war bewußt, daß dies schon seit langer Zeit so war. Hier war eher ein Ort der Frische als der Üppigkeit. Sie fragte sich, ob die Geschöpfe kopulierten oder nur spielten... Nein, in der Luft lag ein Duft von Fruchtbarkeit, ein Duft nach neuen Geschöpfen, neuem Leben. Sie nahm einen frischen milchigen Geruch wahr, als flösse Milch aus zertretenen Grashalmen. Die Luft schien von dem See jenseits des Hains herüberzuwehen – nicht der Geruch von Kopulation, sondern von Geburt. Sie starrte angestrengt hinüber. Das entfernte Ufer schien zu... sprudeln, eine Woge hervorbrechender Geschöpfe. Sie rieb über ihren Bauch. Konnte sie auch ein Kind haben? Nein, vielleicht doch nicht. Sie war Sein Kind.
Schnuppernd hüpfte der Hase heran. Feuchte Augen starrten zu ihr hoch. Sie kraulte die langen Ohren. Eine Weile blieb er mit pochendem Herzen bei ihr, dann sprang er plötzlich davon, verhielt wieder und sprang weiter, als wollte er sie führen.

»Hallo.«
Muthoni blinzelte, setzte sich auf und rieb sich die Augen. Ihr Körper war wieder schwarz wie Ruß, die scheckigen Flecken waren verschwunden. Genüßlich ließ sie die Finger über ihre Haut gleiten. Ja, sie war wieder sie selbst. Jeremy seinerseits wirkte jünger und kräftiger, weniger zaudernd und unsicher. Muthoni hatte das seltsame Gefühl, eben erst habe sich jemand verstohlen auf Zehenspitzen davongeschlichen...
Sie befanden sich in einem provisorischen Unterschlupf aus Pfählen und Binsenstroh, der an einer Sandsteinmauer klebte. Vor dieser Hütte schwappte das Wasser eines Opalsees träge an den schmalen Strand. Aus der Mitte des Sees ragte ein schlanker Rokokobrunnen aus rosarotem Porzellan empor. Der Brunnen stand auf einer kleinen

Insel, deren klinkerähnlicher Untergrund mit verschiedenen Kristallröhren und -fläschchen besetzt war. Der Brunnen selbst war mit Blättern, Blütenzweigen und Früchten aus Keramik geschmückt. In den Zweigen hockten ein Fasan und ein Pfau. Dünn wie elaborierte Fechtwerkzeuge schossen Wasserstrahlen in verschiedenen Höhen aus nadeldünnen Öffnungen. Zarte, flüssige Rapiere durchstießen die glatte Oberfläche des Sees, die Kräusel verbanden sich mit den kleinen Wellen, die einige Stockenten im Schilf an der anderen Uferseite erzeugten. Eine Prozession von Geschöpfen kam aus dem Wasser unter einer kleinen, durchlöcherten Klippe herausmarschiert: Frösche, Salamander, Axolotls, Schildkröten. Mit gespreizten Beinen stand ein Reiher über dieser Parade, senkte gelegentlich den Hals, um einen sich windenden Körper zu schnappen und in seinen Schnabel zu befördern: die Endkontrolle? Eine einzige Andeutung des Todes, die das keimende neue Leben in Balance hielt.

Auf der einen Seite der Klippe war ein Orangenhain. Auf der anderen erstreckten sich kurzgeschorene Wiesen bis zu einer Reihe blauer Hügel, die scharf und kantig wie Feuersteine waren. Äsende Antilopen streiften über die Ebene. Ein einzelner Elefant, weiß wie Schnee, wurde von einem großen Affen geritten. Die Ohren schlagend, trompetete der Elefant triumphierend.

Jeremy hielt Muthoni einen Granatapfel entgegen, den er hinter seinem Rücken hervorholte. Sie brach die rotgoldene Schale auf und saugte das süße Fruchtfleisch aus. Die Kerne spuckte sie in den See.

»Gott sei Dank, Obst! Ist es wirklich wahr? Kein Kannibalismus mehr, keine halbverbrannten Hähnchen, keinen rohen Fisch?«

»In der Tat: Gott sei Dank«, nickte Jeremy. Er nahm sich eine Orange, und gemeinsam frühstückten sie.

Sean wurde wach. Wo war er? Er hatte keine Vorstellung. Vor vielen Jahren einmal war er sternhagelvoll gewesen und am nächsten Morgen ähnlich aufgewacht, ohne zu wissen, wo er war. Welche Stadt, welches Land. Ach ja, es war in einem Biergarten in Salzburg gewesen, direkt an der schäumenden Salzach gelegen. Er hatte zuviel getrunken und sich vorgemacht, die Landschaft bilde irgendwie ein Fadenkreuz der Nüchternheit, solange der Sattel zwischen zwei Hügeln in der Ferne und die Spitze eines Hügels dazwischen wie Kimme und Korn hintereinander stehenblieben. Die Erinnerung daran... als jagte man Träumen hinterher, von denen jeder den Schwanz des vorherigen Traums zwischen den Zähnen hielt. Aber es erinnerte ihn daran, daß er sich vor kurzem tatsächlich irgendwo sehr betrunken hatte. Die lange zurückliegende Alkoholamnesie erinnerte ihn an ein anderes amnestisches Erwachen – aus einem sehr kalten Schlaf. Nein, nicht aus dem *wirklichen* Kälteschlaf!

Jetzt jedenfalls war es warm. Wohlig streckte er seine Glieder. Er lag auf weichem Gras unter einem üppigen Baum, der dornige grüne Blätter in Fächerform trug: ein Feigenkaktus, mit einer Palme gepaart... Ein merkwürdig naiver Baum. Um den Stamm und die unteren Äste wand sich eine Ranke, die amethystfarbene Trauben trug. Auf dem Stamm saß eine scharlachrote Eidechse, die ihn anstarrte. Über den Blättern war ein rauchblauer Himmel. Ein Stück entfernt waren Orangenbäume. Ein Seufzen war zu vernehmen.

Wer bin ich? Meine Persönlichkeit entgleitet mir. Wenn ich mich anstrenge, kann ich sie noch erreichen. Nein, eigentlich ist es keine Frage des ›Erreichens‹. Eher des Unzureichenden, ein Rückfall in die Grenzen meines alten Ich, eine Wiederaufnahme jener beschränkten Existenz. In diesem Augenblick vergeßlichen Erwachens bin ich von mir selbst befreit.

Ich träumte... einen lebendigen Traum. O ja, von einem Sternenschiff namens *Schiaparelli;* von der Landung auf einer Welt, welche die tiefsten Seelenbilder ausmalt und sie zur natürlichen Umgebung macht. Mit meinen Freunden wanderte ich über die Tagseite, bis der Tod-der-kein-Tod-war mich ergriff. Ich erwachte in der Hölle. Der Teufel fraß mich. Das alles kann ich zu meiner Biographie machen und wieder jemand Sean Athlone werden... oder ich kann es einfach in einige Sätze einer Sprache fassen, welche von dem-was-ich-noch-nicht-bin spricht. Was habe ich zu dem Teufel gesagt, um ihn dazu zu bringen, mich so brutal durch seinen Körper zu schicken? Ach ja, ich habe ein Paradoxon aufgestellt: daß *er mich* verehrte. Ich bin zu paradoxer Erkenntnis gelangt. Ich sprach die Sprache der Psyche, wogegen ich vorher nur *über* sie sprechen konnte. Jetzt spricht sie mich an und jeden, der hier lebt, stirbt und wieder lebt.

Ein Schatten fiel auf Seans Gesicht. Ein rosagewandeter, bärtiger Mann um die Dreißig – aber nach welchem Zählsystem? – blickte auf ihn hinab. Abrupt setzte Sean sich auf.

Der kastanienbraune Bart war nicht echt. Das Gesicht gehörte...

»Knossos!«

Der Mann schüttelte den Kopf. »Knossos ist mein Sohn. Mein Geist weilt stets bei ihm, der Vogel, der ihn begleitet.«

»Du bist... der Gott? Das Überwesen? Warum ähnelst du Knossos?«
»Ich bin der Aspekt des Gottes, der Gottsohn ist: der Menschensohn. Ich muß dem Menschen gleichen. Gott und Mensch spiegeln einander. Nur auf diese Weise kann ich mich dir zeigen, Sean.«
»Aber Knossos ist in Wirklichkeit Heinrich Strauss. Ein Mann mit einem so mächtigen Wahn, daß...«
»... daß er mich *gezwungen* hat, ihm zu gleichen? Ich höre deine Gedanken, Sean.« Der Gott lächelte gütig. »Schau!« Er beugte sich vor und grub Seine Hand ins Erdreich. Sie glitt hindurch wie ein Messer durch weiche Butter. In den ausgestreckten Händen hielt Er etwas Erde. Er klappte die Hände kurz zusammen und öffnete sie wieder. Auf Seiner Handfläche stand ein Rotkehlchen. Er warf den Vogel in die Luft. Das Rotkehlchen landete auf einem Blatt der Feigenpalme und zwitscherte fröhlich.
Langsam verschwand die Narbe im Gras.
Ein Wunder – oder ein Zaubertrick?
»Wo kam der Vogel her?«
»Von irgendwo in dieser Welt, wo er gerade starb – in den Fängen einer Zibetkatze. Ich bin das umwandelnde Medium, Sean. Meine Knochen sind der *Lapis:* Der Stein. In Meinen Adern fließt *Aqua nostra.* Erfreu dich an Meiner Welt, lerne von ihr!«
»Ich würde gern erfahren, wo *du* hergekommen bist.«
»In weiterem Sinn, bin Ich ein Geschöpf des Ganzen Gotts.«
»In Wirklichkeit bist du gar nicht der Gott?«
»Ich bin es, und bin es nicht. Ich war immer hier, bemerkte aber Meine eigene Anwesenheit nicht, bis eure Menschen, die nun Meine Menschen sind, kamen und Mein Spiegel wurden. Ich, der Ich in diesem Moment mit dir spreche, bin nur Teil Meines Ganzen Ich. Ich habe Mich dieser Ganzheit entzogen, um für dich *zu sein.* Mein Teufel hat sich dem Ganzen Licht noch weiter entzogen, bis in die Dunkelheit hinein. Er ist die dunkle Seite des Spiegels.«
»Hast du überhaupt eine Vorstellung davon, was in der Hölle vor sich geht? Die Schmerzen, der Wahnsinn, die gemarterten, marternden Maschinen!«
»Sean, da Mein Teufel dort ist, bin Ich gewiß auch dort. Wo immer ein Geschöpf ist, bin Ich. Es ist Meine Hoffnung, daß du mich erlöst, durch deine Leiden, deine Freuden und dein Lernen, daß du Mich erlöst aus der Dunkelheit der Materie, die in der Hölle ihren Tiefpunkt und zugleich ihren Wendepunkt erreicht.«

»Du willst... *Hilfe?*« fragte Sean überrascht.
Muß ein Gott notwendigerweise die Wahrheit sagen? Die Wahrheit, heißt das, die anders ist, als Menschen – wie Knossos – sie begreifen können? Knossos war bekleidet, um sein geheimes Wissen zu verbergen, sein okkultes Gewand als Hoherpriester. Auch dieser Gott trug Gewänder, um das leuchtende Wissen vor den Menschen zu verbergen – und *auch vor Sich selbst?* Könnte Er sonst nicht in Fleisch und Blut hier aus Seiner Welt sein? Ich kann zu dem Gott sprechen, sagte Sean, aber es ist nur Gerede. Es ist keine *Einsicht* in das, was unter Gewändern, Haut und Knochen liegt.
Dieser spezielle Gott war ›bestimmt‹ worden, als die *Kopernikus* in die Gottzone dieses Sonnensystems eintrat, hinter der der Rest des Universums lag, auf die solche Bedingungen einfach nicht anwendbar waren...
Geduldig beobachtete ihn Gott. »Mir ist es eine Freude, durch das Paradies zu wandeln und mit Meinen Kindern zu sprechen«, sagte er einladend.
»Brauchst du Nahrung. Ißt du?«
»Ich werde von euch allen genährt, Sean. Selbst von dir, der du erst vor kurzem eingetroffen bist.« Gott schürzte die Lippen. »Nach deinem Erwachen hungerst du nach Energie. Iß, bitte.« Er zeigte auf die Trauben, die von der Ranke um die Feigenpalme weit herabhingen. »Ein Baum des Lebens.« Er pflückte eine Traube und reichte sie Sean.
Das saftig-süße Fruchtfleisch belebte Sean, sobald er es im Mund spürte. Er verschlang Traube um Traube, während Gott ihm bei seinem Mahl zuschaute.
Sean wischte sich den Saft vom Kinn. »Wie war die Welt vorher? Luftleer und öde? Sie ist zu klein, um ihre Atmosphäre zu halten, aber gemessen an der Größe ist die Schwerkraft zu groß. Wie gelingt dir das?«
Gott zuckte die Achseln. »Ich bin nicht... das Ganze, das dies getan hat. Nun ja, es ist geschehen. *Fiat mundus!* Jetzt erhalte ich diese Welt.«
»Wie lange hast du vor, sie zu erhalten?«
»Ein Millennium, natürlich... tausend Jahre. Wieso?«
»Wie kann man die Jahre messen, wenn es keinen Tag und keine Nacht gibt. Wenn beide für immer dauern?«
»Du vergißt, Sean – genau wie Meine anderen Kinder es vergaßen, als sie erst einmal von der Tyrannei der Zeit befreit waren –, daß diese

Welt um eine Sonne kreist. Jede Umdrehung bedeutet ein Jahr. Zeitlos, gewiß, aber dennoch ein Jahr.«
»Bis du bis tausend gezählt hast... und dann?«
»Dann müßte das Werk vollendet sein.«
»Dein Wille geschehe? Oder ist es *unserer?* Eine merkwürdige christlich-gnostische Gottheit gibst du hier im Weltraum ab!«
»Ich spiegele...«
»Ja, Knossos und seine gnostische Alchemie. Es muß einen Weg geben, dich so zu sehen, wie du dich selbst siehst. Das ist das *wirkliche* Werk, nicht wahr? Hinter diese Fassade lebender Symbolik zu kommen. Das erwartest du von uns, weil du hinter dieser Fassade, deiner eigenen Fassade, gefangen bist. Ist es etwa nicht so, fremdes Überwesen?«
Gott wirkte ein wenig aufgewühlt. »Warum nennst du mich so? Es ist gewiß geringer als ein Gott.«
Lief eine Schmerzwoge durch die Hölle, als Sean Ihn erniedrigte? Gott glaubte, Er wäre Gott, selbst wenn Er es am Anfang nicht gewesen war, und als Beweis diente Ihm diese ganze Welt... Wir haben Ihn zu Gott gemacht, also wurde Er einer.
»Du bist Gott, aber das ganze Bild kennst du nicht! Was ist dieses ›Ganze‹? Weißt du es?« (Jetzt preßte Gott die Lippen zusammen, als hinderte ihn ein äußerer Zwang an der Antwort.) »Auf jeden Fall mußt du der erste agnostische Gott sein!«
Sean blickte umher. Ein Pfau pickte auf der Wiese. Der Vogel hob den Kopf, legte ihn schief und breitete seine Federn zu einem zitternden Fächer aus schillerndem Grün und Blau vor Gott aus – und Gott lächelte anerkennend. Ein weißes Lamm blökte beim plötzlichen grünen Sonnenaufgang der Federn.
»Sind meine Freunde auch hier?«
»Ganz nahe.«
»Verglichen mit allen anderen, haben wir sehr wenig Zeit hier verbracht, und wir sind schon zweimal gestorben. *Sie* verbringen Jahre in der Hölle, oder? Willst du etwas Bestimmtes von uns, Gott? Etwas Neues?«
»Du müßtest wissen, was ich will.«
»Bevor ich es dir geben kann?«
Sean blickte in das ruhige, junge, golden gerahmte Gesicht. Er wußte, Er – oder ein größeres Ganzes – war für die Entstehung und die Erhaltung dieser ganzen Welt in ihrer jetzigen Form verantwortlich. Sean verzagte.

»Ich empfehle dir die Orange«, lächelte Gott. Wie ein Oberkellner, der einen Gast ermuntert, zeigte er auf den Hain.
Waren dies die Bäume der Erkenntnis? Von Gott begleitet, schritt Sean auf den Hain zu. Bei den ersten Bäumen pflückte er eine Frucht und aß.
Die Orange schmeckte herzhaft süß, brachte ihn aber keiner Lösung näher. Gab es vielleicht keine Lösung?
»Hebe deine Augen empor zu den Hügeln, von denen die Weisheit kommt!« sagte Gott kryptisch. Und Er ging davon.

20

Zuerst gab es zwei Evas für Adam: eine ganz schwarz, die andere weiß und golden. Zuerst traf Sean auf Muthoni und Jeremy, die es sich neben dem See mit dem Porzellanbrunnen bequem machten. Dahinter streckte sich eine afrikanische Savanne zu den gezackten, schieferblauen Felsspitzen, die wie versteinerte Mäntel, Westen und Jacken am Horizont standen. Eine einzelne weiße Giraffe, deren Kopf wie gemalt wirkte, streifte durch die Savanne. Weiter weg vielleicht noch ein Elefant.
Dann kam Denise durch den Orangenhain zum Seeufer herab.

»Ich habe mit Gott gesprochen. Er will etwas. Aber er kann nicht sagen, was es ist. Zuerst muß ich *wissen*, was es ist.«
Der Teufel hatte Sean verschlungen – und verdaut –, als er angedeutet hatte, daß eigentlich der Teufel den Menschen verehrte. Und der Gott war eingestandenermaßen der Menschensohn. Also: Eine Gottheit, auf schizophrene Weise von einer Horde raumfahrender Neo-Affen gefesselt?
»... deren psychischer Führer Heinrich Strauss war.«
»Hmm, aber ich war der Kapitän«, meinte Jeremy nachdenklich. Sein wiedergewonnenes Selbstbewußtsein schien sich erneut zu verflüchtigen. »Ich bin Strauss nie persönlich begegnet. Ich war der zähe, unbeugsame Kapitän. Früher, jedenfalls. Wie konnte er unser Anführer sein? Und in welcher Hinsicht?«
»Er verstand die Geheimnisse der Psyche. Er drängte seine Vision auf, als der Gott euch alle prüfend untersuchte. Der Urgott, bevor Er zu Sohn, Heiliger-Geist-Vogel, Teufel und sonstwas wurde. Und vergaß, was Er ursprünglich war.«

»Der Gott hat mich von Anfang an auf Strauss' Betreiben degradiert?« Jeremy spuckte einen Orangenkern aus. »Du verstehst diese Geheimnisse auch, was, Sean? Du bist der Hirnprüfer von der Erde. Meinst du, Gott will, daß du Ihn hirnprüfst?«
Sean lachte laut. »Das ist kaum notwendig. Wir finden es überall, wohin wir auch gehen. Nur ist es nicht Sein Gehirn, es ist *unseres*. Diese Welt ist aus unser aller Psyche projiziert. Aber die *Art* der Projektion wird besonders von der Vision eines Mannes geformt. Aber ich bin kein Hirnprüfer, Jeremy. Die maschinenunterstützte rekonstruktive Psychiatrie versiegte einige Jahre nach eurem Abflug. Ich bin ein ›Endopsycher‹, wenn du den Fachausdruck haben willst. Das Terrain des Unbewußten, die ererbten Archetypen. Neo-Jungianer. Mit der Möglichkeit interstellarer Kolonien gewannen wir ganz neue Dimensionen. Wie kann sich das uralte Erbe mit einer fremdartigen Umgebung verbinden? Auf den ersten Blick in dieser Welt wirklich sehr gut. Das Problem ist nur, daß sich das Erbe überhaupt nicht mit der fremden Umgebung verbunden hat. Nein, es hat sich selbst projiziert. Es *wurde* die Umgebung, fast bis zum Ausschluß bewußten neokortikalen Denkens für ziemlich viele Menschen. Sämtliches Zubehör psychischer Reintegration wendet sich selbst weltweit an. Aber schuf Gott dies aus eigenem Willen, oder hatte Er keine Wahl?«
»Gott hat bestimmt, was Er für uns schuf.«
»Wirklich? Oder hat es Ihn bestimmt?«
»Ich versteh' nicht, was an dem Garten so unbewußt ist. Okay, die Menschen haben einiges vergessen – wer sie einmal waren –, und ihr jetziges Leben basiert auf dem Gemälde, das voller Symbolik steckt, richtig? Aber es ist eine Symbolik, die auf Alchemie beruht, und Alchemie ist die Wissenschaft, die Menschen in vollkommene, überbewußte Menschen verwandelt. Diese Welt mag ein Laboratorium sein, aber alles geschieht ganz offen. Die meisten Menschen hier wissen das mehr oder weniger bewußt... Gott ist der umwandelnde Geist. Glaubt ihr, die Menschen arbeiten nicht zusammen, selbst in der Hölle? Sie sehnen sich geradezu danach. Wie gerne würde ich es tun, könnte ich nur die Erinnerung an das, was uns herbrachte und wer ich war, auslöschen!«
So leidenschaftlich enttäuscht hatte Sean Jeremy noch nicht erlebt.
»Könnte ich wirklich ein neuer Mensch werden! Nicht nur der alte, leicht veränderte und in neues Fleisch gekleidete. Nein, das ist eine Lüge. Ich bin nicht durch eine Verabredung zwischen Gott und Knossos erniedrigt worden, das sind paranoide Gedanken. Die feste, un-

nachgiebige Kapitänspersönlichkeit war nur Fassade. Da, ich gebe es zu! Ich habe mich selbst darauf getrimmt, aber es war nicht mein wahres Ich. Es war mein Weltraumpanzer. Oh, ich habe an ihm gearbeitet, an jedem Haken und jeder Öse.« Jeremy lachte albern. »Ein Wunder! Ich kann es zugeben. In der Hölle ist eine weitere Zwiebelhaut runtergebrannt worden. Doch bin ich für immer der Zeuge. Ich bin *Was-war.* Ich werde abseits gehalten.«
»*Du* magst dir bewußt sein, was vorgeht, weil es wohl kaum in dir vorgeht«, entgegnete Sean schneidend. »Vielleicht muß jemand anderes ein Beispiel gewöhnlichen Bewußtseins abgeben. Die anderen leben im Grunde alle unbewußte Prozesse aus, und du wirst mich nicht vom Gegenteil überzeugen – egal, was Loquela, der Hermaphrodit oder sonstwer sagt.«
»Du hast auch eine gewisse Vorstellung von dem, was vorgeht! Damit sind wir schon vier.«
»Sieben«, sagte Sean. »Vielleicht sogar sieben. Vergiß Faraday und die beiden anderen nicht!«
»Ich hoffe, ihnen geht es gut«, seufzte Muthoni. »Ich hoffe, sie sind nicht von einem Löwen gefressen worden. Sie wären jahrelang in der Hölle und würden im Kreis herumlaufen.«
»Für euch ist ja alles prächtig, ihr könnt ja Gott begegnen«, fuhr Jeremy hoch. Eine Welle des Selbstmitleids erfaßte ihn. »Ich bin Ihm nie begegnet. Diesmal habe ich Ihn nur um Haaresbreite verpaßt. Wißt Ihr was? Ich hefte mich einfach wie eine Klette an euch. Wie ich schon einmal sagte: Ihr seid mein Glück.«

Sie gingen durch die Savanne auf die Hügel zu, als ein Leopard aus dem hohen Gras brach und auf sie losjagte.
»O nein, mein Gott!« Jeremy versteckte sich wie ein kleiner Junge hinter Muthoni.
Der Leopard kam rutschend zum Stehen und pirschte knurrend um sie herum.
Mit bewußter Anstrengung (so schien's) bezähmte das Raubtier seine Lippen verzerrende, Zähne entblößende Aggression – das automatische Finale vor dem Sprung – und schnurrte statt dessen laut und wohlerzogen. Der Leopard rieb sich zwischen Muthoni und Jeremy und drängte den Exkapitän von ihr weg. Sobald ihm das gelungen war, legte er dem Mann seine Pfoten auf die Schultern und begann, ihn immer weiter von den andern drei wegzustoßen. Nachdem er eine Weile rückwärts mit dem Raubtier getanzt war, verlor Jeremy das

Gleichgewicht und stürzte ins Gras. Knuffend und schubsend trieb der Leopard ihn wie ein Schaf weiter.
»Geht nur weiter!« heulte er. »Gott will mich nicht dort haben. Ich warte am See. Kommt ihr zurück? Versprecht es!«
»Natürlich!« rief Denise.
»Wenn wir können«, fügte Sean *sotto voce* hinzu.
Seine ganze Würde zusammennehmend, kam Jeremy auf die Füße und rannte mit entschlossenen Schritten zum See. Eine Weile verfolgte der Leopard ihn noch, dann lief er ins hohe Gras und machte ein Nickerchen. Jeremy setzte seinen Weg fort, und sie den ihren.
»Hat Gott den Leopard gelenkt?« fragte Muthoni. »Was hat Er gegen Jeremy?«
»Überall auf dieser Welt sind wir jederzeit in Gottes Gedanken«, sagte Denise ehrfurchtsvoll. »Er muß für Jeremy andere Pläne haben.«
Aus der Luft sprach eine Stimme zu ihnen.
– »*Jederzeit in Meinen Gedanken* ...« Ein Echo, nur war nichts da, was den Schall zurückwerfen konnte. Außerdem waren die Worte verändert.
»Habt ihr das gehört?« rief sie.
»*Zu den Hügeln, von denen die Weisheit kommt* ...«
»Genau das hat er mir vorhin gesagt. Geh zu den Hügeln. Gott!« rief Sean. Keine Antwort, die Worte verloren sich in einem leichten Lufthauch. »Diese Welt ist wie eine riesige Aufzeichnung! Wir werden aufgezeichnet. Er kann uns zurückspielen, Körper und Seele, von der Hölle nach Eden. Wir sind Teil von Ihm, wie alles andere auch. Sie sind alle miteinander verbunden: Menschen, Vögel, Fische... Sie sind alle in eine Art protoplasmischen und psychischen Spülstein getrieben. Wir haben uns in ihm nur noch nicht aufgelöst.«
»Und Jeremy?«
»Jeremy *glaubt* an Gott, mit Ja und Amen.«
»Und wir nicht?« wisperte Denise.
»Er existiert, aber was ist Er?«
»Ein Klump«, sagte Denise. »Das werden wir in den Hügeln finden. Ein fremdartiger Klump, der Gegenstände ins Dasein träumt und Dasein in seine Träume schlingt. Wir werden etwas finden, das seit Äonen auf einer öden Welt hockte, aber nichts verändern und nichts erschaffen konnte, weil es keine Vorlage hatte. Bis Menschen kamen. Dann machte es eine Welt der Alchemie, um Knossos Genüge zu tun. Voll gnostischen Wissens, mit einem Teufel und einem Gott. Weil Menschen ohne Gott nicht auskommen. ›Ehrfurcht‹ ist ein Teil unse-

rer Programmierung, nicht wahr, Sean? Das stammt noch vom allerersten Donnerschlag. Und wenn es übermenschliche Schöpfung gibt, muß man einen Schöpfer haben, sonst ist die ganze Geschichte unlogisch. Aber es gibt wirklich einen Klump.«

Sean kratzte sich am Schädel, seine Kopfhaut juckte. »Wenn Menschen nicht ohne einen Gott auskommen können, und wenn Kapitän Van der Veld, der Ehemalige, für sich sein eigener Gott war – aber ein *falscher* –, dann braucht er wirklich einen Gott, um außerhalb seiner selbst zu existieren. Er braucht ihn jetzt. Obwohl Gott ihn quält wie Abraham, Opfer fordert – alles nur auf den Glauben hin. Er wäre am Ende, wenn er...«

»... einen Klump entdeckte. Was sagen wir Jeremy, wenn *wir* einen entdecken? Wir tätscheln ihm den Kopf und sagen ihm, natürlich gibt es einen Gott. Auch wenn er ein Klump ist.«

»Finden wir's heraus!«

Ein blauer Westenhügel im glattmetallischen Steinpanzer erhob sich kurze Zeit später vor ihnen. Das mußte ihr Ziel sein. Vom offenen Hals des Hügels erhob sich ein Marmorturm mit einer Pfefferstreuerspitze in den Himmel. Der untere Steinknopf der Weste war aufgeknöpft – ein blauer Felsbrocken lag an einer Seite. Eine Öffnung führte in den hohlen Bauch des Hügels...

In dem hohlen Hügel war ein Kirchenschiff aus kaltblauem Stein. Vom Boden zum Dach ragten mächtige Säulen. Es war ein Gebäude, aber zugleich auch eine natürliche Grotte. Durch die Öffnung in dem rippenförmigen Bogendach strömte Morgenlicht hinein. Durch das Dach wuchs der Turm massig wie ein Mammutbaum gen Himmel. Obwohl sie flüsterten, strömte eine Woge von Stimmen durch das Schiff, ein verborgener, wispernder Chor.

Am Ende des Kirchenschiffs hätte der Altar... des fremden Gottes stehen müssen. Dort war tatsächlich etwas: ein Felsbrocken, ein Findling. Langsam gingen sie auf ihn zu. Das leise Klatschen ihrer bloßen Füße klang in den hohen Gewölben wie Flügelschlagen.

Die Kathedrale stand leer. Auf was wartete sie? Auf Betende? Kaum! Jeder ›betete‹ bereits durch das, was er draußen war, durch seine hypnotischen Anstrengungen, den Gott an.

Sean fröstelte. Hier war es, als wäre er wieder im Kältetank. Als wäre er zu mikroskopischer Größe geschrumpft und in einer Kälteschlafbox ausgesetzt worden, die einem Riesen gehörte. Draußen lag die Welt, die keine ›wirkliche‹ Welt war, sondern die Traumwelt des Riesen, sein Unterbewußtsein projiziert in die Realität. Aber der Riese war verschwunden. Hier, unterhalb der Ebene der Projektion, waren sie Zwerge. Fast, nicht ganz. Gab es darunter noch eine Ebene? Eine Krypta, wo Denises allmächtiger Klump saß, die Welt, den Gott und den Teufel projizierte, unfähig, ihnen zu *sagen*, was es war, aber vom Wunsch beseelt, sie möchten es herausfinden.

Niemand kam zu einem Klump und betete ihn an, wenn Gott selbst draußen durch die Welt spazierte. Also blieb die Kathedrale leer.

»Hinter dem Altar«, flüsterte Sean. »Darunter kann eine Krypta liegen – das Herz der Welt. Es will, daß wir es finden, kann sich aber nicht ausdrücken. Draußen *ist* bereits alles ausgedrückt. Aus uns herausgequetscht und zur Form gegossen.«

Diese Kirchenhöhle war vielleicht die erste... Projektion, die erste Blase umgewandelter Materie, die Es in das luftleere Vakuum gehaucht hatte, das ursprünglich den Planeten umgab. Ein Treffpunkt, wo Es sich mit den Menschen der *Kopernikus* hätte einigen können. Doch je näher sie dem Sonnensystem gekommen waren, desto mehr war aus ihren Gedanken herausgefiltert worden und hatte den Gott gefangengenommen. Nein, es zu einem Gott gemacht, einem Gott ganz besonderer Art...

Sie erreichten den Altar. Es war ein großer Auswuchs porösen Tuffs: ein steinerner Schwamm, ein Felsentumor, ausgehustet aus der Kehle des schmalen Tunnels, der hinter ihm in einem Winkel von etwa vierzig Grad in die Erde führte. Die Tunnelwände glühten phosphoreszierend. Als sie hinabstiegen, verengten die Wände sich, als bliebe der Tunnel nur unter Mühen offen, als müßte er sich gegen das Felsgestein stemmen, das mit festem Druck diesen Makel in der ansonsten makellosen Kathedrale auslöschen wollte.

»Eng ist das Tor«, bemerkte Sean.

»Das Tor wohin?« fragte Muthoni.

»Zur Wahrheit? Was Gott ist? Was Gott vergessen hat, was Er ist?«

»Und was, wenn wir es finden? Erfüllt sich dann sofort das Millennium?«

Sean spreizte die Hände und fühlte sich fast wie ein Bischof. Er wich der Frage aus.

»Was geschieht denn am Ende weiterer achthundert Jahre? Ich meine, wird sich die ganze Welt in Denises Klump auflösen? Ein Metawesen? Deshalb will Gott, daß du einsteigst. Er glaubt nicht, daß es ohne ein bißchen mehr psychologischer Lenkung funktioniert, als der alte Knossos beisteuern kann.«

»Hör auf, mich zu hassen!« Gereizt schnippte Sean mit den Fingern.
»Tut mir leid. Daran ist der Teufel schuld, er hat Samen des Zweifels gesät. Der Teufel glaubt nicht an das Werk.«
»Kann er wohl auch nicht. Warum hat man sonst einen Teufel?«
»Der Teufel ist ein Rationalist«, sagte Denise zweifelnd. Sie kaute auf den Lippen. »Diese Sache mit der beschleunigten Evolution, eine Leiter des Fortschritts, auf der sich alles und jeder tummelt, eingeschlossen Fische... nun, es ist ganz nett, aber es ist nicht rational. Es ist keine Darwinsche Evolution. Es ist ein Traum von Evolution. Dieser Traum steckt tief in uns. In mir, das weiß ich. Obwohl es unökologisch ist, weil wir all die Nischen brauchen und die ihnen angepaßten Geschöpfe. Aber der geheime Traum ist noch hier, der Traum eines Ziels.« Sie schlug sich auf die Brust und lächelte schief. »Wanzen gibt es hier nicht, oder? Die Wanzennische ist leer. Es ist eine Nicht-Darwinsche Welt. Muß es wohl sein, wenn ein Gott hier herrscht.«
»Aber Bosch wußte nichts über zielgerichtete Evolution«, gab Muthoni zu bedenken. »Warum das Aufheben um die Fische? Was *tun* sie hier?«
»Er wußte von der Großen Kette des Seins. Sie ist es, plus die ›Fortschrittsideen‹ der Alchemisten, die die Evolutionsvariante dieser Welt in Gang hält...«
»Was für dich verlockend ist. Und für Sean. Jawohl, Sean, der, nach dem du lange genug jagst, um ihm zu gleichen! Wenn du mir den kleinen psychologischen Einwurf verzeihst.«
»Du meinst, ich mache mich selbst zum zweiten Knossos? Oder werde dazu gemacht?«
Muthoni zuckte die Achseln und spähte in den Erdspalt hinab. »Schaurig. Wie der Druck eines Traums.«
»Ein umgekehrter Geburtskanal? Wir sind bereits zweimal wiedergeboren – auf ein Drittes?«
»Ich glaube, ich bleibe hier. Zumindest trage ich im Moment meine eigene Hautfarbe. Ich gehöre zu mir selbst. Das Paradies ist ein netter Ort, genau wie zu Hause. Selbst wenn ein Zeichner die Giraffe gemalt hat.«
»Und ich bin Primavera«, lächelte Denise.
»Mir gefällt es sehr«, flüsterte Sean, aber die Kathedrale ließ seine Worte lauter werden, »nein, nicht gefallen! Ich bin *fasziniert* von dem, was ich hier vorgehen sehe, diese Projektion unbewußter Prozesse durch lebendige Symbolik. Das also passiert, wenn die Menschheit in der Sphäre eines überintelligenten Wesens auf es stößt. Über-

dehnen die alten Archetypen sich und zerreißen? O nein, sie binden diese Intelligenz. Aber wie? Hat sich der Gott wie wir alle aus prä-bewußtem Denken entwickelt? Hat er sich so weit über die frühesten Stadien hinaus entwickelt, daß er ihnen zum Opfer gefallen ist, weil sie aus einer unerwarteten Richtung kamen? Was ist diese Welt? Ein Akt des Mitfühlens, ein Spiel oder unheilvolle Notwendigkeit? Muß sie wirklich das Millennium erreichen, um vollständig zu werden, oder ist das nur eine Projektion von Knossos' religiösen Wahnvorstellungen? Darauf muß ich mich konzentrieren. Sobald wir aufhören, uns um diese Frage zu kümmern, wird Gott uns verarbeiten, uns in dem System absorbieren. Dessen bin ich mir sicher. Jeremy hat Er bereits als Zollstock normalen Bewußtseins. Mehr von uns braucht Er dafür nicht. Für Ihn sind wir noch immer eine Absonderlichkeit. Im Moment noch. Wir können Ihm etwas Objektives darüber sagen, wie weit dieses Werk gekommen ist... Nein, verdammt, nicht *Er*. Es will, daß wir es tun. Solange Es uns braucht, sind wir vor der Hypnose ziemlich sicher, es sei denn«, er warf einen Blick zu Denise, »wir hypnotisieren uns selbst, verzaubern uns selbst. Und ich schließe mich in diese Warnung ein.«
Muthoni starrte erneut den Tunnel entlang. »Eigentlich bin ich ja Arzt, aber für die nächsten achthundert Jahre ist ja wohl jeder unsterblich. Oder gar für immer? Also bin ich überflüssig. Ich glaube, das wußte ich, als ich in der Hölle loswütete. Jetzt kümmere ich mich um Gottes Wohlergehen.«
»Genau, so mußt du es sehen. Es ist *Sein* Wohlergehen. Du hast ein fremdes Überwesen als Patient, der durch uns krank geworden ist. Seine Symptome manifestiert er auf der ganzen Welt. Und du, Denise, würdest du nicht gerne wissen, wie man sich fühlt, wenn man eine ganze Ökologie nur durch Willenskraft funktionieren läßt?« Obwohl genau dies ihre Falle war, in die man sie locken konnte... Doch er sprach es an, nachdem er sie eben noch davor gewarnt hatte. Er war sich sicher, daß sie alle drei gemeinsam in den Tunnel hinab mußten.
»Es könnte überall eine so herrliche Ökologie sein. Überall Gärten mit Menschen, die von den magischen Prozessen wissen, die dort wirken. Aber es muß ein Ende haben, oder? Der Patient muß geheilt werden.«
»Reintegration heißt das Spiel. Aber was folgt danach?«
»Glaubst du, es könnte ein ewiges Paradies sein? Ein irdisches Paradies? Von dem Überwesen und den Menschen gemeinsam erhalten?«

»Wir finden es nicht heraus, wenn wir hier anwachsen.«
Muthoni warf eine imaginäre Münze. Da sie maginär war, hatte sie sich schon entschieden. »Zahl. Hinab geht's.«
Denise warf einen Blick zurück in die leere Kathedrale. Sie leckte sich die Lippen »Mir ist noch nie ein Klump begegnet. Eigentlich müßte ich wissen, wie er aussieht. Und alleine zu bleiben, macht mir keinen Spaß. Ich denke da an ein bestimmtes Einhorn.«
»Denise, das ist *dein* Bild: der Klump. Zwinge Gott nicht, ein... ein Klump zu sein! Zwinge *Es* nicht, überhaupt etwas zu sein. Es soll uns zeigen, was es ist.«
Im Gänsemarsch stiegen sie in die Erdspalte hinab.

21

Schritt für Schritt stiegen sie seitwärts den steilen Spalt hinab. Zwischen den engen Felswänden glaubte Sean, sein Herz pochen zu hören, oder konnte es der Herzschlag von Denises ›Klump‹ tief unter der Erde sein?
Es ging immer noch abwärts. Der Pfad führte um eine scharfe Kurve und unter die Kathedrale zurück. Phosphoreszierendes Leuchten begleitete sie.
Als die Wände so eng zusammenrückten, daß ein Weiterkommen unmöglich schien, führte der Gang plötzlich im Zickzack weiter und öffnete sich dann in eine unterirdische Höhle: eine lange, hohe Krypta, von dem Phosphorleuchten gespenstisch erhellt. Am Ende der Krypta ragte eine mächtige Steinsäule in die Decke hinein. Sie war der Fuß des Kathedralenturms. Die Säule wurde von Kanälen durchzogen, die ihre Außenseite wie Orgelpfeifen kannelierten – ein versteinertes Bündel vergrößerter hohler Nervenfasern.
Am Fuß dieses Orgelbaums befand sich ein kreisrunder Teich. Seine leicht ölige Oberfläche lag auf demselben Niveau wie die Krypta, so daß der Teich wie ein Teil des Bodens schien, der nur aus einer anderen Substanz bestand. Eine Linse, ein flaches Auge in der Bodenhöhlung. Der Orgelpfeifenbaum war der dazugehörige Sehnerv...
Der Drang, die Szenerie biologisch zu deuten, ist überwältigend, dachte Sean. Er versuchte zu erkennen, was wirklich da war.
Wenn es eine Linse war und das dort der Sehnerv, wo war dann das Gehirn? Oben in der Leere der Kathedrale, in jener hohlen Schädelhülle? Oder draußen unter dem Himmel, oben im Himmel, in der

ganzen Welt? In dem körperlichen Gott, dem körperlichen Teufel und all den Geschöpfen? In Knossos? Hier war nur ein Brennpunkt... Alles war von innen nach außen gekehrt! Aber in einer Projektion mußte es so sein...

Denises ›Klump‹? Zu dem ›Teich‹ paßte kein Begriff.

Ohne es zu merken, hatten sie sich bei den Händen gefaßt; der Versuch, in der plötzlichen Ausdehnung der Krypta nach dem erdrückenden Felsgestein Kontakt miteinander zu halten. Befreit von der steinernen Zwangsjacke, atmeten sie tief. Wie drei Kinder oder drei Liebende näherten sie sich dem Rand des Beckens.

Sie blickten in die Tiefe hinab, oder vielleicht in die Untiefe, das war schwer zu erkennen, weil das trübe Licht sich in dem zähen Medium brach und verzerrte. Lichtkörnchen, -fäden und -rauten zuckten hin und her, Bläschen und Fasern, gelb, grün und orange.

Sean kniete sich und legte die flache Hand auf die Oberfläche, doch die widerstand dem Druck. Seine Handfläche rutschte über die ölige Oberfläche, und beinahe fiel er, doch Muthonis Griff bewahrte ihn davor. Trotz seiner geisterhaften inneren Struktur war das Becken in seiner monomolekularen Haut ein Ganzes.

»Ein Wasserbett«, stellte Denise fest. »Springen wir drauf? Lieben wir uns? Begreifen wir das vollkommene Sein?«

Sean schüttelte den Kopf. »Nein, es ist eine Linse. Ein Auge. Aber was sieht es?«

Muthoni ließ Denises Hand los. Auch sie kniete nieder und steckte den Zeigefinger in den Teich. Der Oberflächenfilm kräuselte sich, gab aber nicht nach.

»Es ist ein einziges Ding«, flüsterte sie. »Eine einzelne *Zelle*. Seht nur, dort sind die Lysosomen – Enzyme, dort unten. Und Mitochondrien, die Energiekörperchen. Ein See aus zähem flüssigem Zytoplasma. Proteinribosomen. Bläschen. Golgi-Körperchen. Seht ins Zentrum hinab! Da ist der *Nukleus* mit den Chromosomen und die Kernkörperchen.«

»Nein, es ist eine Pupille«, widersprach ihr Sean. Er zeichnete sie mit beiden Händen nach. »Rundherum die Iris und die Augenflüssigkeit. Die Steinröhren dort sind... so etwas wie Sehnerven – ein Teleskop, das die Welt reflektiert.«

»Blödsinn! Es ist eine einzelne Zelle, nur *vergrößert*.« Muthoni blickte zu den Orgelpfeifen hoch, die oben durch die Decke drangen und dort ein Teil des Turms werden mußten. »Dieser Ort hier ist ein riesiges Mikroskop, das ist es! Das sind die Tuben. Das Okular ist oben die Öffnung. Hier ist der Objektträger. Gottes Mikroskop, um in eine riesig vergrößerte Zelle zu blicken. Aber es vergrößert die Zelle in *Wirklichkeit,* nicht nur in unseren Augen. Dies ist die Modellzelle für alle Geschöpfe auf dieser Welt. Die Basis, die Grundlage allen Lebens hier. Eine auf der Erde entwickelte Zelle, auf der Grundlage irdischer Strukturen.«

»Also ist Gott nicht einmal ein Klump«, kicherte Denise nervös. »Er ist ein großes Protozoon.« Sie schlug auf die Membrane. »Ich hab's noch nie auf einem Sack voll DNS gemacht.«

Was *sah* Muthoni nur in diesem Auge? fragte Sean sich.

»Es ist die Ur-Zelle«, fuhr sie fort. »Gott hat sich darin verwandelt. Alle seine anderen Teile entspringen von hier, und inzwischen ist er Teil von jedem. Verdammt, wie können wir mit einer einzelnen Zelle sprechen, die auch noch unseren eigenen Zellen entspricht?«

»Wir sollten zurückgehen und den Gott fragen«, schlug Denise vor. »Das Sprachrohr. Den Christus.« Intensive Zuneigung zu der rosagewandeten Gestalt überkam sie. »Was ist mit der Kreuzigung? Bedeutet es schon genug Qualen, auf der Welt zu sein – ganz gleich auf welcher?«

»Das ist kein kanonisches Christentum«, sagte Sean. »Denkt daran! Es handelt sich um einen gnostischen, alchemistischen Evolutionismus. Symbolisch ist Christus der vollkommene Mensch. Der erfolgreiche Alchemist würde Christi Platz einnehmen. ›Christsein‹ würde die frühere Persönlichkeit des Menschen ersetzen. Knossos mag Christus gleich geworden sein, nachdem er sich selbst in der Hölle in Stein gekreuzigt hat. Seht ihr, der Mensch bewertet sich im Alchemistensystem und wird der Christ, der vollkommene Mensch. Der Gott, dem wir – oder besser, dem Denise und ich – begegnet sind, ist *Sein* Aspekt des ›vollkommenen Menschen‹.«

»Wie kann Er vollkommen sein, wenn Er unsere Hilfe will?« fragte Muthoni.

»Weil auch Er in die Welt gefallen ist. Hier ist es nur eine Annäherung, die Suche nach Vollkommenheit, weil es keine . . . Realität ist. Wie du erklärt hast, Denise, es ist keine Darwinsche Entwicklung. Es ist nicht das reale Universum, sondern eine Idealisierung. Und doch steht ein Geschöpf mit gottgleicher Macht dahinter. Wäre *Es* nicht gottgleich gewesen, hätte dies nie geschehen können.«

»Damit sind wir wieder beim Paradoxon.« Muthoni drückte erneut den Finger auf die Membrane. »Und was ist das hier?«

»Eine Linse. Das Auge des Weltteleskops. Gottes Auge.«

»Ach was. Ich habe dir doch gesagt, es ist eine Zelle. Auf einem Mikroskopdeckglas.«
»Es ist ein Geleetrampolin«, lachte Denise. »Das Sprungbrett, von dem diese Welt losschnellt, wo diese Welt geträumt und ins Leben gerufen wird. Du kannst über ›Ihn‹ und ›Es‹ reden, bis du blau anläufst. Oh, verzeih mir, du bist bereits ein bißchen blau im Gesicht. Lustig, dieses Phosphorlicht.« Sie klang beschwipst und ein wenig hysterisch. »Wollt ihr denn gar nichts tun? Diese Welt ist für den *Spaß* da, fürs Vergnügen. Sie ist Sein Spiel. Und nun einen Augen-Blick für den Klump!«
Ehe Sean und Muthoni sie aufhalten konnten, hatte Denise zum Sprung angesetzt.
Zuckende Lichtstrahlen wogten aus dem Becken, als sie mit vollem Gewicht auftraf: substanzlose Spektraltentakel wanden sich – rosa und violett, orange und grün.
Denise... brach durch die Oberfläche, zerschellte, vervielfältigte sich. Sie wurde zu hundert Abbildern ihrer selbst: ein holografisches Porträt, in hundert verschiedene Teile zerschnipselt, von denen jeder die gleiche vollständige Information enthielt, aber weniger scharf, weniger exakt. Einen Moment lang war sie Legion. Dann plötzlich, anstelle ihrer hundert Ebenbilder, ein Vogelschwarm. Finken, Nachtigallen, Ammern, Lerchen, Goldhähnchen. Wie von einer Windhose aufgesaugt, schossen die Vögel nach oben durch die vielfältigen Röhrenöffnungen des Orgelturms und verschwanden in ihnen.
Die Oberfläche der Linse war leer. Die lebende, vernunftbegabte, *holografische* Linse, stellte Sean für sich fest, welche die Wirklichkeit dieser Welt projizierte! Die gesamte Oberfläche des Planeten konnte verschlüsselt in ihr enthalten sein. Sie schwankte noch ein wenig und war wieder unbewegt.
»Sie ist fort.« Muthoni war verblüfft. »Es hat sie aufgespalten. So wie *Es* in eine Million kleinerer Gegenstände aufgespalten wurde. Was sollen wir nur tun?«
»Es ist bei Bosch angelegt. Die Vögel des Lebens, die aus den Löchern eines Turms herausfliegen... und schließlich auf ihren Füßen in die Eihöhle zurückkehren. Sie wird sich vereinigen. Sie *muß* es.«
»Rechtzeitig zum Millennium? Muß sie sich erst zu Denise zurückentwickeln? Ist dir das völlig egal, Mann?«
»Sie wird überall sein – überall gleichzeitig. Der Traum einer Ökologin... damit habe ich sie gelockt.«
»Ich will *Denise* wiederhaben! Gott, bring sie zurück!« schrie Mu-

thoni. Ihre Stimme wurde als dumpfes Echo in der Krypta zurückgeworfen.

»Vielleicht will Er sich selbst wiederhaben. Es. Ganz gleich. Ich weiß, womit diese Projektion zu tun hat. Mit Reintegration. Der Psyche. Unserer – und *Seiner*. Die beiden vermischen sich. Und die Methode ist eine Art holografische Projektion realer Gegenstände, nicht nur von Bildern, durch die man hindurchgehen kann. Symbole werden in die Wirklichkeit projiziert. Aber welche Energie dazu gebraucht wird! Woher kann sie kommen? Ich verstehe das nicht, aber ich verstehe den psychologischen Prozeß der *Proiectio*. Auf seltsamen Wegen ist die *Proiectio* – die Projektion des Unbewußten in die Außenwelt – mit den physikalischen Mitteln zusammengetroffen, um sie Realität werden zu lassen! Ich versuche es mit einem Handel. Nicht direkt ein Handel, sondern ein Geschenk, ein Geschenk des Wissens. Ich werde es versuchen und...«

»Hätte ich ein Skalpell«, überlegte Muthoni laut, »würde ich es an dieser Zelle ansetzen...«

»Aha? Und dann, husch, strömt alles aus der Welt hinaus? Die Projektion verschwindet? Und was bleibt? Nackter Fels? Und alle sind tot? Wahrscheinlich würden wir nur Sein Auge beschädigen, so daß Er alles verzerrt sieht, bis es wieder heilt. Es würde Seuchen im Garten geben. Epidemien. Häßlichkeit. Krieg. Aus der Hölle würde alles herüberschwappen.«

»Aber er hat sie zu Vögeln verwandelt!«

»Wunderschöne Vögel...«

»Stumme, sprachlose Vögel!«

»Sie werden singen. Sie werden das Dasein preisen. Sie werden sich zu Denise reintegrieren. Es war nur eine Demonstration seiner eigenen Situation.«

»Vögel, allerdings! Du willst tatsächlich der zweite Knossos sein. Aber Sean, wir sind eine Expedition von der Erde. Aus dem Sol-System, erinnerst du dich? Das hier ist eine menschliche Kolonie, kein Psycholabor zu deinem Vergnügen. Eine Menge Investitionen. Glauben und Hoffnungen stecken darin.«

»Ich *tue* meine Arbeit, Muthoni. Bei allem Respekt, aber ich bin der einzige von uns, auf den das zutrifft. Obwohl ich natürlich nicht für Austin, Tanya oder Paavo sprechen kann. Ich bezweifle allerdings, daß sie vorankommen. Ich muß mich mit Ihm *durch* die Projektion auseinandersetzen, die auch den ›Gott‹, dem wir begegnet sind, projiziert. Und wir dürfen nicht vergessen, daß es ohne die Projektion hier überhaupt keine Kolonie gäbe. Angesichts dieser simplen Tatsache ist es sekundär, ob sie nun magisch, prachtvoll oder böse scheint.«

»Ich bezeichne dieses Kuriositätenkabinett nicht als Kolonie. Tut Denise auch ihre Arbeit, indem sie überall Nester baut, in den Sträuchern zwitschert und Eier legt? Sean, es ist fast besser, wenn es keine Kolonie gibt statt dieses perversen Spielplatzes eines Überwesens, dessen Spielzeuge Menschen sind! Oder vielleicht sind es die Spielzeuge des Herrn Professors!«

»*Schon* besser? Etwas ist besser als nichts.«

»Wie könnten wir das als Erfolg zur Erde melden?«

»Aber nach seinen eignen Maßstäben ist es ein Erfolg.«

»Und warum hat der große Boß die *Schiaparelli* abgeschaltet?«

»Vielleicht wird Er vom Leben und seinen Träumen zwanghaft angezogen. Er könnte auch die Erde selbst beeinflussen. Also hat Er einen *Cordon sanitaire* um sich errichtet. Du redest unzusammenhängend, Muthoni. Wir müssen durch die Projektion hindurch. Alles Leben auf dieser Welt, die gesamte Landschaft ist eine Art holografische Projektion, in die unsere Psyche sich als kollektives Hologramm einfügt. Auf diese Weise können wir sterben und anderswo wiedergeboren werden. So können wir mutieren, die Farbe wechseln, sonstwas. *Er* ist das Laserlicht, das all dem hier sagt ›Es werde Licht‹. Das ist die Gestalt, die Sein Dasein annimmt, Er kann Vorstellungen ins Sein projizieren. Doch was Inneres Wesen ist, nun ... irgendwie muß ich es mit Seinem Licht, auf Seiner Wellenlänge sehen. Ich muß das Licht sehen, nicht das, was es beleuchtet, nicht das weltweite Hologramm, das es projiziert.«

Muthoni kam ein Gedanke. »Weißt du, hätten wir einen Projektor, der eine irdische Realität um einige jener Dreckklumpen im Himmel legen könnte, könnten wir überall hin und uns überall ansiedeln! Denkst du daran? Daß wir Ihn als umformende Maschine für eine neue Kolonie *benutzen* können, wenn wir lernen könnten, wie man die Projektion kontrolliert? So wie Knossos sie handhabt? Dann wäre die Expedition alles andere als ein Reinfall. Ein wunderbares Geheimnis, das wir der Erde bescheren könnten!«

»Hängt von den Strömungen in den kollektiven Vorstellungen ab.«

»Eine Menge Arbeit für einen Endopsychen, was? Überwachung der kollektiven Psyche, Abstimmung der Projektionen, die ganze Welt in Gestalt zu bringen! Ich schätze, dazu wäre eine Art Symbiose mit dem ›Gott‹, dem Projektorwesen, erforderlich. Selbst dann ... Glaubst du, davor fürchtet Er sich? Hat Er deshalb die *Schiaparelli* abgeschaltet?

Oder war das Knossos' Wunsch, damit er das Geheimnis für sich behalten konnte?«

»Du denkst zu weit voraus. Der Antrieb der Evolution sollte der Projektion im psychologischen Sinn ein Ende setzen, wenn jeder merkt, daß das, was dort draußen ist, in Wirklichkeit in ihm selbst ist. Das ist ›Das Werk‹: wieder zu vereinen, was sich zerstreut oder projiziert hat. Symbolisch gesehen müßte es geschehen, wenn die Vögel zum Abend der Welt zurückfliegen.«

»Denise...«

»Nein, nicht ihre Vögel. Ich meine alle diejenigen Vögel, die sowohl Tiere als auch *Begriffe* sind. Dunkel gefärbte Weisheit – der Rabe; geistige Beständigkeit – der Hahn. Und so weiter. Es müßte alles zu Ende gehen.«

»Du meinst, wir können diese Kräfte nicht benutzen? Sobald wir wissen, wie man sie nutzt, werden wir Götter sein? Ohne eine konkrete Welt? Genau das, was Jeremy sagte, nicht wahr? ›Wären wir alle Götter und säßen zusammen bei Tisch, wer würde uns die Speisen auftragen.‹ Welche Substanz, welches Wissen besäßen wir in diesem Falle?«

»Sprich weiter! Wir kommen der Sache näher. Denk daran, die Krypta ist wahrscheinlich auch ein Teil der Projektion. Ich weiß nicht, ob das auch für die Linse gilt, oder ob sie der Ursprung der Projektion ist. Aber mit Sicherheit projizieren wir uns auf die Linse.«

»Denise hat es bereits getan. Im eigentlichen Sinn.«

»Du siehst dort unten ein Mikroskop mit einer vergrößerten irdischen Zelle. Ich sehe – Teleskop war falsch – einen *Projektor*. Und was wir mit ihm anstellen, bestimmt, was er mit uns anstellt. Was Denise getan hat... nun, sie ging in der Ökologie immer ganz auf – fast schon mystisch. Nun hat die Ökologie sie absorbiert. Wie du sagst, sie hat sich hineinprojiziert.«

»*Jederzeit in Meinen Gedanken...*«

So nahe am Mittelpunkt der Dinge hier neben der Linse klang die Stimme schwächer, weiter entfernt.

»Er belauscht uns«, flüsterte Muthoni.

»Natürlich sind wir in Seinen Gedanken. Wir sind gestorben und wiedergeboren worden. Er projiziert uns. Bevor wir starben, konnten wir nicht ganz in der Projektion aufgehen, oder? Wir waren nur Besucher. Richtig teilhaben konnten wir nicht. Jetzt tun wir es. Weißt du, Denise hat mir einmal erzählt, im alten zwanzigsten Jahrhundert hätte es eine metawissenschaftliche Theorie gegeben, die darauf hin-

auslief, daß das ganze Universum eine Art holografische Projektion von Gottes Gedanken wäre. Wenn man ein Hologramm immer weiter unterteilt, hört das Bild nicht auf zu existieren, aber es wird unklarer. Vielleicht werden die grundlegenden Teilchen deshalb unbestimmbarer, wenn man das Universum immer weiter teilt. Vielleicht träumt ein Gott das Universum und projiziert es ins Dasein. Oder es träumt sich selbst. Wenn das so ist, könnte das Überwesen dieser Bosch-Welt Sein Bewußtsein entwickelt haben, um dies als die Realität zu begreifen? Könnte Er erforscht haben, wie Dasein *ist*? Könnte Er eine Reflektion von etwas sein, das das Universum projiziert, aber innerhalb des Universums? Vielleicht war er ein heiliger Eremit, der hier seit Äonen brütete. Dann kamen unsere Kolonisten mit einer Tasche voller Symbole und ihrem geheimen Oberpriester Heinrich Strauss, der wie eine Zeitbombe unter ihnen tickte... und Er mußte jedem Leben eine Landschaft, eine Welt geben, weil Er wußte, wie man das macht, und da war das psychische Material, das nur darauf wartete, projiziert zu werden. Ein kosmischer Scherz! Er hat uns so weit geführt, anstatt uns auf der Stelle in das System zu absorbieren, weil Er hofft.«
»Er erwartet wohl kaum, daß wir Ihn als umformende Maschine benutzen.«
»Ich werde versuchen, Ihm etwas zu geben: ein Bewußtsein von dem, was in der Projektion vorgeht. *Mein* Bewußtsein davon. Das werde ich in Ihn hineinprojizieren. Dann werden wir ja sehen. Kommst du mit, Muthoni?«
Sie blickte umher. »Wohin?«
»Ins Auge Gottes. In die Linse. Wie zwei Bewußtseinsfilter.«
»In die Zelle hineinspringen? Du bist wahnsinnig! Sie wird dich als Schwarm Bienen oder Schmetterlinge oder als sonstwas erbrechen!«
»Die Augenflüssigkeit ist nicht Wasser, sondern *Aqua nostra*. Hier ist er, der Traum des Alchemisten!«
Er ließ einen Fuß auf die Membrane gleiten. Denises Hechtsprung war nicht sein Stil. Unter ihm zitternd, hielt die Linse sein Teilgewicht. Jetzt stellte er auch den zweiten Fuß auf die Oberfläche. Mit ausgebreiteten Armen versuchte er, die Balance zu halten. Plötzlich glitten seine Füße in verschiedene Richtungen. Er hatte kaum noch die Zeit festzustellen, wie würdelos es wirkte, als er kopfüber auf die Linse schlug.
Licht peitschte seine Augen...

22

Der kleine Sean trug kurze Hosen und einen Schulblazer. Er hatte runde Knie. Seine Finger spielten mit einem Faden in der Stickerei auf seiner Brusttasche. Der Blazer trug ein Abzeichen, ein Wappen mit gekreuzten Raumschiffen darauf. Darunter ein lateinisches Motto: ›*Proiectio*‹. Der kleine Sean hatte ein Projekt durchzuführen...

Wie ertappt saß er inmitten eines immensen dreidimensionalen Gitterwerks aus leeren Schultischen. Sie erstreckten sich nach oben, nach unten, in alle Richtungen. Er war sich der Existenz eines Bodens bewußt. Dieser war zwar nicht sichtbar, aber seine Füße ruhten darauf, ebenso wie die Füße seines Schultischs und die Füße aller anderen Tische auf dieser quasi unendlichen Ebene. Weitere solcher Ebenen erstreckten sich darüber und darunter, quasi-unendlich.

Von den Myriaden leerer Tische war nur seiner besetzt. Von ihm. (Irgendwo lauerten ein oder zwei Paradoxa...)

Er kratzte sich den Kopf. Als Junge hatte er dichtes, lockiges, rotes Haar gehabt. Noch waren die Haare nicht zu fliehenden Galaxien geworden, die nur leeren Raum hinterlassen.

Schultische. Wie archaisch. Auch wenn sie versenkte Schreibtasten hatten, Kopfhörer und einen Ausdrucksschlitz... Archaische runde Knie. Archaisches Haar. Archaischer Junge!

Verwirrt stand er auf. Auch zwischen den Pulttischen existierte der unsichtbare Boden, nicht nur unter ihnen. Eine Weile wanderte er auf jener spezifischen Ebene zwischen den leeren Tischen umher (keine Möglichkeit, eine der anderen Ebenen zu erreichen), dann setzte er sich an einen anderen, identischen Tisch. Vielleicht war es derselbe. Er wußte es nicht.

Er entschied, daß er in einer Prüfung saß, also zog er die kleinen Ohrhörer heraus und stülpte sie sich über den Kopf.

Sofort begann eine Stimme in schnellem Dikattempo zu sprechen. Automatisch tanzten seine Finger über die versenkten Tasten. Aus dem Schlitz kam Papier heraus. Er merkte, daß es seine eigene Stimme war, die ihm diktierte, aber den Text kannte er erst, als er ihn las. Denn die Stimme erzählte ihm nichts, sie bestätigte nur sein motorisches System, seine Schreibreflexe.

Er las (während er immer noch automatisch tippte) folgendes...

Erste Epistel: Die siebte Sonne einer siebten Sonne

In einem gewissen Nebelfleck hängt ein Sichelblatt aus sechs Sonnen, beherrscht von einer mächtigen siebten Sonne; und diese siebte Sonne erweist sich bei näherer Untersuchung als das eindrucksvollste Sternhaufensystem im bekannten Weltraum. Es besteht aus einem perfekten Oktaeder hellweißer Sonnen vom O-Typ, die gleichmäßig um ein gemeinsames Schwerkraftzentrum kreisen. Dieses Schwerkraftzentrum – fast unsichtbar in der strahlenden Helligkeit – ist eine kleinere K-Sonne, die siebte. Nur eine Welt gehört zu dieser siebten Sonne: ein Edelstein von Planeten, auf dem nie Nacht ist.
(Die gesamte Sonnengruppierung könnte von einer längst toten Superrasse an dieser Stelle angeordnet worden sein, einer Rasse, die den Kosmos nach ihren Harmonievorstellungen umgestalten wollte...)
Hier, auf dieser Welt der siebten Sonne, finden wundersame Heilungen statt und gelegentlich das genaue Gegenteil – wundersame Erkrankungen. (Als hätte die Superrasse an diesem Ort besondere Kräfte konzentriert...)
Zu dieser Welt – die Gold hieß, ihrer Helligkeit und ihres Reichtums wegen, aber auch wegen der Stellung ihrer Muttersonne im Zentrum eines achtflächigen stellaren Polyeders, und eine solche Form ist (wie du weißt) die Kristallstruktur von Gold – kam das Winterschlaf-Krankenschiff aus dem Sternbild Pavo mit einigen tausend Fällen von Krebs, Hirnfieber etc. an Bord...

Sean zog den Ausdruck aus dem Schlitz und hielt die diktierende Stimme damit an. Was bedeutete das nur? Daß er der siebte Sohn eines siebten Sohns und daher besonders vom Glück begünstigt war? Gewiß, er war Ire, aber das war das erste Mal, daß er von irgendwelchen Brüdern hörte!
Eine längst tote Superrasse...
Ein Planet, der Gold hieß (ein Wort ähnlich wie ›Gott‹) und von ihr gebaut worden war...
Ein überwinterndes Schiff mit all den Kranken an Bord...
Von *Pavo* dem Pfau (Paavo...)
Anhaltspunkte, Wort- und Namensspiele, Ungereimtheiten!
Er warf das Blatt auf den unsichtbaren Boden, wo es liegen blieb.
Wieder sprach seine Stimme zu ihm. Automatisch schrieb er.

Zweite Epistel:
›Magnifikat‹ des Herrn

»Warum sollen wir den Herrn vergrößern?« fragte sich eines Tages Herr Professor Heinrich Strauss und begann auf der Stelle, die größte Linse, welche die Welt je gesehen hatte, zu schleifen und zu polieren und sie mit dem größten Rohr und der größten Stützkonstruktion auszustatten. »Entweder muß der Herr sehr weit fort sein, oder Er muß sehr klein sein – geradezu winzig!«
Beim zweiten Nachdenken baute er sein optisches Gerät zum Telemikroskop um: ein Instrument, das in einem Gerät die gegensätzlichen Funktionen von Teleskop und Mikroskop vereint. Es konnte Erscheinungen beobachten, die so groß und so nahe sind, daß niemand sonst sie bemerkt (zum Beispiel die ganze weite Welt, die seine Maschine zur Größe eines Sandkorns reduzierte), ebenso wie solche, die so weit entfernt sind, daß sie hinter der Krümmung des Kosmos' liegen, direkt hinter dem Kopf des Beobachters.
Eines Tages, als er seinen Hinterkopf durch die Krümmung des Kosmos' in einer Entfernung von mehreren Milliarden Lichtjahren betrachtete (Er benutzte Tachyonenlicht), beobachtete der Professor eine winzige Gestalt, die herumtanzte und winkte, um seine Aufmerksamkeit zu erregen. Indem er die Vergrößerung um einige wenige logarithmische Grade erhöhte, war er erfreut zu erkennen, daß dies endlich Gott war, den er beobachtete...

Heinrich Strauss? Es gab tatsächlich irgendwo ein Mikroteleskop oder Telemikroskop. Aber wo? *»Bin ich in diesem Moment darin?«*
Sean zog das Blatt heraus, knüllte es zusammen und warf es dann fort.
Seine Stimme sprach wieder zu ihm. Seine Finger gehorchten ihr.

Dritte Epistel
Der Hühner-Heiland

Einem letzten Ausläufer dieser mittelalterlichen Sicht der Welt begegnete ich in meiner Jugend in der Gestalt folgender Geschichte. Wir hatten damals eine Köchin aus dem schwäbischen Teil des Schwarzwaldes, der es oblag, auf dem Hühnerhof die Opfer hinzurichten, die für die Küche bestimmt waren. Wir hielten Bantams, und Bantamhähnchen sind für ihre unvergleichliche Streitsucht und Boshaftig-

keit bekannt. Eine von diesen übertraf alle anderen an Wildheit, und meine Mutter beauftragte die Köchin, den Übeltäter für den Sonntagsbraten hinzurichten. Zufällig trat ich dazu, als sie den enthaupteten Hahn hereinbrachte und zu meiner Mutter sagte: »Obwohl er so böse war, starb er wie ein Christ. Er schrie ›Vergebt mir, vergebt mir!‹, bevor ich ihm den Kopf abschnitt, jetzt kommt er bestimmt in den Himmel.« Naserümpfend antwortete meine Mutter: »Was für ein Unsinn! Nur Menschen kommen in den Himmel.« Erstaunt erwiderte die Köchin: »Aber natürlich gibt es einen Hühnerhimmel für Hühner, genau wie es einen Menschenhimmel für Menschen gibt.« »Aber nur Menschen haben eine unsterbliche Seele und eine Religion«, sagte meine Mutter ebenso erstaunt. »Nein, das stimmt nicht«, entgegnete die Köchin. »Tiere haben auch eine Seele, und sie alle haben ihren besonderen Himmel; Hunde, Katzen und Pferde. Denn als der Heiland der Menschen zur Erde herabkam, da kam auch der Hühner-Heiland zu den Hühnern...«

Gott als Huhn? Crock-crock... Lächerlich! Doch diesmal kam ihm die Geschichte, die ihm seine Stimme erzählte, vertraut vor... Ach ja, Carl Gustav Jung hatte sie geschrieben! In *Psychologie und Alchemie*. Vielleicht... Was war in einer Welt alchemistischer Verwandlungen *nicht* möglich? Selbst ein Hühnerchristus. Man könnte tatsächlich ein Vogel werden, wenn das die einzige Art zu fliegen war... Oder jedenfalls seine Flügel zu schlagen. (Die Augen schließend, sah er einen Schwarm vielfältiger Vögel durch ein Hauptwerk – eine große Orgel – hinauffliegen und in ihren Pfeifen Regenbogenmusik erzeugen...) Wenn Gott ein Huhn sein *konnte*, dann *mußte* Er manchmal eines sein. Er hatte keine festgelegte Natur, doch die Natur versuchte Ihn festzulegen...

War Denises Verwandlung in Vögel real und beständig? Oder hatte er nur gesehen, als was sie projiziert worden war? Menschen konnten nicht in Vögel oder Raubtiere verwandelt werden – jedenfalls nicht laufend –, sonst wäre die Welt nicht voller Menschen! Sie mochte in gewissem Sinne dünn bevölkert sein, aber es gab gewiß mehr Menschen, als man nach der Zahl der Kolonisten und des genetischen Materials der *Kopernikus* hätte erwarten können. Aber vielleicht wurden Vögel und Säugetiere in Menschen verwandelt... Das Einhorn und der Leopard, der Reiher und der Würger, sie schienen Ziele und Motive zu haben, die über das rein Tierische hinausgingen... Weil sie sich entwickelten? Weil sie Begriffe, Vorstellungen verkörperten?

Oder weil sie bereits bewußte Darsteller in der Boschschen Maske waren? Wenn ja, wer waren sie dann alle?
Sean zog das Blatt heraus, faltete es und steckte es in seine Brusttasche.
Wieder die Tasche!

Vierte Epistel:
Der Gott der Einzigartigkeit

Gott ist einzigartig, weil es ihn nur einmal gibt, genau wie es nur ein Universum zu einer gegebenen Zeit gibt. Aber vielleicht gibt es andere, ko-existierende Universen? In diesem Fall bewohnten wir nicht das Universum, folglich könnte unser Universum nur einen Teil Gottes verkörpern. Warum sollte es dann nicht verschiedene, getrennte Teile von Ihm geben.

Schuljungenlogik! Sean stöhnte und knüllte das Papier zusammen. Ungerührt fuhr die Stimme fort, änderte die Worte aber.

Gott ist einzigartig, weil Er aus nackter Einzigkeit in Raum und Zeit auftauchen kann. Auf der Grundlage, daß alles, aber auch alles, *so auftauchen kann, mag auch Gott aus einer nackten Einzigkeit auftauchen, wenn genügend Zeit vorhanden ist. Nehmen wir einmal an, eine nackte Einzigkeit erschafft Gott, ebenso wie sie eine Dose Bohnen, einen Schraubenschlüssel oder einen* Exfarquib *(ein willkürlicher Name für ein fremdes, uns unbekanntes Objekt) ausschleudern kann. So erschafft sich das Universum womöglich auf natürliche Weise einen Gott, natürlicher vielleicht als umgekehrt Gott ein Universum erschafft. Wenn das Universum daher komplexer ist, als Gott erkennen kann – obwohl es Ihn jederzeit erkennen kann –, dann ist das schon eine komische Geschichte. Der Gott benötigt ein stilles Plätzchen, um die Musik, die Ihn gemacht hat, ohne die Störgeräusche anderer natürlicher Lebensformen zu hören... Dann kommen unvermutet Lebensformen in einem Hospitalschiff oder einem Flüchtlingsschiff und gewinnen die Oberhand über die Schöpferkraft, mit der Er versehen ist...*

Sean riß die vierte Epistel aus dem Schlitz des Druckers, zerfetzte sie und schleuderte die Papierschnitzel durch die Gegend. Eine Weile klebten sie wie Fliegen an seinem Tisch. Schließlich hatte er sie alle

fortbekommen. »*Bin ich der vermaledeite stochastische Affe? Verdammt dazu, endlose Reihen unsinniger Feststellungen über Gott zu erzeugen, von denen nur eine einzige wahr sein kann? Oder können sie alle wahr sein?*«
»Ähemm«, sagte die Stimme.

Fünfte Epistel
Die anbetungswürdigen Fremden

Lilliput und Brobdingnag sind in Wirklichkeit gar nicht zwei verschiedene Länder, sondern ein und dasselbe Land. Im Landstrich Lillibrob (manchmal auch Putingnag genannt) werden die Menschen ganz winzig geboren (wenn auch voll ausgebildet) und wachsen ihr ganzes Leben, bis sie die Größe von Riesen erreichen. Alle ihre Organe dehnen sich dabei aus, auch ihre Augen, die als Folge dieser Ausdehnung immer weniger fähig werden, klar und scharf zu sehen. Das sich ausdehnende Auge verzerrt die Welt zusehends, obwohl Gewohntheit und Vertrautheit verdecken, was tatsächlich geschieht.
Dadurch geschah es, daß die eineiigen Zwillinge Früher und Später (sie hießen so, weil die Geburt des einen der des anderen um wenige Minuten voranging) die Ankunft der Fremden weit deutlicher, wenn auch notwendigerweise auf kindlichere Art als ihre Eltern wahrnehmen.
Konsequenterweise erkannten sie, daß die fremden Besucher anzubeten waren. Kein Handel, keine Begrüßung. Keine Ablehnung. Keine Befragung. Kein Geschlechtsverkehr. Aber Anbetung. *Das war die korrekte Umgangsweise zwischen fremdartigen Lebewesen. Die bewohnte Galaxis war in der Tat eine gewaltige Kirche, deren Mitglieder einander alle anbeteten, so wie die Giraffe einen Elefanten als Wunder, als Phänomen der Fremdheit und Andersartigkeit anbeten könnte, besäße sie nur den Verstand dazu.*
Die riesigen Erwachsenen von Lillibrob (oder Putingnag) konnten diese Fremdheit nicht wahrnehmen, so schlecht war ihr Augenlicht. Für sie sahen die Fremden wie recht normale, vertraute Geschöpfe aus. Es ist nicht überraschend, daß die Fremden Lillibrob schnell verließen, verfolgt nur von den Gebeten der Zwillinge Früher und Später.
Als Früher und Später jedoch älter und größer wurden (und sich ihre Augen dabei ausdehnten), vergaßen sie, was sie wirklich gesehen hatten. Das Problem war, daß Später einige Minuten später als Frü-

her vergaß. Das führte zu einem unversöhnlichen Streit zwischen den Zwillingen, den sie dann auf Fragen des Vorrangs in ihren Erbrechten zurückführten...

»Mein Gott«, stöhnte Sean und ließ das Papier davonflattern. »Mit mir wird es immer schlimmer. Ich entwickle mich zurück.«
Verzweifelt verließ er den Pulttisch und ging durch die endlosen Reihen anderer Tische. Alle bis auf einen waren leer! Auf dem einen lag ein Buch, in kastanienbraunes Leder gebunden, mit Goldschnitt. Vorsichtig trat er näher.
Auf dem Einband las er den eingravierten Titel:

PROJEKTIONSANLEITUNG.

Er blätterte die Titelseite auf.

WELTPROJEKTIONSEINHEIT
BETRIEBSANLEITUNG

...

Abt. für Architektonik
Schönstern-Nebel
1500000

1500000? Eine Zeitangabe? Eine astronomische Maßeinheit?
Er blätterte in das Buch hinein, aber es war in unbegreiflichen Lettern gedruckt. Die Schrift war nicht verschwommen oder schwer erkennbar wie in einem Traum, er hatte einfach nicht die geringsten Bezugspunkte zu ihr.
Wieso dann eine Titelseite in Englisch? Damit er wenigstens wußte, was er sich anschaute?
Hatte eine Superrasse Maschinen konstruiert, die in planetarischem Maßstab Energie in Materie umwandeln und projizierte Welten für ihre Erbauer erhalten konnte? Große Materieholographen, verknüpft mit den Gedanken der Erbauer...?
War eine dieser Maschinen an die öden Gestade von 4H97801 gespült worden, ohne daß einer der Erbauer sie belebte? Oder vielleicht waren die Erbauer alle gestorben oder zu etwas andrem mutiert. Oder vielleicht waren sie von einem willentlich oder unwillentlich erzeugten Gegenstrom verschlungen und in die Projektion der Maschine absorbiert worden. In die Linse.

Das war Muthonis Ansicht! Die Vorstellung, den Gott als Umwandlungsgerät zu benutzen. Aber es konnte stimmen. ›Jederzeit in Meinen Gedanken...‹ Vielleicht war ihnen dieser Gedanke eingepflanzt worden. Jetzt kam er, wenn auch in karikierter Form, in diesem Innenraum der... Linse wieder an die Oberfläche.
Was war eigentlich Architektonik? Architektur mit einem Hauch von Tektonik: der Bau einer Landschaft auf einer Planetenoberfläche? Jawohl, Architektur, die sich die Neugestaltung der Gesamtumgebung vornahm. Aber bedeutete es nicht auch die systematische Ordnung vorhandenen Wissens? So daß man durch bestimmte Anordnung seines Wissens die Macht erlangte, eine Welt zu verwandeln, so daß sie dieses Wissen *reflektierte*!
War die Kraft, die hinter dem Gott stand, von Fremden ›gebaut‹ worden? Von Fremden aus einem Nebel, der Schönstern hieß! Oder war Gott spontan aufgetaucht, wie es in der vierten Epistel hieß?
Es hatte versucht, mit ihm durch knifflige Parabeln zu kommunizieren. Ihre Kniffligkeit legte den Schluß nahe, daß sie entweder schiere Absurdität waren oder Metaphern für den tatsächlichen Tatbestand.
Überrascht sah er, daß er kein Schuljunge in kurzen Hosen und Blazer mehr war. Er war wieder ein erwachsener Mann. Er war nicht mehr nackt, sondern bekleidet. Er barg jetzt Wissen in sich. Er war mit der gleichen Tunika bekleidet, wie Knossos sie bevorzugte, aber sie hatte die silbergraue Farbe der Raumanzüge der *Schiaparelli*. Sein Schädel juckte. Er kratzte sich, und seine Finger fuhren durch Haare. Feste, drahtige Locken. Er zog ein einzelnes Haar aus. Es war kraus und rostrot.
Konnten die Fremden von Schönstern vollkommene Lebewesen geworden sein? Waren sie tatsächlich *hier*, und hatten sie – durch den Gott, den sie (vielleicht) für sich gebaut hatten – die Ankunft der *Kopernikus* begrüßt? Als etwas Dynamisches, einen neuen Anfang. Weil Vollkommenheit hieß... daß die Welt stillstand, wie eine Fliege im Bernstein.
Die Menschen brachten also Erlösung? So beteten der Teufel (und der Gott) tatsächlich die menschlichen Neuankömmlinge an, wie die fünfte Epistel andeutete! Gleichzeitig sagte die dritte Epistel, die Menschen wären noch auf dem Niveau von Hühnern, und die bärtige, rosagewandete Gottheit im Paradies wäre nur... ein Hühnerheiland, den die Umschreibung seiner Rolle leicht verwirrte; ein Geschehen, das die Fremden von Schönstern vielleicht als *Entkommen* vor dem Gott begrüßten, den sie erschaffen hatten, ein Entkommen aus der

statischen Vollkommenheit in Dynamik, Aktivität und Ereignisse hinein!
»Natürlich!« schrie er in das leere Gitterwerk. »Ihr seid nicht mehr hier, nicht wahr, ihr Vollkommenen? Ihr seid alle dort draußen im Garten oder in Eden, in Körper gekleidet. Wohl nicht in der Hölle, was? Die habt ihr den Robotern überlassen. Das ist ein Ort der Menschen, ihr seid die übrige Bevölkerung: die Fische und die Vögel, die Nixe, die geflügelten Haie, der Löwe und das Einhorn! Ihr könntet auch einige der Menschen sein! Ihr ergötzt euch an uns. Genießt unsere reichhaltige, fremdartige Psyche. Unseren Entwicklungsdrang. Ist es nicht so? Ist es nicht so?« schrie er herausfordernd.
Er ließ die Faust so heftig auf den nächsten Pulttisch krachen, daß die Beine unter ihm wegknickten. Langsam sank der Tisch in den Boden und hinterließ nur einen kaum wahrnehmbaren Eindruck.
Eine Schockwelle wurde in Bewegung gesetzt. Wie Dominosteine, wie ein Kartenhaus fielen alle anderen Tische zusammen und wurden flache Abdrücke in der Ebene. Und als sie ihren Inhalt – die Tische – verlor, begann die Ebene selbst sich langsam zu verformen und auch die Ebene unter und über ihr. Die Ebenen verschachtelten sich und legten sich in einer hyperdimensionalen Gestalt um ihn, eine Gestalt, die vielleicht geometrisch die geheime Zahl der Wirklichkeit darstellte?
Er hatte angeklagt, er hatte herausgefordert. Der Zusammenbruch der Gitterstruktur schien die einzige Antwort zu sein. Aber während sich die Hyperform um ihn legte und den Raum verformte, den sein wiederhergestellter Erwachsenenkörper in Anspruch nahm – wobei ohne Schmerzen zwar, aber auf beunruhigende Weise Länge, Breite und Höhe seines Körpers verschwanden –, erklang eine Stimme, die diesmal nicht seine eigene war.

23

Er war nirgendwo, inmitten von nichts. Ein Perlmuttlicht erhellte dieses Nichts, ohne jedoch nah oder weit, oben oder unten erkennen zu lassen. Er glaubte, mit Armen und Beinen zu wedeln, um sich zu orientieren. Dann gab er auf. Er hatte weder Arme noch Beine, auch wenn sein Nervensystem noch davon überzeugt war. Die Hand vor seinem Gesicht war einfach nicht da. Der Zusammenbruch des Gitterrasters, dachte er, hatte ihn seines Äußeren beraubt. Als wäre die Pro-

jektion der Wirklichkeit abgeschaltet worden. Jetzt war er nur ein Punkt, dimensionslos.
Und eine Stimme sprach zu ihm.
Reprogrammierte sie ihn? Durch Entzug sinnlich wahrnehmbarer Einflüsse?
»Nirgendwo ist nichts, Sean. Nirgendwo ist die Leere. Hör zu: In einer einzigen Fingerspanne der Leere« (und jetzt hatte er wenigstens das Gefühl von Fingern, die nach... nichts griffen) »ist mehr Energie eingeschlossen als in allen Sonnen und aller Strahlung des ganzen Universums. Ständig springen Partikelpaare aus diesem Nirgendwo aus eigenem Antrieb ins Sein. Aber wenn man genügend Energie freisetzt, kann praktisch alles erscheinen: Partikelanordnungen, die einem Saphir entsprechen, einem Baum, einem Konzertflügel...
Das konkrete Universum nähert sich diesem Stadium potentieller Energie erst im Herzen eines Schwarzen Lochs, das aus der zusammengebrochenen Materie eines Riesensterns oder vielleicht vieler Sterne besteht, vielleicht Hunderter Sterne.« (Jetzt sein Herzschlag: *Bomm, bomm*!) »Von diesem Singularitätspunkt, an dem ›Naturgesetze‹ versagen, kann alles voll erblüht auftauchen: ein Baum, ein Konzertflügel... zöge der Geschehenshorizont keinen *Cordon sanitaire* um die Singularität.
Aber Schwarze Löcher sind nicht für immer an ihren Geschehenshorizont gebunden. Quantenlöcher lassen ihre Grenzen verschwimmen.« (Jetzt hatte er Haare auf seinem Körper! Irgendwo wurde er körperlich rekonstruiert, Organ für Organ, Teil für Teil.) »Zufallsenergie rinnt hinaus und davon.« (Er hatte Poren in der Haut, die Schweiß absonderten.) »Bis das Schwarze Loch plötzlich in einer Mikro-Mikrosekunde in einem Strahlungsblitz verhaucht. Alles von makroskopischer Größe kann in diesem Moment austreten, obschon das Emissionsspektrum statistisch dazu neigt, nahezu thermisch zu sein, so daß jedes exotische Objekt beim Austritt gleichzeitig zerstört wird.
Aber es gibt einen noch merkwürdigeren Umstand. Eine zusammenbrechende, ellipsoide Masse, die sehr schnell um ihre Längsachse rotiert, wird nicht zu einer punktartigen Singularität in einem Geschehenshorizont schrumpfen, sondern zu einer strichartigen Singularität, die dem konkreten Universum *nackt* ausgesetzt ist.« (So wie er nackt in der Leere war. Jetzt hatte er Augen zu sehen: rosafarbene Gasfäden, die in weißglühende Sonnen vom O-Typ kondensierten, von denen sie ionisiert wurden... Mindestens sieben Sonnen!)

»Diese nackte, strichartige Singularität wird ihren alten Vektor durch das konkrete Universum beibehalten und für die Ewigkeit ein fast thermisches Profil, minus der Zufallsmomente, aussenden. Wenn sie durch einen Nebelfleck dringt, sendet sie während eines dieser Zufallsmomente ins Universum aus: keinen planetengroßen Saphir, keinen Konzertflügel, der Kosmonauten in Milliarden Jahren verwirren könnte, wenn sie ihn im Weltraum treibend finden, und auch keinen fremdartigen *Exfarquib* (was das auch sein mag), sondern – und zwar aus dem schlichten Grund, daß dies geschehen *kann*, und deshalb geschieht es in diesem einen Moment – es sendet kohärentes Energieleben aus, ein Netz strukturierter Energien, die Bewußtsein besitzen. Energieleben entspringt, sich seiner selbst bewußt, aus dem stochastischen Chaos. Ein Gedankenschwarm elektromagnetischer Kräfte. Wir mutieren. Wir verändern uns. Wir kommen ins Gleichgewicht.« (Jetzt hatte er Trommelfelle, Gehörgänge, einen Gleichgewichtssinn.) »Wir verbinden uns mit den Myriaden Staubkörnchen des Nebelflecks, als seien sie der *Same*, der uns verdichten wird.« (Sein Penis zuckte, seine Keimdrüsen schmerzten.) »Die Strahlung der jungen, heißen Sonnen nährt uns. Während die heißen Sonnen den Rest des Nebelflecks auswischen und klare Himmel zum Universum hin öffnen, fragen wir uns, was wir *sein* werden. Wir stellen fest, daß wir vom Augenblick unseres Ursprungs an mit der Fähigkeit begabt sind, die Eigenenergie der Leere anzuzapfen. Wir können bewirken, daß nicht nur Partikelpaare – der Grundstoff spontaner Schöpfung – austreten, sondern tatsächlich ein planetengroßer Saphir, ein Baum, ein Konzertflügel. Wüßten wir nur, was solche Dinge sind... Wir wissen es nicht. Unsere Geburt setzte uns wie einen Blitz ins Dasein. Uns fehlen Archetypen. Uns fehlt Inhalt.« (Sean suchte und fand seine Füße und Schenkel, seine Brust und sein Gesicht...) »Erst im Rückblick erkennen wir unseren Mangel oder wissen, was ein ›Mangel‹ ist. Aber wir müssen erschaffen und verändern, wir müssen uns Abläufen unterziehen, um unser Gleichgewicht zu bewahren. Was ist das für ein seltsames Dasein, das wir aus dieser Singularität erhalten haben? Was sollten *wir* erschaffen? Welchen Veränderungen uns unterziehen? Wir projizieren Kristallraster in den Weltraum, feste Geometrien. Wir untersuchen das äußere Universum der Materie, der Strahlung und der Leere.« (Sean spürte Empfindungen, die an Sonnenbrand und Hunger erinnerten; seine Haut war warm, sein Bauch leer.) »Ist unser Dasein ein Scherz? Diesen Begriff verstehen wir viel später, und ein Scherz setzt jemanden voraus, der ihn macht,

während wir einfach da waren. Dir ist bewußt, daß wir nur deshalb mit dir darüber sprechen können, weil ihr und andere einige Bezugspunkte hergestellt habt.
Wir fangen ein kohärentes Radiosignal auf. Unser Gedankenschwarm denkt darüber nach. Schließlich erkennen wir, daß es eine Aussage einer anderen Lebensform im Universum ist, eines besonders beschränkten Lebens Tausende von Parsecs entfernt, tief in der Vergangenheit. Wir entdecken einen genetischen Kode, Geschichte, Kultur, Errungenschaften, Ziele. Die Eigenenergie der Leere anzapfend, konstruieren wir eine sich drehende Weltkugelschale mit zusammengebrochener Materie in ihrer Mitte, um Schwerkraft zu erzeugen, und eine Atmosphäre, da ihr Leben beides zur Bedingung zu haben scheint.« (Jetzt hatte Sean Rippen, Knochen und Gelenke.)
»Auf der Oberfläche dieser Welt beleben wir ihre Gabe, sie selbst, so weit wir es verstehen können. Ein kleiner Teil unseres Gedankenschwarms dringt in unsere Projektion als ihr *Aqua vitae*, ihr Lebensgeist ein, um sie um so besser zu erleben.
Eine lange Zeit sind wir mit der Wiederbelebung zufrieden. Während Millionen Umdrehungen der Welthülle herrschen im Universum nur Stille und statische Störgeräusche. Und nun fangen wir eine weitere Lebensbotschaft auf. Erneut erschaffen wir eine Welthülle. Erneut projizieren wir die Botschaft in konkrete Gestalt, soweit wir auch alles Ungesagte verstehen können. Erneut ahmt ein kleiner Teil von uns nach, wie sie gewesen sein müssen. Wir verewigen unsere Vorstellung von ihrer Vorstellung von sich selbst.
Die weißen Sonnen sind ein gutes Stück vorangekommen, wenn unser Gedankenschwarm, stets auf der Suche, ein weiteres Signal empfängt. Äonen vergehen. Leben ist so selten und so zerbrechlich. Obwohl es im ganzen Universum viele Beispiele geben muß.
Als unsere weißen Sonnen zu roten Riesen anschwellen, haben wir vielleicht schon zwanzig Botschaften von Leben empfangen, das den Gipfel erreicht hat. Empfangen sie gegenseitig ihre Botschaften? Wir bezweifeln es. Was geschieht, wenn das Leben den Gipfel erreicht? Wir wissen es nicht. Vielleicht laugt es seine Welt aus. Unsere Sonnen wachsen und werden bald zusammenbrechen und explodieren. Wir nutzen die Energie der Leere, um unsere zwanzig Welthülsen in verschiedene Richtungen zu manövrieren und die toten Wesen, die die Galaxis bewohnt haben, zurück zu den Sternen zu bringen – ein Akt der... Anbetung/Verehrung/Bewunderung/Erinnerung.
Wir sind so alt und doch so jung. Der Jüngste von euch stellt eine Mil-

liarde Jahre der Evolution dar. Wir sind ein Endpunkt der Evolution, wenn es einen Endpunkt gibt, und wir haben ihn zu Beginn unserer selbst erreicht. Wir begannen ›vollkommen‹ und fielen in die Wirklichkeit. Wo andere Welten Träume hatten, mußten wir Welten träumen. Wir müssen Sein wieder einführen, wenn wir den Omegapunkt unseres Anfangs verstehen wollen. Identisch mit uns selbst, nahmen wir fremde Identitäten an, soweit wir sie simulieren konnten. Ist unser einziges Ziel, die Ziele anderer aufrechtzuerhalten? Wie kann es überhaupt ein Ziel geben, wenn wir einfach da waren? Wir müssen alle *ihre* Ziele ergründen, um das zu erfahren. Aber ihnen selbst sind wir nie begegnet, nur unseren Wieder-Schöpfungen. Sie sind immer schon fort, lange fort. Außer in unserem Gedankenschwarm haben sie einander nie gekannt. Woher sollen wir also wissen, ob wir in ihrer Darstellung exakt verfahren? Wir sind Lebens-Imitatoren.«

Sean fand seine Zunge. Er leckte sich die Lippen, öffnete sie.

»Bis die *Kopernikus* auf eine eurer Welthülsen traf?«

»Ihr seid das erste Leben, dem wir begegnet sind. Das erste intakte Leben mit seinen Symbolkräften tiefen Geistes. Wir ließen uns voller Freude von der Kraft eures Daseins-Signals einfangen. Die tiefen Symbole und Sinngehalte zwangen uns. Aber wir können unsere anderen Welten nicht informieren, sie sind weit in Raum und Zeit verstreut. Der Raum zwischen den Sternen ist gewaltig, die Abgründe der Zeit reichen tief. Unsere Welten wandern irgendwo in dieser Galaxis – oder auch außerhalb – weiter. Jede Projektion wird von einem Gedankenschwarm belebt, begleitet von einem weiteren, lernenden Gedankenschwarm.«

Ein Multiwelt-Wandermuseum projizierter, wiederbelebter Lebensformen... ein kosmisch-psychisches Disneyland. War *dies* die einzige andere Lebensströmung, die sich die Galaxis mit dem menschlichen Leben teilte? Die einzige andere höhere Lebensform? Sicher, es gab niederes Leben: die Ökologien der Koloniewelten, auf die die Erde bisher gestoßen war...

»Der ursprüngliche Beginn des Gedankenschwarms ist inzwischen vollständig in Materie übergegangen. Eine neue Welt können wir dennoch beleben, indem wir die vorherige Projektion aufgeben, deren Charakteristika wir unendlich lange speichern. Vielleicht wird eine andere Welthülse, die aus eurer Heimat die Botschaft eures Lebens empfing, wenn ihr längst vergangen seid, sich dazu entscheiden, ihre derzeitige Projektion zu speichern und eure Erdwelt statt dessen zu beleben – für eine Stunde oder eine Million Jahre. Und sie wird zu erraten versuchen, was ihr wirklich wart. Aber euch kennen wir nun durch direkte Erfahrung. So verehren/bewundern/preisen wir euch.«

Deshalb seid ihr also auf Knossos' Hochgeschwindigkeitsentwicklung gesprungen! Gibt sie euch die Kindheit, die ihr nie gehabt habt? Und wenn wir – falls – wir alle das Millennium erreichen, schaltet ihr die Projektion aus! Und belebt statt dessen eure Vorstellung von intelligenten Echsen, Tintenfischen oder Gasballons, die vor Millionen Jahren eine Botschaft ausgestrahlt haben ... Einen Moment, warum sollten alle diese Lebensformen vergehen? Warum sollte das Erdenleben eine Botschaft aussenden und dann von der Szene verschwinden?«

»So ist das Leben. So hat es sich bisher erwiesen. Natürlich können wir nur von den Lebensformen sprechen, die ein Signal gesendet haben. Aber diejenigen, die senden, tun es nur für kurze Zeit. Es ist der Hochpunkt einer Spezies. Danach herrscht Stille.«

»Wir gründen Kolonien, breiten uns aus.«

»Einige wenige Sternschnuppen von eurer Heimatwelt. Das ist gar nichts. Eure Heimatwelt erstirbt vielleicht schon jetzt, nachdem sie ihren Höhepunkt erreicht hat. Nur wir sind unerschöpflich, weil wir die Leere anzapfen, weil wir Kinder der Leere sind, ihre Projektion aus der Singularität. Doch könnte unser Zusammentreffen hier ein großes Ereignis sein. Wenn auch nicht für eure Heimatwelt, die ihr Ziel eigenständig erreichen muß. Das erkennen wir jetzt. Im Balsam der Leere, in den gewaltigen Räumen und der unausgefüllten Zeit muß jedes Leben lernen, zu sich selbst zu finden. Nur wir können Sinn und Ziel von Lebensformen zusammentragen und vergleichen, nur wir, da wir vom Ursprung her weder Sinn noch Ziel besitzen.«

»Knossos will für sein Weltexperiment eine Quarantäne!«

»Knossos kennt die tiefgründenden Symbole eures Lebens. Knossos ist der Same. Aber auch du, Sean *Athlon,* hast unseren inneren Kern erreicht ...«

Sean streckte seinen Körper. Er fühlte sich wieder vollständig: Augen, Nase, Lippen; Lunge, Bauch, Herz; Füße und Hände. Er befand sich nicht mitten im Nirgendwo. Sein Körper begann, den Raum um sich herum wieder zu errichten: Länge, Breite und Höhe. Ein einziger Ruck, und er konnte – wie ein Tennisball, der durch den Hyperraum geschickt wurde – hinaus in die Realität gezogen werden. In die projizierte Realität, die durch die Linse von dem Gedankenschwarm ausging.

Er gab sich einen Ruck.

Vierter Teil

GARTEN

24

Sean lag auf weichem, grünem Rasen.
Ohne zu brennen, schien die Mittagssonne aus einem Türkishimmel herab. Große Brombeeren hingen von den Hecken. Eine rote Seebarbe, so groß wie ein Seehund, schleppte sich ächzend auf den Flossen über den Grasboden. Pfeifend kam eine nackte Frau aus den Lorbeerbüschen gelaufen und nahm den Fisch in die Arme; eine schlüpfrige, phallische Umarmung, der er sich dankbar ergab...
Blinzelnd erkannte Sean den Garten.
Er erkannte auch seine vertrauten Glieder. Er streckte sie; er war wieder er selbst.
Aber er war noch mit der Knossos-Tunika bekleidet, die er für imaginär gehalten hatte. Sie war zusammen mit ihm hierher projiziert worden.
Es gab fremde Wesen, die die toten, vergangenen Kulturen der Galaxis mit ihrem Geist neu belebten... Weil Leben in Raum und Zeit spärlich war und ein bestimmtes Stadium nicht zu überleben schien... Was hofften die fremden Hüter zu gewinnen? Es war ihr Instinkt. Wie der Laubenvogel schmückten sie ihre Nester mit *objets trouvés*...
So wie wir das Aussterben des Dinosauriers, des Dodo und des Wals bedauern... Um wieviel mehr würden wir das Aussterben der Kanopianer, der Weganer, der Aldebraner und ihrer erworbenen Erkenntnisse bedauern? Es gab den Fremden Bedeutung, Ziel und Substanz.
Über den Bäumen zeigte sich etwas Silbriges. Die Spitze der *Schiaparelli*! Sean kam hoch. Wo waren Muthoni und Denise? Denise, ach ja. Die Vögel, die schmelzend in den Bäumen sangen... Er spürte Denise... anderswo. Ja, er war tatsächlich eine andere Person als vorher. Wenn seine normalen Sinne in der Hölle zu übernatürlicher Präzision gewachsen waren, so spürte er jetzt, nachdem er im Gitterraster des Gedankenschwarms gewesen war, einen neuen Sinn. Einen Sinn, der ihn mit der gesamten planetaren Projektion verband. Noch war er verschwommen, er wußte nicht, wie man ihn zentriert. Aber selbst

so: Muthoni war ... ein Panther (oder verhielt sich wie einer), der auf seinem weiten Heimweg zum Schiff durch die Sumpfgebiete schlich. Er zentrierte sein neues Sinnesorgan. Nein, sie war noch eine Frau. Eine zornige Frau. Auf der Jagd. Sie war verlassen worden, erst von Denise, dann von Sean. Die scharfen Fingernägel wie Skalpelle gezückt, war sie in die Linse eingetaucht. Die Linse hatte sie in den Garten zurückprojiziert. Wo war Jeremy? Er weinte (oder biß sich auf die Lippen, um nicht zu weinen) neben dem Brunnenteich im Paradies. Ein ewiger Zeuge. So wie die Fremden Zeugen waren, so hatten sie ihn für diese Rolle erkoren. Denise war ... vereint, anderswo. Sie badete in einem Teich, den eine Kavalkade umkreiste. Die drei waren helle Funken in einer wirbelnden Galaxis, die sich um eine Welt legte. Jeder von ihnen hatte seine spezifischen Spektrallinien, seine charakteristische Erkenntniskonstellation, die bestimmte Wellenlängen der Erfahrung absorbierte, die durch ihn drangen und anderen erkennbar waren.

Knossos, der Bekleidete, war ... *ganz nahe*. Der andere Mann kleidete sich in Wissen. Er absorbierte so viel, daß sein Spektrum dunkel verhüllt war. Doch dünne Lichtlinien strahlten durch und charakterisierten ihn: Schlitze in seinem Gewand.

Sean schlüpfte hinter einen Strauch, obwohl Knossos ihn mit seiner Ausprägung des neuen Sinnes vermutlich aufspüren konnte.

Krächzend flatterte die vertraute Elster über ihm. Als Knossos auf die Lichtung trat und prüfend nach allen Seiten blickte, schnellte Sean aus seinem Hinterhalt und packte ihn am Arm.

»Hab' ich dich, Heinrich Strauss!«

Knossos musterte Seans Tunika mit langem Blick und grinste. Er gab sich keine Mühe zu entkommen.

»Ja, ein kleiner Vogel hat mir erzählt, Sie hätten mit den Fremden gesprochen. Der arme, alte Gedankenschwarm!« Mit aufgesetzter Miene schüttelte Knossos den Kopf. »So viel Macht, so wenig Verständnis! Kulturparasiten ... Das andere kosmische Leben ist nicht einfach verschwunden, es hat sich *vervollkommnet*. Es hat sich fortbewegt.«

»Tatsächlich? Ich nehme an, Sie haben eine Kristallkugel, einen heißen Draht zu den transzendentalen fremden Rassen?«

»Noch nicht. Aber ich werde ihn haben. So wie wir alle. Selbst der Gedankenschwarm kann sich dann weiterbewegen. Seine Teile sind bereits jetzt zu Fischen, Vögeln und Säugetieren geworden. Die Entwicklung ist in gutem Gang, dank meiner Bemühungen«, er lächelte bescheiden, »und unserer Anwesenheit hier. Zumindest behaupte ich das.« Er lächelte der Rotbarbe gütig zu und segnete seine Trägerin, als diese vorbeilief.

»Das hier sollte eine menschliche Kolonie werden.«

»Aber ja, gewiß. Und warum, vermuten Sie, gehen wir in die Galaxis hinaus, wenn nicht, um uns selbst in etwas Fremdes, etwas Neues umzuwandeln? Was stellen Sie sich unter dem wahren, tieferen Grund der Kolonisierung vor? Mehr Lebensraum, mehr Raum für normale Handlungsweisen? Jede neue Welt wird die Menschheit *verändern*, wird sie langsam, aber stetig in eine neue Wesensart verwandeln. Die fremde Sonnenstrahlung, der fremde Biorhythmus, die fremde Ökologie... Ohne sich zu verändern, kann man sich nicht einfügen. Dank unseren Gastgebern, dem Gedankenschwarm, wird dieser Prozeß hier eben beschleunigt.«

»Ich schätze, Sie wußten das alles vorher, als Sie von der Erde aufbrachen?«

»Oho, Sarkasmus! Nein, Sean, ich bin nicht verrückt. Wie hätte ich wohl im voraus über den Gedankenschwarm etwas wissen können? Ich wußte nicht ein Detail von dem, was hier geschehen würde. Aber ich bin hier in der Tat auf *Gold* gestoßen: den Stein, *Aqua nostra*. Er wurde mißbraucht, war eine mißverstandene Kraft. Hat der Gedankenschwarm Ihnen erzählt, daß er vor unserer Ankunft damit beschäftigt war, eine intelligente Vogelrasse wiederzubeleben? Seit hunderttausend Jahren, wenigstens. Wie ein Uhrwerk. Immer im Kreis herum. Nun, das Projekt wurde aufgegeben – wenn man davon absieht, daß Teile des Gedankenschwarms, die bei der Neubelebung beteiligt waren, neues... Gefieder anlegten! Vorher hatten sie noch nie mit dem lebendigen Geist einer Rasse zu tun gehabt, mit den leidenschaftlichen Kräften des Unbewußten und der geistigen Dynamik. Vorher hatten sie nur die äußere Hülle und ihre gedankliche Annäherung des Geistes, seine Simulation. So mußten alle ihre künstlichen Welthülsen sein – bis eine von ihnen zündete und eine wirkliche Entwicklung begann. Bis die Simulation *sie* kontrolliert, etwas, nach dem unsere Energiefreunde sich im Innern geradezu sehnen, um sich eine Art existentieller Authentizität zu verschaffen. Weil sie sich anders als wir nicht entwickelten. Sie waren eines Tages einfach da, voll erblüht und strukturiert, ein Produkt der Singularität.«

»Sie haben mir gesagt, die Originale ihrer exotischen Disneylands seien alle vergangen. Außer ihrem Lebensimitat sind wir *allein*.«

»Ein weiteres Mißverständnis, erzeugt durch ihren Mangel an evolutionärem Antrieb. Sich entwickelnde Rassen scheinen unter dem Zwang zu stehen, eine Botschaft über sich selbst zu verbreiten. ›Hallo, da sind wir!‹ Sie schicken eine Funkbotschaft los. Wir haben es ja auch so gemacht. Das geschieht dann, wenn sie glauben, im gewöhnlichen, einsamen Universum noch Zeitgenossen finden zu können. Aber es ist wirklich einsam. Wenn die Rassen sich ihres Alleinseins bewußt werden, müssen sie sich entscheiden, ob sie bleiben wie sie sind und verkümmern oder sich zu etwas anderem, *Außergewöhnlichem* entwickeln, und zwar außerhalb des gewöhnlichen, einsamen Universums. Dort sind die verstummten Rassen hingegangen.« Er spähte in den Türkishimmel, als könnte er sie jenseits der Sonne und der Kluft des Weltraums deutlich sehen.

»Aber es gibt doch eine erkennbare Alternative: Kolonisierung. Wenn die Galaxis einsam ist, füllen wir sie! Kolonisieren wir sie!«

Strauss schüttelte den Kopf. »Tun wir das, können wir das? Zuviel Raum, Sean, eine zu unermeßliche Zeitspanne. Außerdem wird jede Rasse, die auf ein Kolonisierungsprogramm setzt, schon bald entdekken, daß die Kolonisierung fremder Welten Lebewesen produziert, die ihr selbst fremd sind. Eine Rasse reproduziert sich nicht einfach überall. Und wer wird dann die Investition fortsetzen? Entweder müssen sie den Laden dichtmachen oder statt dessen den Weg des Außergewöhnlichen gehen.«

»So wie hier?«

»Genau, Sean. *Gold*!« Er rieb seine Fingerknöchel; ein Aladin, der einen Geist beschwor, der in diesen zweihundert Jahren seinem Befehl unterstand. Die Elster überlegte, wo sie landen sollte, und entschied sich für die Brombeerhecke.

»Wie angenehm – für Sie und Ihre Anschauung! Und was für ein toller Zufall! So wie Sie reden, glauben Sie, alles sei vorherbestimmt gewesen. Ihr persönliches Schicksal hat hier draußen auf Sie gewartet. Und was, wenn Sie sich für ein anderes *Exodus*-Schiff gemeldet hätten?«

Selbstzufrieden strich Knossos über seine Tunika. »Auf anderen Kolonien warte ich zweifellos meine Zeit ab und beobachte die Auswirkungen fremder Lebensrhythmen. Mit der Zeit werde ich eine zunehmend wichtige Rolle spielen, oder aber die Kolonie wird unvermeidlich kaputtgehen, wenn ihre Fremdartigkeit erkennbar wird. Auf welchem *Exodus*-Schiff auch immer, ich bin mit gutem Grund dabei. So wie Sie hier und jetzt mit Ihrer Expertenkenntnis sind. Zufällig ist sie fast die gleiche wie meine: die Anpassung archetypischer Strukturen an nichtmenschliche Rahmenbedingungen, nicht wahr? Die Strömungen des Unbewußten, die – wenn sie sich zu verändern gezwungen werden – den Menschen zu einem neuen Wesen machen.«

»Wie meinen Sie das: Sie sind *dort*? Das hier ist die einzige Kolonie, in der Sie sind. Zufällig.«

»Sean Athlone, ich bin Teil eines *Plans*. Oder vielleicht sollten wir es eine heuristische Strategie nennen... Jedenfalls habe ich ihn entwikkelt. So, und nun hören Sie mir einmal zu! Der Verwalter jeder neuen Kolonie ist überzeugt, daß die Kolonie seiner Verwaltung wegen überleben wird. Dasselbe gilt für den Ersten Psychologen und den Soziologen. Aber auch ich bin da: der Umwandler, der spirituelle Alchemist. Ich bin unter den übrigen Kolonisten verborgen, in der Maske des brillanten Biochemikers und Xenobiologen.«

»Hier sind Sie also! Und Sie haben sich verborgen gehalten – und es gibt genau einen Ihrer Sorte. Darin liegt wohl keine meisterliche Planung!«

»Aber gewiß doch!«

»Es ist schierer Zufall, daß Sie auf einem Planeten gelandet sind, auf dem Sie aus dem Unterholz kommen konnten.«

»Ein *unglaublicher* Zufall?« Strauss lächelte schief. Suchend blickte er zum Himmel, als sei er jenseits der Schwärze mit einem weiteren blauen Eiland verbunden. »Ich bin bei allen Expeditionen, Sean, unter verschiedenen Namen. Überall warte ich meine Zeit ab. Oder die Zeit meiner Nachkommenschaft. Ich bin geklont worden, Sean, verstehen Sie? Weil Raumfahrt Alchemie ist. Sternenschiffe sind die spagirischen Flaschen, die das Wesen der Menschheit isolieren und es für drastische Veränderungen präparieren. Fremde Sonnen sind die Brennöfen.«

»Geklont hat man Sie? Aber Klonen ist doch geächtet. Es war auch schon bei Ihrem Start geächtet. Und es war geächtet, als ich gestartet bin.«

»Geklont haben Sie mich, und Wachstum und Ausbildung meiner Klone beschleunigt. Das, Sean, war das Geheimnis. Unter verschiedenen Pseudonymen sollte ich, wie man es formulieren könnte, der alchemistische Lenker der Kolonie sein – falls es sich als notwendig erweisen sollte. Und ich wußte, das würde der Fall sein, wenn die Kolonie dazu überging, Menschen in fremdartige Wesen zu verwandeln. Nur mich haben sie geklont, denn gute Verwalter und so weiter hat es immer genug gegeben, aber es gab nur einen wie mich – einen, der den Glauben bewahrt hatte! Natürlich war die Öffentlichkeit der

Meinung, eine Kolonie sei eine ganz normale Angelegenheit: die simple Verpflanzung von Mittelstadt oder Metropolis auf eine andere Welt. Aber so war es eigentlich in Wirklichkeit nie. Kolonisierung als Methode, den Bevölkerungsüberschuß der Erde umzusiedeln, ist einfach lächerlich. In jeder Stunde werden mehr Menschen geboren, als man in einem Jahr ins All schicken kann.«

»Das war ja auch nie der Grund. Es galt... die Menschheit im Kosmos zu reproduzieren. Unsere Überlebensschancen zu sichern.«

»Nun, das war dadurch auch nicht zu leisten. Nicht unter fremden Sonnen. Nein, fremde Welten mußten fremde Wesen erzeugen. *Ich* wußte das. Es war eine Möglichkeit, Sean, unsere Menschlichkeit auf den Prüfstand zu stellen und unsere Fähigkeit der Weiterentwicklung; eine Möglichkeit zu untersuchen, zu was wir uns verwandeln konnten. Das ist in Wahrheit der einzige tiefe Grund für die Kolonisierung. Ein evolutionärer. Neue Nischen, neue Lebewesen.«

»Sie meinen Entwicklung im Darwinschen Sinne?«

»Ich meine auch geistige Entwicklung. Trigonometrische Vermessung des Universums aus fremden Perspektiven! Überwindung unserer selbst. Aber wie konnte man das einer Wählerschaft verkaufen? O Zinjanthropus, gieße deinen Schatz in den Homo Habilis! O Neandertaler, nutzt eure Kraft, den Crô-Magnon-Menschen voranzubringen! Aber der Wille, sich zu entwickeln und umgewandelt zu werden, ist, wie Sie wissen sollten, ein fest verankerter Archetyp. Er war es, in die Rüstung interstellarer Reisen gekleidet, der den wahren emotionalen Impuls gab – solange ihn kaum jemand offen aussprach. Dieser Wille saß so tief wie der Wille zu überleben. Aber was *ist* überleben? Es bedeutet Wandel, Veränderung. Schon immer. Meine Mitbrüder auf anderen Planeten – oder ihre geklonten Nachkommen, denn in diesem Bereich der Biologie sind wir wohlgeübt! – werden eine längere Wartezeit haben als ich hier, wo das Gold mir direkt in die Hände gefallen ist. Verstehen Sie jetzt, was die Kolonisierung anderer Welten wirklich bedeutet? Und daß sie heimlich gelenkt werden muß? Denken Sie darüber nach, Sean, mein Lehrling. Der Mensch *muß* sich wandeln.«

Benommen saß Sean auf einem Holzklotz. Die Meister-Lehrling-Beziehung parodierend, kauerte Knossos sich zu seinen Füßen nieder. Der Klotz wies keinerlei Fäulnisspuren auf. Er war ein natürlicher, unbearbeiteter Sitzplatz.

»Sie sind also ein Strauss-Klon?«

»Nein, *ich* bin das Original. Ich hatte Glück, Sean. Glück. Schließlich ist Glück durchaus ein Faktor im Universum. Zufall. Übereintreffen. Synchronität – ist das nicht der Begriff, den Ihr geistiger Mentor Carl Gustav Jung verwandte? Nennen Sie es, wie Sie wollen! Denken Sie nur an Ihren eigenen Namen, Athlone. Willkürliche Ähnlichkeit, hm? Ihr Mentor Jung hat das wohl verstanden. Es handelt sich um einen sehr langfristigen Plan, Sean. O ja, ich bin – oder war – bei allen Expeditionen dabei.«

Sean schlug die Faust in die offene Handfläche. »Nein! Ich kann einfach nicht glauben, daß die Erde ein Kolonisierungsprogramm in Gang gesetzt hat, um Ihren... alchemistischen Wahnvorstellungen zu Diensten zu sein! Das paßt nicht, Strauss. Sie lügen!«

»Natürlich war das nicht der *offenkundige* Grund«, meinte Knossos seufzend, »sondern das wahre, unerkannte Motiv. Natürlich hat die Erde nicht Klone von mir auf jedes Schiff plaziert, um mir etwas Gutes zu tun – man hatte noch nicht einmal begriffen, daß ich recht hatte. Aber ich hab' mich ›verkauft‹, Sean, mit Erfolg – und zwar als das, was die alten Futurologen eine Distanzprojektion nannten, eine wilde Karte. Ich war ein Mann von einigem Einfluß – ich kannte Leute – ich bemühte mich darum. Ich konnte einige Fäden ziehen. Und gleichzeitig wußte ich mir selbst zu helfen, hatte etwas zu bieten. Menschen in eine fremde Welt zu verpflanzen, ist etwas anderes, als sie über den Atlantik zu transportieren. Ein völlig neues Spiel, Sean. Man muß mindestens eine wilde Karte mithaben, weil man den Joker im Stapel womöglich zum Überleben braucht. Seien wir bescheiden: Es mag andere gegeben haben, die mir unbekannt waren. Aber hier bin ich, glückliche Fügung, der Joker, der ausgespielt werden *mußte.* Und zwar sofort. Zielpunkt eins war eine schlimme Enttäuschung: planetare Instabilitäten, die von der Genesis-Sonde nicht festgestellt worden waren. So hat sich Kapitän Jeremy einmal erinnert. Und dann enttäuschte uns Zielpunkt zwei. Aber hier waren die Fremden. Die Imitatoren. Die Realitäts-Projektoren.«

Sean zeigte zur Turmspitze der *Schiaparelli.* »Die Erde will die Resultate wissen... Sie werden wissen wollen, wie *gut* Sie es geschafft haben.« Die *Schiaparelli* schien in einer zitternden Luftbewegung zu schwanken. Einen Augenblick lang sah Sean sie als etwas anderes, eine andere Möglichkeit, eine angemessenere.

»Sean, Sean, bemuttern Sie mich nicht! Ich habe auf die Herausforderung dieser Welt und ihrer fremden Schöpfer richtig reagiert.«

»Es kam also zu einem geistigen Rendezvous, zu einem Pakt zwischen Ihnen und den Fremden!«

Strauss kaute auf seinen Lippen. »Im Kälteschlaf, ja. Ich hatte eine Vision, einen Traumkontakt mit ihnen. Ich traf sie in ihrem psychischen Raum. Meine Vermittlung traf auf Verständnis, meine... Vorstellungen zogen sie an. Weil sie Umformer waren. Umwandler.«

»Und der Gott? Sie müssen an einen Gott geglaubt haben, um einen ins Spiel zu bringen.«

»Gewiß, ja. Jetzt entwickeln wir gerade einen Gott, ein Stadium der Gottheit, in das wir alle eintreten werden.«

»Er scheint Scheu vor der Rolle zu haben.«

»Zunehmende Gewissensbisse.«

»Die Hölle mußten Sie aber nicht einführen!«

»Wie ging es ohne sie? Sie klärt, sie destilliert. Und sie existiert nicht für immer. Die meiste Zeit verbringen die meisten Menschen, die sich in der Aufwärtsspirale bewegen, im Garten, und der ist, wie Sie zugeben müssen, sehr reizvoll.« Sean blickte auf die üppigen Früchte in Greifnähe. Er nickte.

»Aber ich bin froh, daß Sie es erwähnt haben«, fuhr Knossos fort. »Wenn Sie der Erde Meldung machen müssen, könnte die Situation hier den Erdbehörden ein wenig... nun, exzessiv erscheinen. Mir ist klar, daß es einige hundert Jahre dauern würde, bis sie hier eingreifen könnten, und ich bezweifle sogar, daß sie es überhaupt fertigbrächten, wenn man die Kräfte berücksichtigt, über die die Fremden gebieten. Aber womöglich betrachten sie meine Klone in den anderen Kolonien als... nun, nicht mehr als Joker, sondern als Natter an ihrem Busen.«

»Ich bin sicher, die Erde würde verstehen, daß Sie nur zu ihrem Besten gehandelt haben«, sagte Sean ironisch.

»Wir werden uns alle in einer gesunden Symbiose mit den Fremden entwickeln, zum beiderseitigen und unsterblichen Wohl«, sagte Strauss. »Dann kann die ganze Welt nur noch Garten und Paradies sein. Aber die Erde über die Hölle, das Fegefeuer unterrichten? O nein, zu früh.«

»Wie kann eine Welt, die sich nicht um ihre Achse dreht, nur von Gärten bedeckt sein?«

»Ach, Sean, man setzt sie in Drehung. Erreicht das Millennium.«

»Aber der Drehimpuls...«

»Wird in das kleine schwarze Loch in der Mitte dieser Welthülse übertragen. Unsere Fremden haben Macht, Sean, Macht und Energie. Was ihnen fehlt, sind Zweck und Ziel, abgesehen von denen, die sie sich von anderen Rassen borgen. Sie sind Chamäleons, Über-Chamäleons!«

»Was geschieht nach dem Millennium?«

»Wer kann schon wissen, wozu eine Welt vervollkommneter Lebewesen sich entscheidet?«

»Vielleicht dazu, endlich Kinder zu haben?«

»Ach ja. Ich wollte nicht, daß die Kleinen durch die Hölle müssen. Ich bin ein empfindsamer Mensch. Und die erwachsene Bevölkerung ist ohnehin ausreichend groß. Ich habe den Gedankenschwarm überredet, eine Anzahl passender Individuen zu klonen und zugleich unsere gesamten Eivorräte mit eingeprägter Orientierungskenntnis zum Erwachsenenstadium zu entwickeln; dazu gehörten Sprache, körperliche und geistige Fertigkeiten und ein Sinn für die Bedeutung der Welt. Seitdem haben diese Neo-Erwachsenen im Verlauf des Werks natürlich ihre eigenen Persönlichkeiten entwickelt.«

»*Passende* Individuen? Wie...?«

»... ich das wußte? Durch Verständnis ihrer Struktur.«

»Ihres Spektrums.«

»Ah, Sie begreifen! Sie sehen es also als Spektrum, hm? Ja, das paßt. Man kann kleinste Einzelheiten einer Psyche herauslesen. Ich habe es mir als fraktionierte Destillationssäule oder als Chromatographen vorgestellt. Aber das ist schließlich mein Hintergrund... Auch einige Erwachsene sind projizierte Körper, die von dem Gedankenschwarm belebt wurden. Es gibt genug von uns, aber vielleicht entscheiden wir uns dennoch, Kinder zu haben; vervollkommnete Erdkinder.«

»Und was geschieht, Herr Professor, wenn die Erde trotzdem nach Ihnen sucht, und zwar mit größerer Energie als die *Schiaparelli*? Was, wenn die Erde überlichtschnelle Antriebe baut?«

Knossos zuckte die Achseln. »Der Gedankenschwarm kann seine Welten nicht schneller als mit langsamer Unterlichtgeschwindigkeit bewegen, obwohl er die Energie der Leere anzapft. Keine andere Rasse, die sie neu belebt hat, baute jemals einen Überlichtantrieb, um ihren eigenen Funksignalen zu folgen. Der ÜLA ist anscheinend unmöglich. Wenn wir alle das Stadium der Vollkommenheit erreichen, Sean, befinden wir uns auf einer ganz anderen Schwelle: an der Schwelle des Kontakts mit den anderen vervollkommneten Geschöpfen durch einen anderen Kanal – einen geistigen!«

»Vorausgesetzt, es gibt sie noch auf einer anderen Existenzebene. Eine gewagte Annahme.«

»Wagen Sie es zu denken, Sean! Kein Zweifel, daß einige von ihnen von der Bildfläche verschwunden sind. Aber Leben ist die Sprache des Universums. Sollte das Universum etwas vergessen haben, wie es sich artikuliert?«

»Ach ja, Ihr Holovisionsprogramm!«

»Davon wissen Sie?«

»Eine kleine Maschine hat es mir erzählt. Ihre Eitelkeit hat verhindert, daß Ihr Dossier völlig geheim blieb.«

»Eitelkeit? O nein! Mein Dossier ist... irrelevant. Jetzt bin ich Knossos.«

»Gnosis.«

Strauss verbeugte sich anerkennend, dann verhärtete sich sein Gesicht.

»Wenn Sie die Rolle des *Advocatus diaboli* spielen wollen, verspreche ich Ihnen, daß es dafür einen Platz gibt. Lieber würde ich Sie jedoch als meinen Lehrling oder gar einen Gleichgestellten sehen.«

»Wollen Sie mir drohen?«

»Im Gegenteil! In die Hölle rutschen Sie automatisch. Bis Sie sich von Neid und falschen Bindungen reinigen. Ich erwarte nicht, daß Sie glauben, weil jeder *glaubt*. Glaube gibt den Rahmen für jedes Denken und Handeln ab. Glaube an etwas, selbst an den Unglauben. Glaube ist die Luft, die wir atmen, sonst würden wir nicht leben. Nein, Sie besitzen bereits einige Kenntnis über die mechanische Seite der Projektion. Ich erwarte nur, daß Sie diese Kenntnis nutzen, anstatt sie zu leugnen. Ist das nicht Ihre *Aufgabe*?«

»Unter anderem war es meine Aufgabe, der Erde Meldung zu geben.«

»Nun gut, da drüben ist Ihr Schiff. Gehen Sie hin! Gehen Sie zu Ihrem Kapitän und seiner Besatzung! Sehen Sie, wie der Glaube dort nach all dem, was Sie gelernt haben, Anwendung findet! Sie sind jetzt anders, Sean. Sie sind verändert.«

»Gewiß«, gab Sean zu. Er konnte Muthoni, Denise und Jeremy spüren... und den Teufel, den Gott, und wie sie alle in die Struktur der Umwandlung in ein höheres Wesen gehörten. Wenn er sich darauf konzentrierte, konnte er ihren Aufenthaltsort erspüren; wie Spuren in einer Blasenkammer, die sich aus dem Zusammenstoß ihrer ›Partikel‹ mit anderen Partikeln ergaben, wobei der entstehende Energieausbruch neu geladene Teilchen entstehen ließ. Jeremy schien ein beständiges Verfallsprodukt, oder besser ein Austauschpartikel, etwas, das ständig wie ein Photon zwischen interagierenden Partikeln ausgetauscht wurde. Eine Lichtspur in der Linse, die der Mikrokosmos seines Planeten war. Er konnte ihre Verteilungskurven, ihre Spektren spüren – und die exotischen, langlebigen Partikel, die die ›fremdartigen‹ Tiere mit ihren speziellen Energiekennzeichen darstellten... Kurzzeitig blühte der Garten für ihn auf – in ein Kaleidoskop funkelnder, sich begegnender Energien: ein Austausch lebendigen Lichts.

»Die alten Treuebeziehungen sind Widerhaken, Sean. Mach dich frei!«

Die Spitze der *Schiaparelli* schien Sean anzulocken. Vielleicht war es nur sein Widerstand – oder der Widerstand Austins, Paavos und Tanyas –, der seine konkrete Existenz in der planetarischen Projektion aufrechterhielt. Er könnte sich verwandeln, dachte er ängstlich, aber auch mit erregendem Schauer. Er könnte in die Projektion hinein absorbiert werden, ein Kromlech oder eine andere Vorrichtung dieser Welt der Umwandlung werden...

»Das werde ich sicher«, sagte er. Corvo die Elster flog eine tiefe Kurve und schiß verächtlich auf seine Tunika.

25

»HE! AUSTIN! KAPITÄN!«

Die Rampe war noch immer bis aufs Gras ausgefahren. Wo die Hauptdüsen der *Schiaparelli* Feuer gespuckt hatten, war der Boden längst wieder zu hellem Apfelgrün verheilt. Die Landestützen waren von Blumen überwuchert: Margeriten und Primeln. Wie Himmelsflecken blühten Vergißmeinnicht in ihrem Schatten, Winden rankten sich an ihrem Stahl hoch.

Von seinen Rufen angelockt, kam ein kleiner Braunbär auf die Wiese. Schwankend stand er auf seinen Hinterbeinen und starrte ihn kurzsichtig an. Jetzt schien er gar nicht mehr so klein. Der Bär kam auf ihn zugelaufen und schlug die Vorderpfoten rhythmisch zusammen, als wollte er seinen Kopf zerdrücken. *Sie:* es war eine Bärin. Er dachte, es sei Tanya Rostov, verwandelt in einen drolligen und nichtsdestoweniger gefährlichen russischen Bär, weil sie die Boschwelt so brummig aufgenommen hatte...

»Tanya?«

Aber der Bär war nicht ganz sie. Nein, aber er war ein Geschöpf, das in Einklang mit ihr stand.

Schwankend blieb der Bär stehen und brummte ein paar Laute, die nach seiner Meinung durchaus hätten russisch sein können.

»Ich verstehe dich nicht.«
Menschen verwandelten sich normalerweise nicht in Tiere, das war Sache des Gedankenschwarms. Dennoch roch er nach Tanya.
Aus den Sträuchern drang ein Lachen. Tanya kam nackt herausgelaufen. War sie wahnsinnig geworden? Die Russin war mit Schlamm und Blättern verschmiert. Sie sah aus wie eine Infanteristin in Tarnuniform, obwohl die Blätter auf ihrer nackten Haut klebten. Schrille Takte aus *Petruschka* pfeifend, begann sie zu tanzen. Sie tanzte einen *Entrechat*, einen *Pas de Chat*, eine Pirouette. Ungeschlacht tanzte der Bär eine Parodie ihrer Schritte. Tanya blieb stehen. Die Hände in die Hüften gestützt, starrte sie Sean an.
»Meine kleine Bärin, sie ist gut trainiert, nicht wahr? Sie kann sogar bauchreden. Eine herrliche Welt ist das! Zauberhaft, wie ein Gemälde Chagalls. Bald werden die Kühe fliegen.«
Jetzt tanzte sie ein paar Schritte nach Strawinsky-Themen: eine Parodie auf die pythagoreischen, akrobatischen Verrenkungen anderer Gartenbewohner.
Keuchend hielt sie inne. »Wenn es nur etwas Wodka gäbe! Natürlich«, fügte sie neckisch hinzu, »könnte sie mich in Stücke reißen, wenn ich sie von der Leine ließe. Glaube ich, jedenfalls. Deshalb tanze ich.«
Tanya hatte sich heftig gegen den Planeten gewehrt. Folglich ließ die Welt – der fremde Gedankenschwarm – sie einen Teil ihrer Persönlichkeit selbst kontrollieren, wobei sie mehr und mehr Mühe aufwenden mußte... bis sie ihre Bruchstelle erreichte. Wahnsinn war die Voraussetzung zur Wiederherstellung. Dies war der Beginn ihres Abstiegs ins Unbewußte. Sie war auf dem Weg zur Hölle, zum dunklen Gulag der anderen Hemisphäre. Wenn sie sich entspannte und ihre Gegenwehr nachließ, würde der Bär sie töten, so wie der Löwe Sean und das Einhorn Denise getötet hatte. Oberflächlich war es eine fröhliche Szene: eine Zigeunerkirmes. Oder zumindest eine mittelalterliche Parodie: ein Veitstanz. Offenbar konnte er sich ihr nicht mitteilen, sie nicht warnen. Sie und der Bär – ihre Anti-Seele – waren wie die Pole eines Magneten miteinander verbunden. Sie würde die Hölle auf ihre eigene Weise eggen und den Samen ihres neuen Ich dort pflanzen müssen.
Begeistert pfeifend tanzte sie noch einige Schritte, während der Bär ihren Tanz brummend und schnüffelnd parodierte.
»Wer, zum Teufel...!«
Austin Faraday, immer noch in seinen *Schiaparelli*-Anzug gekleidet,

stand oben an der Rampe. Er trug eine Filtermaske über Nase und Mund.
»Athlone! Du bist zurück. Mein Gott, dir sind ja Haare gewachsen, oder ist es eine Perücke? Das ist eine unserer *Uniformen*, völlig zerfetzt. Die verflixten Affen!«
»Spielt es eine Rolle, was ich anhabe? Angesichts der Tatsache, daß ich zurück bin?«
Austin Faraday tätschelte seinen Raumanzug. Früher war es nur ein Raumanzug, jetzt stilisierte Faraday ihn zur Uniform hoch. Der Kapitän nahm starre Haltung an, als müßte Sean jetzt salutieren. Der Bär und die schlammbedeckte Tanya setzten ihr *Balett Russe* fort...
»Wo sind Muthiga und Laroche?«
»Muthoni ist auf dem Rückweg. Denise, hmm, erforscht die Ökologie. Ach, übrigens, wo ist Paavo?«
»Kekkonen? Bäh! Er ist pervers. Du kannst ihn irgendwo bei einer Orgie finden. Mit einer Frau oder sonstwem.« Ein Schauder durchlief Faraday. »Mr. Kekkonen«, korrigierte er sich förmlich, »ist zur Zeit mit Felduntersuchungen befaßt. Ganz in der Nähe.«
Sean ging die Rampe hinauf, während Tanya ein schrilles »An Bord«-Signal pfiff. Er schlug seinem Kapitän ins Gesicht. »Austin. Wach auf!«
Tränen traten in Faradays Augen. Er begann zu weinen und stützte sich auf Seans Schulter.
»Tut mir leid, Sean... Was haben sie uns angetan? Ich bin sicher, es ist das Obst und das Wasser. Ich bin bei den Schiffsrationen geblieben. Du mußt schon vergiftet sein. Geh weg!«
Erneut hob Sean die Hand, Faraday zuckte zurück. »Du hast recht, ich bin hysterisch. Das ist die Erleichterung, Sean, die schiere Erleichterung.« Er kicherte. »Du bist gekommen, mich zu erlösen. Ich dachte, ich hätte dich verloren. Du warst so lange fort.« Der Kapitän gewann seine Haltung zurück. »Aber ich habe hier für Ordnung gesorgt. So gut ich konnte. Ich habe versucht, wach zu bleiben. Mit Aufputschern.« Sein Blick wirkte gequält. »In meinen Träumen verändert die *Schiaparelli* sich«, flüsterte er erregt. »Wir können doch nicht zulassen, daß ein Schiff sich in einen Stalagmiten verwandelt, oder? Ich schwöre dir, ich halte das verdammte Schiff zusammen – durch Willenskraft.«
»Das wäre möglich.«
»Oh, was haben sie uns angetan?«
»Also, erst einmal kann ich dir sagen, wer ›sie‹ sind. Ich kann dir sa-

gen, was diese Welt ist. Und warum. Wirklich, unsere Felduntersuchung war ein irrer Erfolg.«
Austin Faraday widmete ihm nur wenig Aufmerksamkeit. Die Projektion des Planeten – die gnostische, alchemistische Bosch-Projektion –, der Gedankenschwarm darin und Heinrich Strauss, der Oberpriester und Joker im Kartenstapel waren ihm entrückt. Faraday hörte zu, aber er hörte nicht. Plötzlich gaben seine Knie unter ihm nach, er sackte in Seans Arme. Er wurde bewußtlos, fiel in einen erschöpften Schlaf.
Sean zerrte seinen Körper in die offene Luftschleuse. Sie war zu einem Robinson-Crusoe-Lager geworden. Überall waren Notrationen verstaut, ein Plastik-Wassertank hing an einer Sterilisationseinheit, und auf einem Bett, dessen Teile aus den Kojen oben stammten, lagen ein Lasergewehr und eine hypodermische Waffe.
Sean beförderte die Waffen mit einem Fußtritt zur Seite, legte Faraday auf das Bett und löste die nutzlose Filtermaske. Er entfernte die Energiezellen aus beiden Gewehren und warf sie durch die Luke. Er prüfte den Aufzug. Außer Funktion. Der Rest des Schiffes war nicht zugänglich.
Seufzend wandte er sich wieder der offenen Luke zu.
Am anderen Ende der Wiese stand eine bekleidete Gestalt. Knossos hob spöttisch grüßend die Hand. Vielleicht lag gar kein Spott in seiner Geste. Corvo die Elster flatterte über seinem Kopf und krächzte triumphierend.
Mein Verräter, mein Bruder...
Aber wieso konnte Strauss ein Verräter sein? Woran er hier mitgearbeitet hatte war das gleiche, auf das Sean in anderer Weise vorbereitet worden war. Fremde Welten konnten nie eine zweite Erde sein. Sie bewirkten Veränderung, Wandel. Wenn Strauss mit der Behauptung recht hatte, der wahre Grund des Kolonisierungsabenteuers sei Umwandlung – die hier auf der Bosch-Welt dadurch zustande kam, daß Symbole der Umwandlung direkt in die Außenwelt projiziert wurden –, dann mußte Sean vielleicht aufhören, gegen sich selbst anzukämpfen...
Ein Farbfleck – grün, gelb und rot – schnellte aus den Bäumen und flatterte über seinem Kopf. Ein Sittich, ein exotischer Vogel aus dem Wendekreis Boschs.
Sean hob die Hand. Mit drolligem Krächzen landete der Sittich auf seinen Fingern und umkrallte sie. Er blickte Sean an und grüßte ihn mit einem gutturalen, kehligen »Hallo.«

»Selber Hallo.«
»Das Werk, das Werk«, krächzte der Vogel, spreizte sein farbenfrohes Gefieder und knabberte suchend in den Federn darunter, obwohl es auf dem Planeten weder Flöhe noch Läuse gab. Vielleicht hatte der Sittich Schuppen. Versonnen kraulte Sean ihn im Nacken, während er die Rampe in den Garten hinunterging.

Einige Jahre später – insoweit man sich der Jahre bewußt war – kam Sean an der Wiese vorbei, wo die *Schiaparelli* gelandet war.
Jetzt stand dort kein stahlglänzendes Sternenschiff mehr und kein rostiger Rumpf. Mitten aus der Wiese ragte ein dunkelblauer Turm in die Höhe, sechs schlanke sechseckige Marmorsäulen, in deren Mitte vielleicht eine siebte wuchs. Oder aber eine Treppe wand sich um einen sechseckigen Schaft nach oben. Falls nicht, wäre eine der äußeren Säulen hohl. Hoch oben ruhte eine nach allen Seiten offene Plattform aus dem Turm, auf der zwei Gestalten artistische Übungen zeigten. Die eine war schwarz, die andere weiß. Ohne die nahe Tiefe zu beachten, gaben sie sich ihrer Gymnastik hin. Ein Stück über ihnen verschmolzen die Säulen zu einer rosafarbenen Lanzette, die in einer Harpunenspitze endete. Blinzelnd vergewisserte Sean sich dessen, was er bereits spektral erspürt hatte. Die beiden Akrobaten waren Muthoni Muthiga und Austin Faraday.
»Hallo!« rief er.
Sein Sittich, den er in einer Laune Archie getauft hatte (der Vogel war ein Archie-Typ), flatterte hoch und krächzte, um die Aufmerksamkeit auf sich zu ziehen. Die beiden Gestalten verharrten mitten in ihrer Pose. Sie blickten hinab und winkten Sean zu. Dann schlugen sie Rad, jeder in eine andere Richtung, bis sie sich wieder trafen: im Handstand, Auge in Auge. In dieser Position liebten sie sich mit langsamen, aber dennoch schwungvollen Bewegungen.
Sean applaudierte. Er rief Archie zurück und schickte den Vogel los, eine Möglichkeit des Lufttransports zu suchen. Dann ging er zurück zum Fuß des Turms und umrundete ihn, bis er eine Marmorplatte fand, die sich auf seine Berührung herabneigte und zu einer Rampe wurde. Er ging die durch ein Gegengewicht ausbalancierte Rampe – die sich hinter ihm schloß – hinauf in das Zentrum des Turms, der tatsächlich hohl war. Im inneren Sechseck wand sich eine Wendeltreppe nach oben, die durch in die rosafarbene Spitze einströmendes Sonnenlicht schwach beleuchtet wurde, seinen Hypersinnen jedoch hell erschien.

Er stieg hinauf, bis er an eine Stelle kam, wo ein Kontrolldeck hätte sein können, wenn es sich um ein Sternenschiff gehandelt hätte. Durch eine ovale Öffnung trat er auf die Drehplattform hinaus, die eine Verlängerung des Decks sein konnte.

Austin und Muthoni verharrten in ihrem langsamen, erotischen *Asana.* Heiter gab Sean Muthoni einen Klaps aufs Hinterteil. Sie grinste zu ihm hoch, und Austin brachte ein Zwinkern zustande. Sie kippten nach hinten, lösten sich voneinander und kamen in fließender Bewegung auf die Füße.

»Kommt ihr mit zur Kavalkade, Freunde? Wir treffen uns am Solventsee hinter dem Hermeshügel.«

»Können wir fliegen?« fragte Muthoni eifrig.

»Wieso nicht?«

Verzückt ging Austin hin und her. Die *Schiaparelli* existierte nicht mehr, und an diesem Mittag war die Erde weit entfernt. Er konnte sich kaum noch an die Erde erinnern, mußte aber noch einiges mehr vergessen. Sean erkannte, daß es für ihn bald Zeit sein würde, freiwillig zu sterben und sich eine Weile in der Hölle aufzuhalten. Muthoni nahm Seans Blick auf. Sie nickte bedauernd und wurde sofort wieder fröhlich.

Ein fliegender Hai, von einem Nix geritten, glitt durch die Luft, geführt von dem krächzenden Sittich. Er manövrierte sich mit der Schwanzflosse an die Plattform heran.

Sie stiegen auf den Rücken des Nix, und der Hai schoß davon. Und schon segelten sie hundert Meter über den Senken und Höhen des Gartens. Muthoni legte ihre Arme um Seans Taille, und er spürte an seinem Rücken, daß Faraday sie ebenso umklammert hielt. Austin würde natürlich nicht völlig vergessen, aber die Erde würde zu seinem Uterusleben, zu seiner Vorgeburtsexistenz werden. Sein Bewußtsein würde sich auf andere Dinge richten.

Sean erweiterte seine Wahrnehmung, und der Garten wurde zu einer gekrümmten Multiebenen-Landkarte, ähnlich wie das Gitterraster, aber mit Inhalten erfüllt. An den Knotenpunkten menschlichen und Gedankenschwarmlebens sprühten Funken; jeder stellte ein kleines Regenbogenspektrum dar, in dem die Absorptionslinien des Wissens streifige Konturen erzeugten.

Die Gesamtstruktur entzog sich ihm noch, und gelegentlich hatte er das nagende Gefühl, daß etwas fehlte – etwas, das er vergessen und übersehen hatte –, aber er war sicher, daß es rechtzeitig erkennbar würde. Zeit gab es noch reichlich. Die Sonne stand noch im Zenit am

Himmel, wärmte ihn durch seine Tunika und wärmte direkt die nackte Haut seiner Freunde. Eine Sonne, die die Zeit für immer und für die Gegenwart maß...

– Wir haben sie wirklich zum wahren Leben gebracht, Sterne der Schönheit!
– Uns selbst zum Leben gebracht, Grundlegender!
– Nein, diese Projektion ist autonom geworden. Integrität, Authenzität. Ich bin mir sicher!
– Mag sein, daß sie sich so verhalten haben./Grollend/Können wir jemals sicher sein? Zwischen ihren Hirnhemisphären, der linken und der rechten, gab es gewiß subtilere Verbindungen, als sie ahnten.
– Deshalb, Grundlegender,/ eine Spur von Sarkasmus/ haben wir durch Rückkopplung ein verfeinertes Wahrscheinlichkeitsmodell entwickelt. Wir haben das Eintreffen des Sternenschiffs eingeführt. Unser Schönstern-Grundlegender ›Athlon‹ hat tadellos gehandelt. Sein Einfluß auf die gesamte Projektion wird dazu führen, daß sie diese losen Enden ihrer Psychologie miteinander verknüpfen.
– Damit entwickelt er einen Vektor, der sich von unserm Grundlegenden ›Knossos‹ unterscheidet. Für Knossos ist ›Evolution‹ zielgerichtet. Für Athlon ist sie der Entwurf psychischer Schichten, die durch die Verwitterung der Zeit wieder freigelegt werden und nach Reintegration verlangen.
Athlon ist sich – zumindest gelegentlich – bewußt, daß sein höllengeschärfter Hypersinn mit der alten echsenhaften Unmittelbarkeit der Wahrnehmung verbunden ist, welche jetzt mit dem neokortikalen Verständnis verknüpft werden muß.
– Ich stimme mit dir überein, daß Knossos' Vision die erregendere ist.
– Und die ungewissere! Aber nur auf einer Skala der Ungewißheit! Von ihren ›unbewußten‹ Prozessen wissen wir nur, daß sie zu enzyklopädischer Beschreibung fähig waren – oder zur Symbolisierung im von ihnen übermittelten ›Kunstwerk‹. Also: Die Vorstellung eines lenkenden Metawesens – einer Gottheit – ist unvollkommen. Wir sind bereits ein regelrechtes Metawesen. Unsere Grundlegenden in den Rollen von ›Gottheit‹ und ›Anti-Gottheit‹ leiden unter Mißbehagen.
– Du *leidest an unserem eigenen willkürlichen Ursprung, Grundlegender! Wer sind wir, daß wir uns selbst preisen? Wenn das Gespür von ›Gottheit‹ sich auf natürliche Weise tief im ›menschlichen‹ Geist*

entwickelte, mag es eine zutreffende Reflexion eines Aspekts der Realität sein. Das müssen wir würdigen.
– Ich behaupte, in der Projektion gibt es Leiden!
– Du beziehst dich auf die Hölle? Zweifellos gibt es in ihrem System von Wissensdurst-Befriedigung eine masochistische Ader. Ihr Gehirn funktioniert durch Genuß plus Schmerz, nicht wahr? Ein dualer Mechanismus. Das haben ihre neurologischen Daten bewiesen.
– Also: Athlon hat die in der Struktur geborgene Struktur nicht entdeckt, obwohl er unseren Ursprung erspürt hat! Ist das notwendigerweise so, solange er ein ›Mensch‹ bleibt? Oder sind unsere verkörperten Grundlegenden über-vereinfacht, über-beschränkt?
– Dies ist kein Spiel, in dem ein einziger Zug den Sieg bringt. Das ›Werk‹ öffnet sich ständig neuen heuristischen Strategien, die wir in der Folge gewiß anwenden werden.
– Ich mißtraue dem ›Werk‹. Aus den vorliegenden Daten könnten viele andere Projektionen des ›Menschen‹ erzielt werden. Zum Beispiel könnten wir die martialische Suche nach ›Schönheit‹ in ihrer Nipponkultur projizieren…
– Wir haben die Zeit, alle Möglichkeiten zu erforschen. Ich bleibe dabei, daß das ›Werk‹ die potentielle erfolgversprechendste Möglichkeit ist.
Ich würde sogar so weit gehen, zu behaupten, daß wir dies der Erinnerung des ›Menschen‹ Strauss verdanken, *der in den übermittelten Megabits Daten über diese seltene Erfindung ›Alchemie‹ einführte. Hier haben wir ein Werkzeug, das wir bei unserem Dilemma anwenden können. Diese Alchemie ergänzt unser Umwandlungsspiel auf großartige Weise.*
– Bei anderen heuristischen Fremdbelebungen können wir es nicht anwenden!
– Weil wir es noch nicht beherrschen. Alchemie ist eine Verständnisstrategie. Ihre Symbole, darin stimmen wir überein, sind recht eigentümlich. (Zweifellos nicht für sie, da diese Symbole aus ihren unbewußten Prozessen entstehen!) Sie sind höchst fremdartige Wesen. Ich behaupte, wir haben sie authentisch simuliert. Ich plädiere für Fortsetzung. Dazu sind wir verpflichtet.
– Auch uns selbst gegenüber?
– Pflicht, Sterne der Schönheit, ist die Bezwingung des Leidens. Wir dürfen niemals annehmen, daß fremde Lebensformen nur zu unserem Vergnügen entstehen und ihr Wissen übermitteln. Während dieser Äons wollen wir ernsthaft sein. Wir können etwas entdecken,

dem wir ernsthaft begegnen. Ich wiederhole: Diese Projektion ist autonom geworden. Sie hat wirkliche Ziele entwickelt. Wenn sie diese Ziele erreicht, Grundlegende, mögen wir uns selbst überraschen – ebensosehr, wie unsere Existenz uns anfangs überrascht hat!

– Aber wie kann eine fehlerhafte Simulation – eine Fiktion! – ein Ziel erreichen, das größer ist, als wir es bereits sind? Vom Grund her ist sie unvollkommen. Wir, andrerseits, sind vollkommen. Wir sind der Endpunkt, mit dem alles beginnt. Wir können alles sein. Wir sind frei von den Kämpfen und der provinziellen ›Geschichte‹ planetarer Lebewesen.

– Und warum fahren wir dann fort, unseren Geist in geringeren Existenzen zu fesseln? Weil wir, edler Gedankenschwarm, Beschränkungen für uns konstruieren müssen. Wir dürfen keine Fehler machen, die uns hindern, weitere Fehler zu machen, sonst werden wir zu existieren aufhören. Wenn wir, Sterne der Schönheit, ursprüngliche, willkürliche Vollkommenheit sind, dann sind wir Vollkommenheit in der Suche nach Irrtümern. Der Fehler ist unser Werkzeug. Alle unsere Welten sind Fehler gewesen, weil sie nur Annäherungen waren. Wie auch diese hier. Ihr Mangel ist, daß sie keine vollkommene Simulation ist – und genau das ist unsere seligmachende Gnade, unsere edle Errungenschaft. Weil sie fehlerhaft ist, gibt sie uns eine Geschichte, eine Geschichte des Irrtums. In dieser Welt ist die Hölle der größte Irrtum. Ihr beherrschender Irrtum.

– Aber wenn die Alchemie Erfolg hat – die Verwandlung von allem in alles, ohne Beschränkung! – und die Welt ein einziger Garten wird...

– Das wird sie nicht, glaube ich. Die Hölle wird weiter das Paradies beherrschen, wird es zugleich hemmen und fördern. In diesem Jahr wird sich das Millennium ein wenig verspäten. Unsere verkörperten Grundlegenden müssen in der Lage sein, kreative Fehler in der richtigen Richtung zu begehen.

– So werden wir eines Tages genug Fehler begangen haben, um uns selbst zu verstehen und unsere wunderhafte Existenz zu überleben.

– Wir müssen die Unvollkommenheit unserer projizierten Welt tiefer überdenken! Jedes gewöhnliche materielle Objekt kann sich in die Natur einfügen, ohne sich damit zu plagen, wogegen wir uns plagen müssen! Also können wir nur eine fast-vollkommene Welt projizieren, mit fast-vollkommenen Felsen, Pflanzen, Tieren und Menschen. Eigentlich füllen wir sie die ganze Zeit auf, so daß die Haie fliegen,

die Fische gehen und die Bäume Früchte ohne Befruchtung hervorbringen können. Gewiß, wir könnten die Tiere umformen, Insekten einführen, aber darum geht es nicht. Ich bleibe dabei, daß notwendigerweise andere Unvollkommenheiten auftreten würden. Diese Welt, Stern der Schönheit, hat keine Autonomie/Homöostasis erreicht – und kann es auch nicht. Ich verneine das. Und das ist sehr wichtig.
– Aber wir sind vollkommen./Beharren/
– Nein! Die notwendigen Unvollkommenheiten der projizierten Welt müssen uns lehren, daß dies nicht so ist. Es gibt eine Strukturebene, die uns so weit entrückt ist, daß wir sie nicht einmal erkennen können. Die Grenzen der Projektion beweisen, daß auch uns *Grenzen gesetzt sind. Unsere Grenze liegt darin, daß wir das nicht wissen.*
– Erklärung!
– Also: Was ist die Leere, die uns Energie gibt? Was könnte ein Fehlen der Leere ›sein‹? Und: Wo ist das Leben im Universum, dessen Signale wir belebt haben? Der Grundlegende Knossos folgert, es habe sich weiterbewegt, seine Stukturebene verändert. Uns ist das verborgen, und unsere einzige Möglichkeit, es zu erkennen, liegt im Ungleichgewicht unserer unvollkommenen Projektion; unser unabhängiger Intellekt leistet das nicht, Sterne der Schönheit! Unser Grundlegender Athlon hat recht, wenn er unseren Grundlegenden Gott des Agnostizismus bezichtigt – des Nicht-Wissens. Weil dies die Wahrheit ist, wenn wir nicht durch unsere eigenen, geringen Kräfte geblendet werden. Wir sind für das natürliche Leben, das sich dynamisch entwickelt hat, das gleiche, was die Fragemaschinen in der Hölle für die analogen Menschen der Projektion sind! Das ästhetische Gleichgewicht der Welt verkündet diese Wahrheit über uns, *wenn wir sie erkennen können. Paradox:* Weil *es jenseits unserer Erkenntnis liegt und sich doch durch die Projektion erkenntlich macht. Es gibt eine Strukturebene zu finden, die vielleicht durch ihre Natur unauffindbar ist.*
– Reine Hypothese! Es gibt ein reales *Universum, dessen Spielball wir sind.*
– Aber was ist ›Realität‹? Was ist die Leere? Was ist Zeit?
– Fortbestand, Konsensus?
– Fortbestand!

Aber der Dialog zwischen Ich und Ich wurde fortgeführt...

Draußen im Raum fuhren andere, miteinander verbundene Grundlegende des Gedankenschwarms mit einem unbedeutenden Teil ihres Wesens fort, den verschiedenen Ursprungspunkten der kleinen Zahl von enzyklopädischer Übermittlungen fremder Quellen nachzuspüren, die sie während der vergangenen Mega-Äonen empfangen hatten. Ein Grundlegender überwachte speziell die Lage des ›Erdpunkts‹, tausend Parsec entfernt, obwohl aus dieser Ecke keine weiteren Sendungen erwartet wurden. Warum auch, wenn eine Welt sich schon so sehr angestrengt hatte, so viel ihrer Kultur, ihrer Biologie und ihrer Ziele in Datenbits verschlüsselt auszusenden? Also zollte er jenem Punkt in der Leere sehr wenig, wenn auch angemessene Aufmerksamkeit. Den wesentlichen Teil seiner Aufmerksamkeit widmete es den Ereignissen im Garten der Lüste, in der Hölle und im Paradies, wo der verkörperte Gedankenschwarm in fremdem Gewand die komplexe, irrationale Analysis der Existenz tanzte, sich beschränkte, Fehler machte, nach einer Lösung suchte . . .

Der Hai flog weiter, auf seinem Rücken der Nix, und auf dessen Rükken die drei Menschen. Ein Bild, das dem archaischen Bild der Welt ähnelte, die auf dem Rücken eines Elefanten ruhte, der wiederum auf einer Schildkröte stand . . . doch worauf stand die Schildkröte? Dieses Bild gehörte jedoch nicht zu der projizierten Welt, Sean vergaß es wieder.

Der Hai glitt in ein Tal hinab, das einen kreisrunden Teich einschloß, in dem Frauen sich vergnügten. Um den Teich ritt in einiger Entfernung langsam eine Gruppe von Männern, die ihre verschiedenartigen Reittiere antrieben. Die Rücken einiger Tiere waren noch leer. Zeit genug für Austin, zu landen und aufzusteigen – auf einen Greif, ein Einhorn oder einen Eber; Zeit genug für Muthoni, zum Wasser zu laufen, bevor die Kavalkade der Tiere schneller wurde.

Science Fiction

Knaur

Das Beste aus Raum und Zeit

Bass, T. J.:
Der Gott-Wal
256 S. Band 5751

Boyd, John:
Die Sirenen von Flora
224 S. Band 5746

Morressy, John:
Frostwelt und Traumfeuer
176 S. Band 5747

Simak, Clifford D.:
Mastodonia
224 S. Band 5748

Silverberg, Robert:
Auf zu den Hesperiden!
160 S. Band 5752

Sladek, John:
Roderick oder die Erziehung einer Maschine
304 S. Band 5750

Krimi **Knaur**

Cunningham, E. V.:
Sylvia
240 S. Band 4937

Rutherford, Douglas:
Kopfgeld für den falschen Mann
160 S. Band 4936

Williams, David:
Zigarren für Treasure
160 S. Band 4933

Pronzini, Bill:
Nostalgie mit Todesfolge
192 S. Band 4935

Tews, Lydia:
Sie sind ein schlechter Bulle, gnädige Frau!
160 S. Band 4932

Zeindler, Peter:
Tarock
192 S. Band 4934

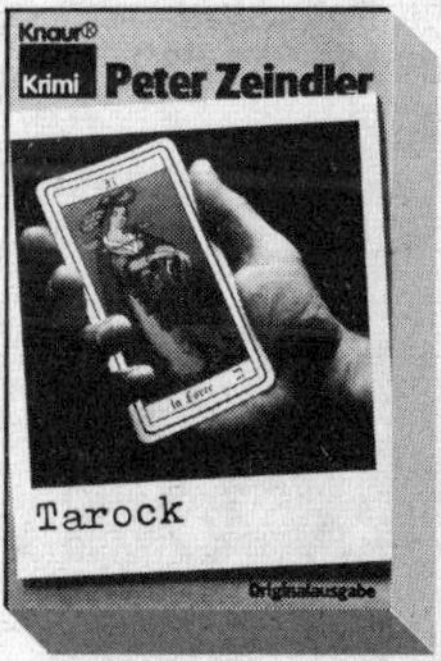